科幻丛书

QI DIAN
KE HUAN CONG SHU

主编：赵国珍

第1纪
The first age

记忆之囚

陈茜 著

希望出版社
HOPE PUBLISHING HOUSE

作者简介 》

陈茜，80后，魔都人，一路乖乖上学读书，本业算是学历史文博，毕业后在图书馆做古籍修复，平时总开玩笑说自己属于上班不用电脑的少数派。

最大的业余爱好是看杂书，小时候上课在课桌肚里偷看，长大了举个手机走哪儿看哪儿。看多了自然也有想写的冲动，科幻小说算是比较熟悉的体裁，也感觉写起来自由舒展：只要能圆出个合理解释来，啥都能写，多有乐趣。大二时写的第一篇小短文即被当时的《科幻大王》杂志接受，也是很大的鼓励。不知不觉几年下来也积存了十多篇或长或短的文章，这次有机会出本集子，感觉很开心：编故事写小说是件富有乐趣的事，我也希望能有更多读者一起分享这份快乐。

《创作感言

这篇感言基本是对“小说”这件美好事物的表白。

我是个爱好特别杂的家伙，手工旅行画画电影美剧，能排老长一串。但若哪天真像规定一夫一妻制那样，一个人只能选一样最爱，留下的毫无疑问是小说，或者更窄一点，通俗故事小说。

现实世界总有些无趣的时候，等车，排队，这时一本好小说就像通向另一扇世界的门。自从识字后发现了这个方便的逃离方法，从此沉迷不已，以至于在真实世界反而有点呆头呆脑适应不良，大概也算个后遗症。有了小说瘾后，便成了图书馆的常客，稀里哗啦读掉了成卡车的奇怪故事书，质量参差不齐，对我的所谓文学品位有什么影响只有老天才知道了吧……

好在看小说这爱好听上去还算人畜无害，父母特别开明，对花在买闲书上的钱也没什么异议。

从小说消费者到偶尔的生产者，这个转变发生在大学时代。

18 岁以前没出过家乡，大学时考到了北京，学的是自己喜欢的历史文物，课时不紧。学校边上居然就是国家图书馆，又是意外之喜。于是简直像跑进了天堂，整天自由自在凭着兴趣瞎看书。记得某天偶尔翻到本昆虫学的教材，有条关于虫蛹孵化的注释不知为何击中了我——觉得可以据此编个故事嘛。

有个我特别喜欢的美国小说家在谈到他的写作经验时，说写故事如同挖掘化石。你可以看到土层表面露出的一点痕迹，细心慢慢跟踪下去，有时就能挖出个好故事来。

当时看那本采访录时没什么特别的感触，现在算算也写了五六年小说，感觉自己的编故事方式也很相似。大二时看到的生物学课本上的注释，大概能算我的第一块露出地面的化石。后来这个念头成了个六千字的小短篇故事，也顺利卖掉了。

有了第一次的成功激励，寻找化石的游戏也就一直进行下去。

一转眼已经从学生变成了朝九晚五的上班族，写些东西的习惯倒是一直保留着。比起看小说，写小说是件更过瘾的事情。科幻小说写起来尤其好玩儿，如同用异形积木重构世界，自由度和乐趣让人欲罢不能。

前一阵说有机会出个短篇集子，检点了下这五六年来的旧文，居然也能凑出薄薄一本小书。

重看旧作，能看到自己文字风格和内容的缓慢变化，但最重要的努力方向倒是始终如一：讲个好故事。十多年来我一直从前人写出的好故事里得到乐趣，现在轮到自己上场，希望至少能做个合格的说书人，邀请买下这本小书的你们，来看场小小的脑内马戏表演，得到一些快乐。

写在出版前的话

赵国珍

在这套书出版之前，我就像行将嫁女的母亲一样，总觉得有许多话要说，说给即将出阁的姑娘，也说给她的如意郎君——我们亲爱的读者。这些话，虽然不免唠叨，但动机绝对纯洁和良善。

在所有的文学品类中，大概只有科幻文学拥有一个准确的生成年分。那是1818年，英国著名诗人雪莱的太太玛丽·雪莱创作了第一部科幻小说《弗兰肯斯坦》，随后在法国（凡尔纳）、英国（威尔斯）等欧洲国家有一系列作家加入，形成了科幻文学创作的第一个高峰。到上世纪20年代，科幻文学创作中心转移到美国，创作队伍中涌现了具有烂漫文学倾向的技术性专家的身影，出现了像阿西莫夫、海因莱因等具有标志性意义的科幻大师。由于美国的作品和技术、故事、平民结合得很好、很紧密，它很快就成为一种更普及的艺术形式——电影的题材。到今天，科幻已经在世界上形成了非常大的市场，每年最佳的十部片子中怎么也有五到六部是科幻题材的电影。目前，世界科幻创作在经历了期刊、图书、电影三个阶段后，已经进入了更为新锐消费者所喜闻乐见的多媒体时代。科幻已经成为一个独立并且庞大的产业，科幻文学也成为全社会包括青少年和成人、一般公民和科学技术专业人士共同认可、喜爱和追捧的文学门类，科幻时代在国外不是虚言。

而在国内，虽然有上世纪初梁启超、鲁迅等大家的推崇和推广，也有叶永烈的《小灵通漫游未来》累计销售三百万册的不俗业绩，有童恩正、刘兴诗、王晓达等第一代杰出科幻作家的奠基之作，有刘慈欣、王晋康、韩松、何夕等第二代优秀作家的奋发作为，但到目前为至，中国科幻文学还没有进入主流文学的法眼，没有成为绝大多数读者的最爱，没有形成自己独立不移的地位和影响，中国科幻文学还停留在儿童文学、科普文学的范畴。如果从世界科幻文学发展的规律来看，中国的科幻文学才刚刚进入第二个阶段，即由杂志媒介向图书媒介过渡的时期，全社会的成人化的科幻作品认知还没有到来，科幻时代在中国来说，的确还是妄言。

不过，令人可喜的是，黑暗的东方地平线上已经出现了一抹鱼肚白，茫茫大海的天际也露出了庞大渔船的桅杆，科幻时代正在以它不可阻挡的步伐和节奏向我们走来。近年来，以刘慈欣《三体》三部曲创作完成并出版为标志，中国社会，尤其是年轻一代的科幻创作与阅读热情迅速高涨。从创作角度来说，新锐作家层出不穷，创作题材不断拓展，创作手法竞相展示，新作品、好作品目不暇接；从出版角度来说，报纸、杂志摇旗呐喊，出版社、网络推波助澜，电影、电视跃跃欲试，科幻传播渠道空前开放；从阅读角度来说，读者范围逐步扩大，欣赏水平迅速提高，阅读取向更趋多元，“幻迷”结构进一步优化。可以毫不夸张地说，中国科幻文学在未来的五至十年间，将会迎来最好的发展时期。题材会进一步拓宽，媒介会进一步拓展，作品会进一步扩张，受众群体会进一步扩大，市场会有一个很大的扩容，这将是一个毋庸置疑的前景。

人类历史的发展，注定会有许多拐点。一个杰出的人，一个突发的事件，一个重大的变革，都将成为这个拐点。那么，中国科幻文学的发展有没有拐点？这个拐点应该在哪里？这可能是时下许多人都在思考的问题。从理论上来说，拐点就是突破既定的发展轨迹，就是在全面的平静之下最可能爆炸的那个点。经历了拐点之后，事情将进入一个全新的发展时代，这也是“奇点”这一概念的理论来源。当然，这也是奇点科幻丛书的立意。

希望出版社规划在未来的五年内，出版科幻“三点”丛书，即奇点科幻丛书、沸点科幻丛书、极点科幻丛书。“奇点”面向国内新锐科幻作家，“沸点”面向国内成熟科幻作家，“极点”面向国外获奖科幻作家，三点一线，描绘和反映科幻文学的现状和未来。山西出版传媒集团将这一规划列入重大出版工程资助项目，将给予更多的政策和资金倾斜。全球华人科幻协会、希望出版社、《科幻世界》杂志社、《新科幻》杂志社等科幻出版组织和媒介，将倾力打造“中国科幻文学创作高峰论坛”，推出全国“希望杯”科幻创作大奖赛。所有这些举措，都是在合力寻找并营造中国科幻文学发展的那个“奇点”，鼎力缔造中国科幻产业的成就和辉煌。

嫁出去的姑娘，将会去寻找自己的落点，过自己的生活。我们惟愿她和自己的如意郎君相携相和，共鸣共进，活得更好，走得更远！

2012.8.19

奇点前夜的科幻小说

刘慈欣

奇点有三重含义:第一是数学上的,表示在连续的数学状态中难以定义的突变点,常见的有无限趋于无穷大或无穷小的点;第二是物理学上的,首先出现于广义相对论中,表示时空曲率无限大的点,是时空的不连续之处,在这一点中现有的物理规律失效;第三是未来学中的一个概念,描述科技以指数曲线发展,在某一拐点后急剧加速,由量变产生突然的质变,在极短的时间里彻底改变人类世界的状态。这套丛书以“奇点”命名,应该是取最后一个含义。

奇点学说是由美国学者雷·库兹维尔提出,他认为人类科技的发展趋势很像一条指数曲线,开始阶段比较平缓,是我们现在所处的阶段。但在经过一个拐点后徒然上升,几乎与X轴垂直,速度接近无限,这就是奇点时代。奇点的到来主要依赖于被称为GNR的三项技术,即基因工程、纳米工程和人工智能,当这三项技术进入指数曲线的超高速发展阶段时,人类文明的面貌将在极短的时间内发生彻底的改变。库兹维尔生动地描述了奇点到来时的情景:人工智能的智慧远远超越人脑,电脑的一次短时间运行,其计算量竟超过人类有史以来所有的思维的总和;科技第一次对人类的生理形态产生改变,人与人工智能紧密融合,人可以以各种形态复制自己,进而长生不老;人类可以在原子级别操纵物质,纳米机器可以把原材料直接变成人类所需要的任何产品。库兹维尔的终极预测接近疯狂,他认为,能够自我复制的纳米机器结合人工智能,能够向全宇宙扩散,改造所有天体,最终把整个宇宙智能化。最惊人之处是他对奇点到来的时间的预测,不是遥远的未来,而是近在咫尺的2030年!

不管奇点预测是否能够成真,有一点可以肯定:科学和技术将创造出更多的奇迹,科技带领人类踏上的神奇旅程才刚刚开始,甚至还没有真正开始。而这种科学的神奇感、这种技术带来的对未来的向往,恰恰是科幻文学生命力的源泉。

比较古代人类与现代人的精神世界，最大的差别可能就是对未来的感觉。可以说，在古人的意识中，没有现代意义上的未来感，由于技术进步的缓慢，在那时人们的心目中，未来可能“城头变幻大王旗”，但生活的面貌不会发生变化，昨天今天和明天，去年今年和明年，不会有什么差别。正因为如此，古代的文学，无论是神话，还是诗歌或小说，都是描写现在或过去，几乎没有描写未来的。工业革命以后，科学给人们带来了无尽的神奇感，进而引发了对由科技所创造的未来的想象和向往，由此诞生了科幻文学。

科幻文学诞生于19世纪初的欧洲，但其真正的繁荣是在20世纪20年代至60年代的美国，史称科幻小说的黄金时代。回望那四十年，能带给我们许多启示。在那段时间，世界已由蒸汽时代进入电气时代，与工业革命相比，科学技术进一步显示出其塑造和毁灭世界的力量。人们深切地感受到了科技给自己的生活带来的改善。另一方面，20世纪初的物理学革命带给人们一个全新的视野，相对论和量子力学告诉人们，比起之前牛顿简洁的决定论图像，真实的宇宙更加神奇。但与此同时，舒适的信息时代尚未到来，已经大为改善的生活仍然充满着艰辛和压力，世纪初的美国经济大萧条、随后的两次世界大战以及紧接着出现的东西方冷战，都给现实蒙上了阴影，这就使得人们对已经显现出神奇魔力的科技充满了更多的期待，期望科学和技术能够带来一个更加美好的未来，对科学神奇的赞叹和对未来的向往在这一时期都达到了高潮，由此带来的科幻文学的繁荣就是顺理成章的了。

但随后，科幻文学进入了缓慢的衰落期，这种衰落从上世纪70年代一直持续到今天，在美国，科幻小说在市场上再也没有再现黄金时代的热度，新的科幻迷越来越少，科幻群读者的年龄越来越大；有世界影响的作品越来越少，大师不再出现，黄金时代出现的三巨头至今仍牢牢地占据着科幻文学的顶峰。

对这个漫长的衰落，评论家和科幻研究者有着各种解释。其中之一是把原因归咎于科幻文学的新浪潮运动，新浪潮在上世纪70年代起源于欧洲，部分科幻作家痛感科幻小说在文学中的边缘地位，便把主流文学中现代和后现代的表现手法运用于科幻创作，同时把科幻小说面向太空的视野转向人的精神世界，试图使科幻小说更加文学化，使得部分科幻作品由明快的大众文学变成晦涩的先锋文体。有评论家认为，新浪潮运动是把科幻小说自身的价值让位于主流文学，进而消解自己的一种努力，他们也把科幻的衰落归咎于此。

但仔细考察便知这种理论是不确切的，新浪潮运动对于科幻的衰落的确有一定影响，但不是根本的原因。在新浪潮科幻由兴起直到被后来的赛博朋克运动代替，一直只是一个科幻文学的支流。在这一期间，传统的、坎贝尔理念的科幻小说一直在大量地创作和发表，即使在新浪潮运动最兴盛的时期，其作品的数量也远远小于传统理念的科幻小说的数量。

其实，科幻衰落的最深层、最本质的原因正是科学技术本身，曾经催生科幻的科技，在其飞速发展的今天开始起相反的作用。阿波罗登月期间，一位 NASA 官员对观看发射的科幻作家说："我们给了你们一碗饭吃。"但事情证明恰恰相反。自航天时代以来，科幻小说中描述的科技奇迹不断变成现实，特别是随着信息时代的到来，科技日益渗透到社会生活的方方面面，其渗透之深、普及之广可谓前所未有。由计算机和网络构成的信息时代，以迅雷不及掩耳之势迅速变成现实，并深刻而全面地改变着普通人的生活。人类有一个特点，就是对变成现实的奇迹很快麻木。比如现在的智能手机，集移动通讯电台、电脑、互联网络、数码照相机、数码摄像机、数码收音机、GPS 定位装置、影音播放器于一体，方寸之物可以随时与地球的任何地方进行通讯和网络连接，它所集成的设备以前要用一辆小卡车才能装下。笔者曾经统计过科幻小说中曾出现过的移动通讯设备，大多数在功能上不如现实中的手机，也就是说，科幻的神奇梦想现在装在每一个人的口袋里，但与此同时被每个人熟视无睹，当做一件最平常的东西。

科技神奇感的消失，是科幻文学所面临的最致命的打击，也是科幻衰落的最根本的原因。

但科技的神奇感真的消失了吗？科技中的科幻资源是否像地球上的石油一样，快要开采完了呢？至少对奇点时代的预测告诉我们：没有！如果奇点学说是正确的，即便未来科技的发展只达到其预测的十分之一，我们也可以肯定科学技术仍然处于指数曲线开始时的平缓阶段，其陡然上升的阶段还未到来，也就是说真正的科技的奇迹还没有开始，我们已经经历的一切，只不过是神奇时代的前奏而已。同时，高度发展的基础科学，如物理学、宇宙学和分子生物学等，也为我们展现了一个更加神奇的大自然，与科幻文学黄金时代所面对的图景相比，从视觉直到哲学层面，这个新揭示的宇宙充满了更多的神奇，更加广阔，更加诡异，更加变幻莫测，这里面蕴含着丰富的科幻资源。只是,与上世纪上半叶的科幻黄金时代相比,现在的基础科学已经大为进化，其理论的复杂和数学表述的艰深都不可同日而语,使非专业人员难以接近。正是由于这个原因,现代科幻文学对现代科学最新进展的表现很有限,大量的故事的科幻核心仍基于古典科学,即使有前沿科学的内容也流于表面。如何充分开掘现代科学前沿所提供的丰富的科幻资源,是科幻作者所面临的巨大挑战,也是科幻文学的希望所在。

纵观历史,中国科幻文学有着四起三落的波折经历,不同的阶段相互孤立,其间少有积累和继承。由于历史原因,各个阶段的科幻文学都有着自己侧重的方向。清末民初的科幻以救国图强为主题,而当时鲁迅先生提出的普及科学的目标到了上世纪50年代才得以实践,80年代则对科幻小说文学化进行了初步的尝试。新世纪的中国科幻进入多元化时期,对科幻文学的发展也有各种各样的建议和尝试，包括对科幻小说文学品质的提升、包括更多地反映现实和写出更好的故事等等,这些无疑都很重要。但现在,我们必须正视科幻文学的本质和核心,科技的神奇感是科幻的生命力之所在,我们必须创造出更多的、更大的神奇。

创造神奇不意味着浅薄和浮躁，也不仅仅是科技和宇宙奇迹的展示,科幻中所表现的科技的神奇拥有着丰富的内涵,科技的发展对人类社会整体和对人类个休的改变都具有震撼且深刻的神奇感,同时,也是主流文学所不具有的揭示社会和人性的视角。

做为一种创新的文学，科幻用不断涌现的新创造和新震撼来战胜遗忘,就像一场永恒的焰火,前面的刚成为灰烬,新的又飞升起来爆发出夺目的光焰。而要做到这点,就应永远保持年轻的心态,使自己的想象力与时代同步。正如有人说的那样,科幻使人年轻。

“奇点”丛书正是这样一套充满青春活力的丛书,书中收录了十位国内年轻科幻作家不同风格的优秀作品,这些作品,从不同角度描述变化中的世界,引人入胜,把科幻的神奇展现得淋漓尽致,像一群璀璨的星星照亮了奇点的前夜。

2012.7.29

目录 | CONTENTS |

黄金窗

HUANG JIN CHUANG

奇点科幻丛书 | **第一纪**

1

现在天空黑压压一片全是五颜六色的广告图案
只剩市中心上空那片真正的天蓝色

“保卫最后一片蓝天”的游行活动在周日上午举行，全市人几乎倾巢出动。李则有采访任务，袁乐作为老朋友只能跟着去了。

游行结束后，他俩拐进了第六街他们熟门熟路的那个餐馆，直奔老座位：临街落地窗前的转椅。餐馆比平时冷清了许多，几个服务生站在桌上，撕掉窗玻璃上的宣传贴纸，那是蓝色背景上一只可爱的卡通眼睛：HELP ME!

“识时务者为俊杰啊！”李则笑着打趣，“玻璃全保住了，嗯？”

服务生翻翻眼睛：“别这么说，我们可是真心想要保护黄金窗的。看！”她挺了挺胸，同样主题的卡通徽章，是游行中有人散发的。袁乐和李则的口袋里也有。

“当然，善良的环保主义者，给我们来——”李则拉过菜单。

袁乐眯起眼，外面的街道上四处散落着彩纸、宣传单和被踩扁的一次性纸杯。环保主义游行哪次能搞得真正“有利于环境”。他苦笑。最近黄金窗的事又搅得天翻地覆，游行、静坐几乎成了双休日的固定节目。A城是天空云层广告业最先起步的地方，想当年云层广告刚出现时，有人从外地赶过来和那片单色线条画合影。后来广告越做越多，技术也发展起来：现在他们能做出二百五十六色的图像，荧光效果，变色，甚至简单的动画。袁乐自己就是个绘云师，曾整天追着学这些新玩意儿都要吐血，但现在谁都懒得抬起头看一眼了。

也不怪谁，现在天空黑压压一片全是五颜六色的广告图案，唯一能让人看了舒口气的，只剩市中心上空那片真正的天，蓝色，在晴朗的日子里还会飘过云彩——“黄金窗”。关于这个外号的来历有两种说法：其一是说它作为大自然的最后阵地，像黄金一样珍贵；其二是传言各广告公司为了它，竞出的投标价都能用薄金片将它铺上一层了。袁乐比较相信后一种。

每隔一段时间，总会有传闻说某个大公司准备买下“黄金窗”，作为有史以来最引人注目的广告牌。而那些相信“黄金窗”和“大自然母亲的命运”息息相关的人，也会召集游行、发表演说、募集捐款来保护它的现状，最后全不了了之。

有点像狼来了的故事。

“你不用赶回去交稿？”袁乐看端上桌的菜，非快餐食品。

“不用，把图片和采访录音传回去就行。”李则动手开吃，“总算给我配了个助手，那小青年文笔不错，有材料就能交稿子。”

“呵，媳妇熬成婆了嘛。”袁乐笑。李则一直是《A城日报》的编外记者，按件计酬，几年来一接到报社电话无论在哪儿都直窜“案发现场”。

“当初争到这个选题真是我最明智的选择，每隔一段时间都火一下。我就奇怪了，他们对这件事的热情怎么能这么持久呢，春天选举市长时的集会都没今天的场面大。”

袁乐想起刚才和李则挤在游行人流里，几乎是身不由己地被挟着往前涌，路边还不断有人加入。街道两旁治安维持员人数是平时的数倍。的确有些商店的玻璃在混乱中被砸了。“我管这个叫道德情感泛滥症。”

李则抬头看着他笑：“是不是害怕哪天他们把你给揪住？你可是个绘云师啊，破坏自然的刽子手。”

“去！我想当刽子手还没处当呢。”袁乐闷哼一声。

李则拍拍对方的肩：“没关系，生意不好就吃我的。以前我刚写新闻稿时也不知蹭了你多长时间的饭啊。”

“废话，不吃你的吃谁的！”袁乐心里叹口气。绘云师当初也是个风光无限的职业，他和李则刚从空军退役时都想干这行。李则接受不了从开大型运输机到小型特技飞行机的转变，而他坚持下来了。如今市场过度饱和，会玩家庭娱乐飞机的人也敢接活儿，开出的价格非常低。他现在拿到的零碎订单几乎不够开支。

碗碟撤走之后，李则边收拾他装有单反相机、DV之类器材的大包边说：“你觉得海通集团这次是不是玩真的？每次我们都说是狼来了狼来了，但他们通过正式渠道发布消息，说有意竞投一片空中地段用来打广告，这可是第一次。你听到什么风声没有？”

“可能这次的确狼来了。”袁乐说。他犹豫了一会儿，还是决定说出来，“他们已经在找人接这个活儿了。三十万，税后。”

“天——他们找的是谁？你有消息没？”李则一屁股重新坐下，直视对方的脸，他的表情突然变了，“你？”

袁乐点头。

“你不会同意吧？”

"我还不想被人揪住。"袁乐毫无笑意地咧咧嘴,"不过他们同时也在找其他人,我不接总会有人接的。"

"所以你已经答应了。"

"三十万,我能说不吗?我已经拖了半年房租了。"

2

我家上下左右的人家全搬空了,他们怕人放火
我觉得自己跟瘟神似的

"你知不知道,我家上下左右的人家全搬空了,他们怕人放火。我觉得自己跟瘟神似的。"

袁乐从《A 城日报》位于高楼顶层的办公室窗户往下看,黄金窗透下的阳光使市中心广场明显敞亮不少。以前说云层广告不会遮挡光线,鬼才信。

"现在只有行内人知道?"李则问。

"嗯。我那儿住的全是搞绘云的,全当做工作室。那种楼型屋顶的机场大。"袁乐横到屋角的沙发上,"估计消息传开了我就该戴墨镜上街,嘿,那个就是要填掉黄金窗的家伙!砰——一个烂西红柿就上来了。喂,我借你这儿睡会儿。"

"不敢回去了?"

"昨天晚上,我门上被人用漆画了个眼睛,就是游行那天宣传画上的那种。我花大半夜才把它擦干净。今天一早我就找了个小机库用假名把飞机存了,收拾点东西就出来了。等事情完了我再回去。"

李则走到沙发前把他拖起来:"先别睡。起来我跟你说点事。"

"报社的意思是,我们负责你在这次事件里的人身安全,同时我们全程报道你在黄金窗上绘图的全过程。"

袁乐想了想:"好小子,卖我卖得真快啊。是不是昨天一回去就跟领导汇报了?"

"我就是管这个案子的记者,说白了这件事对我有很大好处。我没什么好辩解的。"李则说,"不过我想对你也有好处。游行时那帮环保分子的狂热劲头你也看见了,说不准为了保住那块天把你给——"他用手掌往脖子上一横,吐吐舌头。

"不用吓我。我反正也只能在你这儿蹭吃蹭住。只要你别把我写成切尔诺贝利核电站的负责人之类的反派人物就行。"过了一会儿袁乐失笑,说,"你就想这么干,是不是？”

3

从他们花上千万买下黄金窗当广告牌的消息发布后
他们的股票跌得一塌糊涂

“说实话，我想不通他们为什么会找你接这个活儿。”李则悄声说。他坐在城郊某个私人小机库的走道里，袁乐在隔间里忙乎。后天就是飞行的日子，必须检查设备。

“怎么说话呢？我在单干的绘云师里也能排上前五位吧？”袁乐说着将液态染料灌进飞机尾部的喷管里。

李则挥挥手：“你知道我不是这个意思。他们为什么不找个像“彩色天空”那样的大绘云工作室来做这件事？”

“没有工作室愿意接手。干完这件事，手基本上就臭了。”袁乐耸耸肩，“他们的名声不止 30 万。我的只值这点儿。”

“海通的这招儿也不知道值不值。他们想要的广告效应现在是有了，估计后天起全国没人不知道这个名字。恶名远扬也是名声。”李则笑，“从他们花上千万买下黄金窗当广告牌的消息发布后，他们的股票跌得一塌糊涂，市内门面店里全是被人扔的臭鸡蛋。”

“我想我以后也得过一段躲臭鸡蛋的地下生活了。”袁乐爬进机舱，试着点火听听引擎声。

“我会把对你的专访写得让人觉得你的行为是情有可原的。”李则保证道，“说你童年受过伤害之类，然后长大了心里有对社会的不满需要发泄——现在的人就爱看这种东西。”

正说着，听到座舱里传来一声怒骂。李则忙跑过去，“怎么了？”

袁乐跳到地上，神情疲惫厌倦：“有人动过手脚，把我的动力系统整个拆走了。留下张纸条说我不配开飞机。”他往机身上狠踢一脚，将一团纸远远抛开。

李则立刻举起相机按快门。

闪光灯过后两人都有点尴尬。

“是不是要配上说明词：绘云师起飞前内心痛苦的斗争？”袁乐苦笑。

李则摊摊手：“抱歉，我的工作。”

袁乐瞪了他好一会儿。

“好。现在你的工作就是找个地方借来一架喷绘机,否则我没法飞上天去填掉那块该死的天空,你也写不出报道。”

4

黄金窗在四周广告画的包围下像块坏掉的显示屏
呈现出一种毫无表情的灰色

“机库主承认了,是他放几个人进去对你的飞机动了手脚。那些人挨个儿打听遍了附近的机库,恐怕是些狂热分子。”

袁乐点点头:“那找到合适的飞机了吗?”

“你也听说过那个传言,有人会在中心广场上架着高射炮拦截你,阻止你飞近黄金窗。”李则说。

袁乐失笑:“荒唐。他们能弄到什么炮。再说新兵训练几个月才有打中靶子的,他们以为自己天生神枪手?”

“的确是荒唐,不过也成功地阻止了敢把飞机借给你的人。你只有买一架了。”

袁乐摇头:“我那三十万还不够买架专业型号的,临时改装时间也来不及。”

“你是说——”李则皱眉,“你要放弃?”

“不。我要强行借一架,明天早上我去机库。”袁乐走到报社办公室的落地窗前向外看,今天是阴天,黄金窗在四周广告画的包围下像块坏掉的显示屏,呈现出一种毫无表情的灰色,“你跟机库主的上次对话肯定有录音,他应该对我们的飞机安全负责的。”

李则明白过来了:“知道了。”

他有点惊讶,这不是袁乐以前做事的风格。袁乐和那个机库主也算熟人了。不过他和袁乐更是老朋友,何尝不是正在互相利用——在他心里,已经打开了如何述写这件事的草稿。

第二天清晨有点薄雾。等袁乐和李则赶到市郊时,天已大亮。

“很长时间没看到过这么晴朗的天了。”袁乐下车时盯着远处那片宽宽的蓝色说。

“以后只能看天气预报知道今天是阴是晴了。”李则说,“喂,你真的要去做那件事?”

“现在讨论伦理学是不是有点晚了？”袁乐猛力敲打机库的卷帘门，“真要保护环境，几年前有人提出云层广告是视觉污染时怎么没人理会，那时天空覆盖率还不到一半。非要等最后一条鲸鱼快死掉时才提出要保护它，是不是太虚伪了？”

李则将手插进上衣口袋，“也可以这么说。”

隆隆一阵响动，卷帘门开始移动，露出一张警醒的脸，看到是他俩堵在门口，机库主显然有心理准备：“是你们啊。再跟你们说一遍，我真的不知道他们会搞破坏——”

袁乐顺手撑住门，“喂，我们谈谈。”

李则犹豫了一下，跟进去了，摄像机在衣袋里开始工作。

“几年没离地面了？”袁乐笑。

李则不说话，死抱着装相机镜头的包，脸色发白。

此时他俩已离地面一万米左右，下面是连成片的城郊无土农用地，像床方格毯子。“坐民航跟上你这破船的感觉不能比。”李则缓过劲儿来，“刚才加速度有 8 个 G 了吧？”

“不错，这 SU-26 飞起来的感觉真是不一样啊。待会儿干完活儿我飙几圈再还回去。”袁乐说。

“管机库的非吐血不可。”李则客观地评论。

“时间差不多了。我们现在朝市中心方向进发。”

“今天的能见度很高，我们可以从飞机上十分清晰地看到市中心广场上聚集的人群和撑开的标语，可见大多数市民对此事持反对态度。”

“现场直播？”袁乐看李则时时刻刻冲衣袋里的录音笔说话，心里有点佩服他在机身震荡如此厉害的情况下还能保持声音平稳。

“当然在播出前要经过剪辑。我们现在离能看得到广场上的人堆还早着呢。这些话是肯定用得上的，有突发情况再即时插播。”李则解释，“海通的图纸还没来？”

“他们说到了黄金窗位置再传到这里的计算机上。”袁乐将驾驶模式换回手动挡，“我必须先知道广告图案画的布局才能设计最短路径完成它，带着多余的燃料飞特技简直是发疯，但你试试向一个公司官僚解释技术问题——还不如多飞几个螺旋失速玩玩。”

“他们对这次广告图案的保密工作做到极致了。”李则同意，“我们全在打探，没人能搞到哪怕一点消息。”

“还有三分钟，正好直飞到市中心。准备好了？”

“等等——”李则将所有记录设备全打开，自己挤到座位一角给摄像机让出空间，“走吧。”

6

他们听不到人群发出的喧嚣
却也能感觉到巨大的愤怒暗潮在涌动

“你找到那门炮了吗？”

“没有。除非他们带来的是门装在衣兜里的迷你炮。”李则说，将镜头对准下面黑压压的人群。隔着数万米，他们听不到人群发出的喧嚣，却也能感觉到巨大的愤怒暗潮在涌动，“你在想什么？”

“千夫所指，不得善终。”袁乐承认，“头皮直发麻。”

驾驶台上传真机铃声响起。“图样总算来了——”袁乐打开文件，李则立刻凑过头去看。

两人一阵沉默。

“这不可能做到的。”

“是啊，比例尺只有1:80。谁能隔着万把米看清这么点儿的字？”袁乐用指关节敲着台沿，“而且没人能在云层上喷这种尺寸的文字。”他伸出手去拍拍李则，“但没关系。他们赢了。有你在这里，你会把这行字放在日报的头版头条上。每个人都能看得清清楚楚的。”袁乐说。

“对，新闻必须真实。”李则将摄像机搁到机舱地面，长出一口气，“下面的人不会喜欢这种真实的。”

整张图样绝大部分是空白的。右下角有行小字：海通集团为您保有这片蓝天。

他们往下看去，广场上的人群依然顶着条幅：反对商业行为侵害大自然。

“行了,市民得到了蓝天;海通拿到了消费者心目中最绿色的商家的称号;你账户里有了三十万;我写的报道是今年十大新闻之一。”李则说,“各得所需,你还抱怨什么?”

他们正待在第六街餐馆的老位子上,外面阳光明媚。自从海通开了买下天空空置的做法先河后,一时间企业大量跟风,数天内几乎所有云层广告都消失殆尽。报纸新开辟了专版列出哪些公司为大众买下了数周的蓝天白云。随后广告画春风吹又生,再一轮清空……现在广告的数量和被租下保留的“空旷地带”的面积比例开始形成了一种平衡:点缀性质的天空广告是效果最好的,也不招人反感。

“因为我最近发现自己的道德底线是无限可突破的。”袁乐说,“先是为了 30 万去干所有人都认为可恶的事,然后胁迫别人强行借飞机给我,现在更好,天天当骗子。”

“你打算什么时候收手?”

“我刚去申请了微雕绘云技术的专利。以后一段时间里所有这类活儿全是我的,等我赚够了再说。”袁乐说。

那天他俩在黄金窗附近盘旋着,什么也不做就回航太不可思议,要喷绘上如此微小的一行文字更不可能:比用斧头在米粒上雕刻更不实际。

袁乐最后在黄金窗右下角喷上了窄窄一道黑线。“算是皇帝的新衣,”他说,“反正没人能凑近看我的作品。”

“现在我就整天飞来飞去给每块天空标上一道细黑线,所有人都以为那是企业商标名呢!”

记忆之囚

JI YI ZHI QIU

奇点科幻丛书 | 第一纪

你需要一段时间休息，否则——

别再说烧掉保险丝那个破比喻。我也想，没时间。

1

他们暂时封锁了你的记忆，以便让你的心智得到休息
当然你的人格不会在此过程中受损

躺着，在室外。

这五个字缓缓爬过他的意识。重新闭上眼睛，他仍然能看见暗血色背景里星光闪闪发亮的影子，像撒向视网膜的一把盐。一个能在夜里看见星空的地方，不太冷。他的背脊和手臂因压在地下而感到钝痛，胳膊上冷飕飕有夜风吹过。好吧，这到底是什么见鬼的地方？

他翻身坐起，感到体内骨头咯吱直响。环顾左右，一条荒僻的小巷，似乎是某条热闹商业街的后门，隐隐有流行音乐传来，街灯高悬，四下无人。他双手撑地爬了起来，伸展四肢，拍拍灰，这里倒并不脏。此时他注意到自己的服装：一条印满扶桑花、椰子树和鹦鹉的衬衫，艳丽到了可笑的程度。牛仔裤屁股口袋里有硬邦邦的东西，皮夹还在。他舒了口气打开它，两张大额钞票，一些零钱，插卡处只有一张联通卡。没有驾照，没有身份证，连张高尔夫俱乐部的会员证都没有。难道我遇上的是爱好行为主义的小偷？他咧嘴笑了笑，抽出联通卡。背后签名条处光溜溜的。

此刻“那个问题”终于从迷雾里露出脸来，亲切，凌厉，无可回避。孩子，你知道你是谁？

不知道。他向自己承认道，静静等待惊恐的爆发。巷子里仍然空寂无人，街灯在路面划下一系列等距的光圈。他听出了缥缈的歌声是《带我去月球》，一首老歌的电子混音版。空气非常新鲜，带有海水的腥味，拂过他的脸。“我在一座海滨小城。”他判断道。

“伙计，作为一个刚把自我搞丢的人，你的表现非常镇定。”他自言自语，吞了口口水，喉咙深处泛出一股金属味。这使他明白过来：那是因为我被人打了一针镇静剂，所以才祥和得像只刚看到殖民者登陆的渡渡鸟一样。他想愤怒起来，却发现在药物作用下那是件不可能的事。站在原地解决不了问题，他认为最好去找警察，很可能自己成了某种新型麻醉药物抢劫的受害者。他应该是个游客，瞧瞧这件衬衫！

等药效过去了,他就能回想起来自己是谁——他顺手摸摸上衣口袋,他们连手机都拿走了。

他又站了一会儿,挑了个看上去能通向市中心的方向,慢慢移步走开了。

几分钟后他发现有人跟踪他。

“不要紧张,不要紧张。”事实上,从建筑物阴影里闪出的那个男子看上去比他更神经紧绷,摊开双手,慢慢向他靠近,“你允许我向你解释某些事实吗?注意我不会强求你接受我的服务,那些是可选择的。”

对方的语调令他升腾起一种被人当成智力低下者的不快。他在下一盏街灯投下的光柱前站住了,等来人走进亮处:一个小个子男人,平头西服,像刚从某个办公楼里出来的行政人员。

“你身边有二百四十七块五毛钱。对不对?”

他控制住自己,没表现出惊讶。实际上他并没仔细数过,不过这个数字应该相当接近了。

“你是个记忆休假者。”

“嗯?”

“记忆休假的费用不是普通人能支付得起的,你原来肯定是个很有社会地位的人。出于某种原因,通常是因为工作压力过大或者婚姻纠纷,你决定给自己放个为期一个月的长假。他们暂时封锁了你的记忆,以便让你的心智得到休息。当然你的人格不会在此过程中受损。”男子试图去拍拍他的肩,他不动声色地躲开了。镇静剂的效果正在消退,他感到胃里很恶心,“他们?”

“Lethe 公司。全国唯一承办记忆休假业务的公司,您大可放心,他们在选择性记忆调整手术上从来没出过事故。”

“最好是这样。”他嘀咕。Lethe,听着有些耳熟,随即他想起这是希腊神话中遗忘女神的名字,不由一乐:好个会附庸风雅的公司。

“从现在开始您自由了。在以后的一个月里您可以干所有以前出于缺少时间或其他原因不能干的事,忘掉所有烦恼。”男子伸开双臂做了个热情洋溢的手势。

自由——好吧。他双臂抱在胸前低头看着地面,居然会有人认为暂时性的失忆会给我带来自由感,以前的那个“我”的想法真是不可理喻。一个月,三十天,等天亮后我便可以在海边租个躺椅看日出日落,让喝空的啤酒罐堆积起来埋过我的头顶。

“带我去找个 ATM 机。”他说。

“当然可以。”男子喜形于色，“允许我向您介绍一下本地的特色旅游项目吗？”

他径直往前走，心里思量着自己以前的身份，以前的“自我”会给他留出多少钱来应付这一个月的开支？

透过 ATM 机的单向透视玻璃幕墙，他可以看到那个男子笔直地站在一段距离外，同时又表现出一种关切的神态。他就是干这行的，专门接应刚从麻醉状态中苏醒的记忆休假者。等我离开时他会得到一笔小费，他想，从柜员机里抽出联通卡塞回钱包，拉开门走了出去。

“通常像我们这种人，一开始他们会想得到什么？”他问。

“一面镜子。”

他笑出声来，直摇头。过了一会儿他说：“拿来给我，我还真想看看自己的脸。”

在街灯昏暗的光线下，他看见一张中年男人的脸，大约三十到四十五岁之间。普普通通，但没有不雅的皱纹与眼袋，鼻子线条挺直，有个流行的罗马式突起。我还真的是个有钱人，他伸出食指摸摸鼻侧，好的整容术没使那儿的皮肤紧绷。我是个整过容的男人，这个念头使他感到有些可笑，递回镜子，“然后呢，他们一般想去哪儿？”

“忘忧岛。本地最著名的一家夜总会。”那男子加上一句，“本地是全国唯一赌博合法的地区。”

“那我们就去那儿。”他说。

“很好的决定，现在是下半夜刚开始，有个特殊的表演我们也许还赶得上——”

2

这个地区可以说是专门为记忆休假者准备的一个小乐园
让他们舒舒服服地花掉准备花的钱

忘忧岛和他去过的所有夜总会一样。烟雾缭绕灯光暧昧，前方舞台光柱里有全息女孩的图像变幻。真人秀开场的点儿还没到。他暗自笑自己，好像还真记得他以前去的无数声色犬马之地似的。

他们在角落里的一组沙发上坐下，有侍者送上饮料。原来人自由之后第一件事就是把自己灌醉以便忘了这回事，他把高脚杯端在手里转了转又放下了，“喂——”

那男子立刻转过头来，看样子他正跟侍者窃窃私语，“那件事以后再说。”他抽了张百元钞给女招待，女孩立刻将纸币塞进胸衣走开了。“我先问你些事。你是怎么在巷子里发现我的？”

“我们经常看见刚刚开始度记忆假期的人惊慌失措，他们不知道自己身上发生了什么事，所以我们都会跟他们解释一番，而我正好是个导游，所以——”

他挥手打断，“Lethe 公司就把我们这些人麻醉后放在荒街后巷里？不怕人乘机打劫？”

“其实他们有人监视着你们，直到你们安全离开。”

“而你就专门守在这些地方，等你的顾客上门？”他调侃道。对方咽了口口水，语调第一次失去了那种做作的舞台感，“我们有各自的地段划分。Lethe 的人把休假者放在哪个地区，如果这个人醒来后向我们问路，我们就能为他提供咨询。这是合法的。我们不能趁休假者还未清醒向他强行推销我们的旅游项目，那会丢了执照。”

他点了点头，不出所料，这个地区可以说是专门为记忆休假者准备的一个小乐园，有完整的服务业，让他们舒舒服服地花掉准备花的钱。找机会要多了解点关于那个 Lethe 公司的事，很有趣的事。他盘算着明天弄到一台能联入万维网的电脑。

侍者回来了，放下一杯混合饮料，“那边那位女士送的。”她面无表情地向吧台示意，然后离开了。

此刻如同事先演练过一般，DJ 的光束正转过来。他微微一惊。她很美，是你不指望在这种场合能见到的类型，属于那种你会在街头情不自禁地尾随而去，却又不敢上前唐突的女人。被强光笼住使她一时表情有点茫然。他举杯向她微笑，发现她虽然身穿紧绷在大腿上的短裤和闪光上衣，却显然不再年轻了。

一场和成熟美丽女人的艳遇，你的第一晚真是完美无缺。他带点自嘲地想，使个眼色让导游离开。男子微微一躬身便消失了。“我们以前肯定见过面。”他说，侧身为女子让出半个沙发，“尽管我刚被洗脑，我也记得你。”他伸指在太阳穴处划了几个圈，笑道。

“我也是。”她说，撩开耳际的长发，露出耳后一块防水胶布，“我下午刚刚登陆。多付一笔钱，他们就能让你在旅馆套房的床上醒过来，也不必被个跟班缠上。”

她也是个休假者，明显比他经验丰富，而且对他有好感。

“噢，那么未来的几天，你教教我如何度过这些失忆的所谓假期行吗？我已经觉得乏味了。”

“行啊。”

3

闪亮的玻璃碎片像人造瀑布一样泼进来，在地板上飞溅开随即是一声脆响和哔哔叭叭的杂音

第二天，当他睁开眼睛，发现阳光已经照到了枕头上。他将手臂搁到眼睛上避开刺目的光线，隔壁传来淋浴的水声。这是她的房间，床头柜上立着对空杯子，其中一只杯沿有口红印。他慢慢回想昨夜的情形，朝落地窗转过头去，看到海天交界处的点点白帆。

"醒了？"她走进房，用毛巾用力擦头发。他点头，说："宝贝，借我点钱。"

她挑起眉毛："为什么？"

听完他的回答她仰头大笑起来，扑倒在床上："你没给自己留下一分钱？天啊——"她伸手抚弄他的头发，"我真想在你度假以前认识你。你肯定是个够种的家伙。"

"你能借我多少？"他问。

"我怎么知道你能否把钱还给我呢？"她说："我们三十天后会忘掉这笔账的。"

他听出她语气调笑中的认真，"给我解释下记忆休假吧，三十天后我们真的对这段时间内发生的一切全然没有记忆？"

"唔，你可以选择。Lethe的医学技师会让你在重新恢复以前的记忆系统时，对这段时间内的经历做个筛选，你可以选择全然忘记，或留下你愿意留下的一部分。"她耸耸肩，"有点像剪辑旅游录像。我以前度过的三次假全部消除干净了。"

"为什么？"

她歪着一侧嘴角笑起来："有些事做过了还是忘记比较好。"

"比如说疯狂的事？"他也笑，伸手去拉她裹在身上的浴巾。

她躲开了，走到床后捡起外套，从口袋里拿出信用卡："你可以共用我的账户，但以后你必须得负责记住这件事并把钱打回我的卡里。"

"如果我故意忘掉了赖账呢？"他说，为她对他的不设防感到惊讶，他们只认识了一夜，互相连名字都不知道。

"我先得做一件事，确保你不是个靠我们这些想暂时忘掉过去的老太太混日子的骗子。"她用一种装出来的恶毒声调说，将他推倒在床，按住他的头。他来不及反抗，便感到耳后一阵刺痛，胶条被揭开了。

"我想没人愿意在头骨上钻一个孔来做饵。"她放开他。他翻过身，在晨光中，她的眼角和脖颈处布满了淡淡的细纹，眼睛温柔而黯淡。年轻时她肯定漂亮得惊人，现在她依然很美。

想到她不愿意在这段旅行中记住他，一种模糊的失落涌上他心头。

落地窗向内炸了开来。他看到闪亮的玻璃碎片像人造瀑布一样泼进来，在地板上飞溅开，随即是一声脆响和哔哔叭叭的杂音。有人拖住他的胳膊将他猛拽下床。他事后才觉得她的力气真是大得不可思议，但他当时只感到碎玻璃渣子扎在他赤裸的肚子上。她将他往床底推，他从麻木状态惊醒过来后自己滚了进去，皮肤和地板间有些滑溜溜的液体，恐怕是流血了。

“你没事吧？”他轻声问，此时房间里寂静下来。

“没打中我。你呢？”

“应该没事。”他看着眼前离脸部只有一寸来高的粗糙床板条，小范围活动了下四肢。肚子上火辣辣的，果然是有割伤，“怎么回事？”

“不知道是冲谁来的。”她说，语气冷静，“可能只是个找乐子的小混混，不过通常他们准头没这么好。”

他艰难地侧过头去，能看到地板上散落着暗黄色的弧形玻璃碎片和片片羽毛、床头灯和枕头。差一点儿就打中了，他背后一冷。刚才的脆响是灯泡破裂的声音。一把远程消声枪，他回想起窗外的景色：游人如织的沙滩，海岸线，目力所及之处似乎没有与这个房间楼层高度相仿的建筑物。狙击手？她以前，或我以前还真是个人物。他迟疑几秒，“你那边能够到电话线吗，我们得报警。”

她轻声笑起来，“这儿的警察管不了我们的事，休假者得自理其事。”她边说边往床外挪动身子，“出去吧，我们恐怕得换个地方住了。”

他想了想，既然对方有办法远程瞄准他们并送来两发子弹，藏在床下也无益，世界上能炸穿一张木板床的弹药太多了。

半小时后，他们坐在海滩边的饮料店里。他用在旅馆楼下商场里新买的手机给他的“导游”打了电话，让他来海滩，为他们今天安排些节目。他身上的泳裤也是新的。

她回那个满地碎玻璃的房间收拾出了自己的衣物。他先进去拉上了窗帘，至少那个偷袭者看不到他们。从她短暂而神经质的微笑里，他看出她也是恐惧的。

“叫我梅吧。”她一边往箱子塞杂物一边说，“你也得有个名字，至少在这几天我该知道怎么叫你。”

他目光掠过墙上一排装饰性的精装书封皮，随便挑了个作者，“歌夫。”

“你刚才说，这儿的休假者得自理其事。”他说，将崭新的刚从包装纸里拿出的膝上计算机联上网络，进入搜索页面，输入：Lethe 公司、记忆休假。

“因为每次记忆调整手术的费用——”她说出的数字使他轻吹口哨。

“小网兜不住大鱼。”他笑。能为一个月的“神经放松”而付出如此巨款的人，自然不会对一个小县城治安部门的保护或威慑能力感到满足。更令他感到讽刺意味十足的是，这帮人付出金钱和冒着允许别人在他们脑子上动刀的风险，却依然甩不掉一身麻烦。

她玩弄着饮料杯中的吸管，“另一个因素是如果我们去报警，有人企图在酒店暗杀你，或我，第一个会向你提出的问题是：在你过去的经历里结下什么仇，使人要想你的命？”

“我们只能说，我们不记得了。”他快速阅读搜索结果，“而记忆手术一旦完成，中途做强制改变是件危险的事。你不能提前结束休假，除非冒着大脑永久性损伤的危险。”

Lethe 公司的官方网页上有对于“选择性记忆调整术”的详细说明，他一目十行地翻了过去，为这家公司写文案的是些泥鳅一样的家伙，大段文字里充满了令人安慰的统计数据与医学术语，却没涉及任何实质技术内容。Lethe 保证他们的客户能在几处绝对安全的、风景如画的小岛上享受“摆脱了生活重负，童年一样的假期”，而度假结束后能选择保留下“具有纪念意义的片段”。

“你不会在记忆调整手术中失去长期记忆，被暂时封闭的只是对于具体事件的回忆。所以性格和知识技能在此期间不会丧失，只是潜藏——”他回味着“潜藏”这个词。

“休假者向警方寻求保护的后果，是剩下的日子里只能在指定的旅馆房间里待着，外面有两个便衣看守。”她咯咯笑起来，“这里的警局被炸掉几次后，他们甚至不会留你在局里。”

他眯起眼睛望向四周，白浪一线一线从天边推向沙滩，留下一道道迅速消失的泡沫。南方的强烈日光将沙子晒得滚烫，还是有些人挟着冲浪板走向海水。孩子很少。他觉得自己也能辨认出哪些是记忆休假者：皮肤白惨惨的像刚被拖出甲壳的螺肉，戴着防水浴帽以保护耳朵后的手术伤口。面目端正得无可挑剔，Lethe 公司为他们的休假附赐了短期整容术。

没准占了我左边桌子的三个男人是中东石油三巨头呢。邻桌发现了他的注视，明显紧张起来。他举了举杯，亲亲热热地大声打了声招呼，表现得像个在上午就喝多了的人。他们瞪了他一眼，又转头自顾自交谈。

有人要杀我。他接受了这个事实，就像呼吸一样自然。实际上这使他感觉很兴奋。目标不可能是这个女人，否则他们完全可以在她独处时下手，而她"登陆"已经三天了，在没有任何保护的情况下四处乱逛。休假者们可不是能随便碾死的小虫子，暗杀者不会随便冒多牵连另一个休假者的风险。或者那个女人"梅"非常重要，而我相对比只是个一般人物。也许情况相反，而他们了解我们俩的底细。

无论如何，找出那个放冷枪者是必要的。他感到一种贯穿脊髓的兴奋感，他也许可以提前知道谜底：他是谁？而非等大脑里那个外来的植入栓在三十天后自动降解。他一点儿都不喜欢自知失忆，并知道现在的"自我"将在一个月后被擦除，让位给一个陌生人的境况。在明亮的白天讨论这件事是不可思议的，但在深夜，他躺在床上，恐惧如潮水袭来：他是个只能活三十天的人。载他回程的飞机必将坠毁，而他无处可逃。

如果能知道他原来的身份，状况便不同了。他就可以将"他"的背景作为自己的背景来生活，一只船得到了它的锚地。也许他能做出某种努力，使"那位自己"在恢复记忆时选择将这段经历保留下来。于是他能和原来的自我融合在一起，共同活下去，逃出这三十天的时间栅栏。

"你喜欢这种休假方式吗？"他问梅。昨夜她睡得很安稳。

"我不知道，我还没开始体验它呢。"她回答，伸直双腿将脚插进沙子，晃动脚趾。他觉得她这副模样像个小姑娘。

"那你怎么会对这里了解得那么清楚。"

"有些规定。如果你选择保留休假时间段里的记忆，你就得对它们负责。法律意义上的，这些是写在和 Lethe 的合同里的。第一次，我醒来后不记得任何事情了。第二次我自己雇了个摄影师，让他跟踪拍摄我休假时的行踪。"她快速地扫了他一眼，"结果他用录像带勒索我。我的确做了些还是忘掉为好的事情。"她表情变得防备，他当然不会蠢到去问她那些事的具体内容。

"但，看到自己真的做过了，感觉居然很不错。于是我又去 Lethe 登记了一次。

这次我带了些文字资料提醒自己，免得干傻事。”她歪着嘴角飞快地笑笑，“看来没用。我第三天晚上还是去了忘忧岛。”

如果你要记住，你就得对它们负责。他反推了一下，暗暗笑起来：这才是记忆休假的精华部分。同时理解了所谓“享受自由”真正的含义。

“给我带些东西来。”他再次拨通导游的电话，“要轻便的。”

对方听上去毫无惊讶之感，说只需半小时便给弄到手。

他举起双手，对着阳光仔细转动着，感叹 Lethe 那帮人想得真是太周到了。

连指纹都暂时消除了。

4

由于没有找到子弹

可能爆炸由事先固定在窗上的小型炸弹引发

导游听完他们在酒店里遇袭的经过，问他们具体的房间号与枪击时间。

“有什么关系？”他问。他明白以后一段时间内他们得依靠眼前这条精明的地头蛇了。梅可能记得一些情况，但归根到底她只是个来找过几次刺激的女人，仍然是游客。

“我们得确定这是否是您事先预定的游戏。追杀刺客项目最近很火。如果是您的游戏计划，您还是可以使用真枪，但最后会有个安全词，以防超过底线。”导游解释道，开始打电话。几分钟后挂线，看着他，“很抱歉，恐怕您真的遇到麻烦了。”

然后他们走进沙滩尽头的临时更衣室查看导游带来的枪支。从地面的再生木板缝隙里，能看到海水涨潮时留下的白色盐粒。他双手抱在胸前看导游从包里翻出支便携式手枪，有点像改装过的柯尔特 1911，他接过一支，枪的分量比预期的要重。枪管上的序列号被细致地打磨掉了。这坨金属在他手里显得笨拙，他甚至对它里面有没有子弹都没有概念。

看来，他以前不是个军品迷，这使他有点泄气。导游示意他们跟着他的动作将专用皮套挎上肩膀，穿上外衣后，看不出携带有武器的痕迹。

梅一直保持沉默，跟着他们将枪藏在体侧，但他能感觉到她暗中的兴奋，如同将要加入一场实弹游戏。

“我要的东西搞到没有？”他问。

导游点头。

一行人向海滨旅馆进发。

他们与经理交涉一番，得以进入他们原先所住的房间的下层空房。结构与朝向都是相同的。他架起三脚架，拍摄了落地窗上的大洞位置，床头灯原先所在地方，以及窗外的全角度风景。数据运算加上一层的高度。

图像输入后程序显示正在运算中。他思量着上楼去拍张落地窗碎片飞溅的走势图，这样对子弹矢量的估算会精确得多。等结果出来再说，如果输出结果太模糊，他决定冒险试上一试。

三种可能性：对面海湾半岛上的景观塔最高层、一架小型飞机，最后一项倒出乎他的预料：由于没有找到子弹，可能爆炸由事先固定在窗上的小型炸弹引发。

这使能先于他们进入旅馆房间的每个人都成为疑犯。

先排除容易排除的可能性吧。他眯起眼睛，隔海相望，景观楼只是个在阳光下闪闪发亮的小点。

5

即使他们曾在里面布置过狙击设备
现场也早已经被打扫干净了

半岛是块长达数里的、直接从岸底打桩建筑起来的人工陆地。从半空中看，岛的轮廓一定是条在碧蓝海面上划出的优美白色弧线，他想，但对陆上的观光者来说，它只是必须在烈日下徒步走完的几公里沙地。四周的海水不断舔走从别处运来的沙子，结果处处露出水泥路基。岛的尽头耸立着一座玻璃塔楼，每块外墙都反射着正午刺目的阳光。“那里究竟有什么可看的？”他问导游。除了他们仨，还有不少游人兴致高涨地向塔楼走去。

“塔楼的玻璃板墙会不定时地在透明与不透明之间转换。整个建筑物都是用这种材料组成的。在十八层高空突然发现自己脚下的地板消失，能看到楼下的人，在视觉效果上很刺激。”

有人会选择在随时随地会变成敞开空间的地方架设狙击枪吗？他自问。但若“他们”能得到这座塔楼的控制权——这又是个绝妙的、可避免怀疑的好地方。“让我们去看看。”他说。

在楼底购票后，他们和一大票穿着泳装的游人挤入一个大水泡式的观光电梯直升顶楼。电梯经过一排排玻璃小隔间，其中半数以上呈银灰色，不时其中一间泛出阳光下油膜似的虹彩，随即转成透明，露出其中一脸呆怔惊异之色的游人。电梯里的人大笑，冲他们吹口哨。

塔楼的电子导游系统请他们离开电梯，去各个隔间“欣赏海景及全息电影”。他们在最高层转了一圈，待在某个房间里看了一部五分钟特别设计的短片，在影片最惊险的高潮部分，主角逃到了悬崖边，所有的影像瞬间消失，他们发现自己悬空站在空气中，脚下是层层叠叠的透明天花板。梅一声尖叫抓住他的胳膊，他也被吓了一跳，承认这种效果的确非常震撼。果然所有房间的“转换”是由塔楼的中心计算机控制的。

根据弹道程序的计算结果，他们找到了子弹可能来源方位之一。它是处于十四层的一个隔间。现在它的外墙是灰色的，门把手上闪动表示“有人使用”的红光。

“我们得想办法进去看看。”他说。

“除非找管理处，里面的人反锁了。”导游说。

即使他们曾在里面布置过狙击设备，现场也早已经被打扫干净了。最大的可能性是现在里面有几个脚上沾沙子的家伙正看着电影。不管怎么样，他都想看一眼。塔楼中包括了复杂的走道系统，占去了大量空间。弹道源点正好处于一个隔间内的概率并不大，足以使他重视起来。

“你看住这个门。”他对导游说，希望今天早上付给他报酬的数额以及未来的另60%能保证他在风险时刻的忠诚度。

“你跟我去楼上。”他拉着梅上楼，同一位置的隔间正好是空着的。“把门反锁上。”他说。梅正在墙上拉开节目单，“你要找个马上使房间转换看到楼下空间的片子？”

“用不着了。”他跪下，从肋边的枪套里抽出一把电动刀。地板表层很快在旋转的刀锋下开始解体，不出他所料，几阵火花闪过，所谓的玻璃效果便还原成排列整齐的像素点。

他考虑着进入塔楼控制中心的可能性。所谓“转换”效果全由墙体的全息投影所形成的话，每个隔间里一定设有大量摄像头采集图像并及时投射到墙幕上。楼下1405今天凌晨的图像有可能还保存着。但如果“他们”能和塔楼控制中心合作，不管是哪个层面上的，要消除枪击事件的痕迹就太容易了。

他们在房间角落找到了线路盒，将计算机端口联入。屏幕变黑后出现对话框，要求输入管理密码。他十指在键盘上晃了晃，希望自己“潜藏”的能力中包括充当黑客。几分钟后他不得不承认——

“让我试试。”

他回头,看到梅的目光越过他肩膀,定在屏幕上,沉着冷静。

她是个内行。他看着她迅速进入代码界面,输入计算机命令如同用母语与人聊天,明白自己帮不上什么忙。临海一面墙外涛声细弱,他能看到灰白色小点在海面上起起落落。是海鸟。

“如果有故障警报系统,先关掉它。”他说,刚才地面上被破坏的阴影部分现在似乎扩大了,像现实世界中的溃疡。

她点头,继续工作。

“我已经进入了隔间单位的转换控制系统。我现在能做到的是,让我们这一列的房间在五分钟内的四壁布景全部换成1405今天凌晨枪击后半小时的布景。”

“后半小时?”

“枪击时刻正负一小时的影像资料已被替换过了。如果你要看——”

他摆摆手,那没有价值。“你能将半小时后的那段影像文件提取出带走吗?”他预感到,他们强行将整整一列的房间布景转换,肯定会打破这座塔楼精巧的协调性,也许会出现某些古怪的场面引起管理部门的注意。

“资料储存区的防火墙我目前破解不了。我需要一些工具,这台计算机里没有。我想我只能做到这步了。”她语气里带着歉意,“而且如果只将文件带走,我们也没有像这里的六面封闭型的全息屏幕来播放它。”

“一列?”

“从上至下的一列。抱歉,我没法把这个房间从串联的线路里解出,至少短时间内做不到。”她看他,扬起眉毛。

“好。播放吧。”

6

闷在密闭空间内的枪声震得他脑袋嗡嗡直响

他又冲墙体一片锋利的残余部分开了一枪

他踩在血泊里。

梅尖叫着跳起来，脚踝被数据线缠住摇摇晃晃。他伸长胳膊一把拉住她。一轮更遥远的惊呼传来，他知道其他隔间里的游客们正和他们同步欣赏这血淋淋的谋杀现场。他倒退两步，虚拟血液并没溅开，强烈的真实感随之被打破了一些。

房间中央躺着两具尸体。他们显然是被——不，其中一个胸前没有出现大洞：他意识到那只是自己在全息投影屏幕上划开的故障区，死因是穿脑而过的子弹。他徒劳地想看清其中一人的面目，随即清醒过来：第一，你没法使一具影像人体翻身；第二，他很可能也做了整容。

他强迫自己的目光从尸体上移开。一架狙击枪架设在窗前，将他们的落地窗击得粉碎的子弹明显来自这里。高倍望远镜，一台连线被强行扯断的计算机被踢到墙角，液晶屏裂开了。暗杀者在遭到袭击前，在做跟他们同样的事：入侵塔楼管理系统。

门外响起粗暴的捶门声，他的手机同时震动起来。“开门。”他说，梅靠在墙上，脸色惨白，缓缓摇头。

他一边跨向门口一边接起电话，不出所料，是导游，“开门！外面是我。”

重新将门反锁后，他问：“外面情况怎么样？我们还能从正常路径出去吗？”

“全是惊叫乱撞的游客。管理处的人肯定正在赶过来。”

他转向梅：“他们要多长时间才能追查到入侵是由我们这个隔间线路开始的？”

她已经镇定下来，正将计算机折叠起，迅速卷起连线一并塞入背包，“应该很快。”

“我们最好马上离开这里。”导游望向地下的死人。他们血流遍地却不散出一点气味，气氛诡异，“他们的制服就是塔楼保安处的。”

此时四周开始变幻出虹彩色，随即他们发现自己站在一间透明玻璃屋中。走廊里到处是穿着沙滩鞋想跑而跑不快的游客，他们跌跌撞撞聚向电梯口。似乎没人注意到他们。

“五分钟过去了。我先前设定的，现在我们可以看见外面，他们看不见我们。”梅迅速解释。他点点头，从她手里拎过有点分量的电脑包背到肩上。从走道那端，一小队黑色制服正逆人流冲他们这间隔间过来。

他抽出枪，拉开保险栓。他明白自己肯定不是个神射手，不过要击中一面数平方米的玻璃外墙，并不需要多少天赋。

闷在密闭空间内的枪声震得他脑袋嗡嗡直响，他又冲墙体一片锋利的残余部分开了一枪。碎片直接掉海里。门外黑衣保安已经在摇门锁，其中一个冲对讲机吼着,他估计门被砸开是几秒钟内的事。

“愿意的话跟我走。”他说,将手枪扔进电脑包侧兜,上帝保佑它真像说明书上所写的那样防水吧。

他跳了下去。最后一个在脑海中闪过的念头是:希望我会游泳。

深层海水即使在正午烈日下也冰冷刺骨,他感到肺里的空气全被猛地拍出来了。向下蹬,仍然是水,踩不到沙地使他慌了一下,但他立即发现自己正本能地划动着手脚向水面亮处上升。我会游泳,他松了口气,将头伸出水大大吸了口空气,背后的电脑包沉甸甸的妨碍行动。他使劲眨眼挤掉眼睛里的海水,一时还看不清四周的……此时砰然一声巨响,水花重新溅了他一脸:梅跟着跳下来了。他踩着水靠近她,很快发现她并不需要帮助,她冲他做了个手势后返身朝塔基处游去,那里有道宽阔的水泥檐,上面漆着“游人勿近,维修专用”字样。

水泥檐投下的阴影使海水看上去蓝得发黑,更深处是支撑塔楼建筑的钢筋支架森林。景观塔栖身的人工岛下面居然是架空的。涨潮时水面可能一直要淹到檐边,层层叠叠的白色贝类粘在水泥表面上,看上去像鸟屎。他们游进比较深的地方,拉住钢筋条直喘气。目前塔楼上的人看不见他们,但他清楚这地方根本经不起搜索,只要保安找艘船绕着塔转一圈儿,他们就像被车前灯光笼住的兔子一样醒目。

“我们的导游没跟着下来。”他说,咧了咧嘴。远处是真正的海岸线,一些色彩艳丽的小点儿随着浪头忽上忽下,是些初学冲浪的菜鸟。最起码有三公里。他怀疑即使后头没有追兵,他们也游不回去。我们离体力的高峰期都有些年月了。

“景观塔的保安为什么要杀你?”她问,呼吸开始平复下来,“又是谁干掉了他们?”

他摇头,眼下他不愿去想。他们时间不多了,先得离开这个地方再说。当然底线是他们还可以报警寻求保护,毕竟他除了稍稍修改了下一座观光塔楼的内部线路,在地板上挖了个洞以外没做什么出格的事。

不对,他直觉到没那么简单,“他们”可能是因为要利用观光塔的地理位置而冒充保安混入,但为何塔楼发现自己的地盘上出现两个死人后没有报警?今天观光塔看上去一副正常营业的平和样子。而警方如果发现一架设好了的狙击枪,难道不会顺着枪口找到梅所在的旅馆房间,看看伤到人了没?

如果塔楼方面想捂住这件事,为了……他随便找了个理由,不让丑闻影响营业。为什么他们会保留下现场影像,并放在计算机网络中一个高手凭普通电脑只要十分钟便可找到的地方？

“我们可以报警。”他说，试探下梅的看法。他不想让她牵扯太深，现在事情离玩玩实弹捉贼游戏越来越远了。

她摇头：“我们可以脱掉外套，直接上岸去。外面的太阳几分钟就能晒干皮肤了。我猜他们正在疏散楼里的游客，我们也许能混进去离开。”

他觉得可笑，他们刚从一个装满摄像头的地方逃出来，对方肯定掌握了他们的面目特征。再说那位导游八成因为事情搞得太大而倒戈，从人群中分辨出他们就更容易了。

“好。不过我们先把枪扔掉。”他说。没有别的办法了。等人流散尽，连这条路也堵死了。

在要不要放弃电脑上他们争了几句。她说提着台电脑目标太明显了。他说将电脑沉在这里，几小时后便会被打捞上来，从上面的序列号上立刻能追查到她的信用卡。

她叹口气没再表示反对。他们脱掉沙滩上穿的便装，扎在水面以下的钢梁上，防止衣服顺着水漂流出去。

他发现只穿条泳裤背着电脑包的确太突兀了。她带着嘲笑的意味看他一眼，朝外游去。

7

景观塔的谋杀现场展示明显是个陷阱
是谁想要捉住他

游出檐区，他们稍稍松了口气，不少惊慌失措的人冲出塔楼后直接跳进了水里。人工岛岸上有几个穿保安制服的人冲他们直挥手，喊叫着安检不会造成伤害之类的话。保安的态度似乎并不严厉，有几个人朝远处海岸的方向游去，保安也只不过摊摊手。

他示意梅跟紧，与其他几个浮在水面上犹豫不决的人扯了几句，发现谣言有好几种，从恐怖分子在楼里安装了炸弹到发现游客里有感染第三级病毒的。他附和几句，侧面打听楼里的安检。

警察来了，他们封锁了十二层以上的电梯，要求出示身份证明文件才能通过。此时有人尖叫发现了瘟疫病人，于是场面开始失控。不少会游泳的人从窗口直接跳进了海里。(他知道自己那两枪可能使塔侧的一大片外墙都破裂了。)

不久拥堵在门口的人群冲破了警卫。一部分人顺着窄窄的人工岛跑向岸边,剩下的全像饺子下锅一样进了海。现在大多数人都回到了岸上并离开了。但向他滔滔不绝地述说的这位中年男人自称"鬼才相信那些警察的话,他们只不过想把咱们骗上岸去验血"。

他与梅悄声商议了几句,觉得现在上岸并不动声色地离开是最好的选择。他们在这种状况下并不显得十分怪异。

"祝我们好运。"他说,"如果我被拦住了,你就只管往前走。电脑的事我会找借口的,不会牵连到你。"

梅湿漉漉的脸在阳光下显得苍白。她努力笑笑:"走吧。"

他们在离保安两三米的地方爬上了岸,两人隔开一段距离。太远太近都会显得有点心虚。他站在粗糙的沙地上,电脑包不停往下滴水,活像个刚从汤碗里捞出来的雏鸡,他想。

"身份?"

"我不知道,我是个度假者。"他说。

"那种度假者?"保安加重语气,抬眼看他,额头上涌起三道横纹。

"是的。"

"她也是?"

他没回答。梅自己开口说:"是的,我是记忆休假者。我可以走了吗?"

保安注视着他手里的包,"你们知道我们刚才发生了一些意外情况。影像控制系统出了些毛病,恐慌是不必要的。"他将目光移开了,脸上浮现出笑意,"希望没影响到两位的假期。"

他耸耸肩,然后转身走开了。感觉到梅没紧跟上来,不由心头一抽。但她的脚步声随即保持在离他数米处响起,时远时近,并不赶上来招呼他。他放松下来,暗自赞叹道:真是镇定的女人。

电脑包里一阵震动,是手机。他接起,"喂?"

"你欠我——"导游的声音传来,说了个数字,"他们要这么多。你明白情况紧急,我不能砍价。"

他眯起眼睛,海面上闪烁着无数刺目的亮点。那么说是导游在暗地里摆平了这件事,或者似乎是……他回想导游毫无特征的面孔,无论日头多么火辣都裹得严严实实的三件套西服。从第二天遇袭起，他从言语轻浮的市井之徒变成了另一种人，几乎不说废话，能快速弄到手他想要的装备。他开始怀疑起所谓“导游”究竟是何身份。

他自己究竟是何身份？景观塔的谋杀现场展示明显是个陷阱，是谁想要捉住他，他这个用枪击不中五米外目标、玩电脑只会在windows系统中瞎转悠的人？

“给我们弄辆车。我们在码头等你。”他挂线。

游客服务中心。他们重新购置了衣服，他又买了台便携式电脑，防水包的质量没想象中的好。

临海咖啡厅人流涌动，他们点名要了个不临海临窗的座位。服务生离开后，他说：“梅，很抱歉把你拖到这件事情中来，如果你现在想离开，我会记得还这两天的费用。我保证。”

她翻翻眼睛：“别说这个。你说是谁杀了想要你命的人？”

“现在已经不是游戏了。”

“接下去，你需要我。”她颇有自信地笑了笑，“我可是个计算机高手。你不想知道塔楼内部发生了什么事？”

“不，那不是最根本的。我需要的是知道自己以前是谁。”他说，向后靠到椅背上。

“这我干不了。”她摇头，“Lethe的数据库防火墙级别不比州核工业基地低。没人可以从外部破解它。”

“为什么？它只不过是个提供娱乐的公司，特殊之处是它有医疗执照，可以在客户脑袋上动刀。”

“如果你看看Lethe的客户名单你就不会说得如此轻巧了。”她探过身来操作鼠标，刚洗过的头发挨近他，散发出好闻的气味。

屏幕上出现的名单令他莫名其妙，“我差不多一个也不认识。噢，他好像是某个小州的副州长？”

“他们都是真正的重要人物。跨国公司的实际经营者、专利买卖家、政客，还有地下组织的头目。”她露出牙齿笑笑，“跟普通的媒体宠儿是两回事。Lethe开业至今五年，有无数这类级别的人物接受过Lethe的记忆度假服务。如果你想暗杀其中一位，只要翻翻Lethe下个季度的客户订单，就可以在某个荒僻的小城，譬如说这里，截住他。没有保镖，没有警察，甚至他自己都不会有防范意识。Lethe的档案里一定还能找到这个重要人物整形后的照片。所以,你想偷进 Lethe 的资料库找到自己的档案是不可能的。如果他们的客户资料对外泄漏,恐怕这个公司就垮了。”

“他们对客户的保护还真严密。”他苦笑,“但现在显然有人知道了我是谁,并举着把手枪一路追过来了。你刚才提到塔楼内部?”

“我退出系统时留了个无线网路后门。”她说,将计算机从他膝上端走,“现在我们有足够的时间,让我看看能恢复出多少数据。”

当导游的车抵达时,梅的工作还在进行中。她已经成功找到了进入塔楼中心数据备份库的路径并成功播放了几分钟视频片段。他看到两个穿保安制服的人进入隔间,在外墙上钻出子弹将穿透的孔洞,用手持红外线工具进行测量。画面下角时间变成 8 点整时,趴在狙击枪前的枪手扣动了扳机,他的同伙几乎立刻开始收拾设备。他们动作的利落与高效,使他不寒而栗。

视频卡在两名枪手不约而同转向镜头左侧的地方。他估计那是隔间门口方向,使狙击手毙命的人物将要出现了。

她向他解释黑客程序工具发挥作用需要时间,她会使计算机保持运算,等上车后就能看余下的部分了。

码头不大,沿岸拴着一排排传统手桨木船,随着波浪摇摇晃晃,船主用草帽遮着脸横在躺椅上打瞌睡。是一天中太阳最烈的时候,他都能感觉出阳光沉甸甸压在脖子上的分量。四周无人。码头后面的空地上尘土飞扬,停着一溜半新不旧的厢式货车,车顶金属行李架闪着光。他们慢悠悠地走过停车场,直到导游冲他们招呼一声,他的车混在当地人的车阵里毫不起眼。

“事情解决了。他们不会再追究景观塔楼的事。”导游说,拉开货车后门,侧身让他们上车。他唔了一声,跳上车,然后拉了梅一把。眼睛习惯黯淡的光线后,他发现货物区已被改装成两排舒适的座椅。导游砰地合上门,绕到前面坐上驾驶座,“你们想去哪儿?”

“先往市区开。”他说。车发动起来,梅打开计算机屏幕,程序已显示处理完毕。

画面上猛然出现一道白光,吱吱声,然后又是一阵闪烁。狙击手躺倒在血泊里,一个细瘦的影子上前蹲下查看,他回脸冲门外的某个人说了句什么,然后直起身离开了。

他们都看清了那张脸。梅伸出双手,指尖颤动得厉害,她在键盘上打出:我们怎么办？他也打字:保持镇定。

他望向前座导游狭窄的肩,盘算着如果动手他的胜算有多大。客观上今天清晨是他救了他俩一命。但为何他又引他们去观光塔陷入危险的混乱？该死的,眼前载着他们向前行驶的这个人,到底是谁？

“到市区中心随便找个商区街把我们放下就行。我们想去逛逛。”他用不经意的声音说,“顺便问一句,你究竟是什么身份？”

如果导游有如实回答的意思,也被从车后传来的猛烈撞击打断了。

8

零落的枪声越来越遥远
他明白他们都被麻醉弹射中了

他不由自主地往前一冲,头撞到前排座位靠背,顿时眼冒金星。梅轻声惊呼,车身半侧着转了个一百八十度弯后横在了路面上。他模模糊糊看到导游使劲打方向盘,轮胎和路面发出一种令人心里发酸的吱吱声。他们从后面被人撞了,他想,从茶色车窗向外望去,一辆加长型黑色面包车几乎紧挨着他们停下。紧贴到他们想打开门下车都不行。

“听着:你是Lethe的首席科技官,或者说曾经是。”导游放弃了控制车辆,向后座扔来某个物件,他一把接住后发现是枪,一个小红点飘过车顶,还是带激光制导的。“保险打开了。尽量逃吧,他们扣住你的话什么也别说。如果想活命。”

说话间导游已经快速冲面包车方向直接开了火, 火药味和震耳欲聋的声音回荡在车子内部。他不假思索地按住梅的头,大声吼道:“趴下！”她好像已经吓傻了,直愣愣坐在座位上。车后部吹来一阵热风,他明白后厢门已经打开了。“快走。”他拖住她的胳膊向外拉,一脚踢开后排的座椅。

车外站着三到四个穿黑色风衣的人,他扫了一眼明白他们都有武器。但当他冲他们射击时居然没有遭到反击,四个人像人形靶子一样倒在地下。他冒出一种不真实的感觉,四周是空旷的高速公路,从左边能看到一线窄窄的海蓝色。

“歇夫。”

他愣了一下反应过来是梅在叫他。回头一看她正靠着车门眼睛睁得很大,表情茫然。

“快跑啊。”他慢慢说,舌头在嘴里好像大了一倍。空气变得厚重起来,零落的枪声越来越遥远，他明白他们都被麻醉弹射中了。

从面包车上下来一个明显是头目的人。他慢慢踱过来，看着倒在地下的四个手下皱眉头："您最好配合一点。对我们双方都有好处。"

他发现导游的车上已经没有响动了。头目左右的两个男子衣侧鼓鼓的，情况到了他必须好好配合的地步。更何况还有梅。他努力点头，发现在药力作用下要做出小动作也十分困难。

"我们会将您带走，在您身上了解一些情况。我们保证不会伤害您的身体，当然还有您的女伴。"头目扁嘴笑笑。左右上去抓住他的肩膀引他向前走。

他是Lethe的首席科技官。"导游"说。如果这是真的，他的确是个重要人物。他回想起梅所说的Lethe掌握着世界许多巨头的记忆休假资料，不由冒出一身冷汗。眼前的准是黑帮，不论他们想要的是什么信息，看起来都不惜将他的脑子切片来得到。

他们将他安置在车后厢一张长椅上，梅紧挨着他坐着，表情呆滞。对面是两个怀抱长枪的高个子，面目阴沉。车开动后数十秒，他看到原来停下枪战处升腾起一团火焰。是"导游"的车。

他闭上眼睛。

9

记忆度假只是个幌子

他们根本没有接受过脑部手术

他被安排住在一间没有家具的房间里，四壁有橡皮衬垫。梅在他相邻的房间里，他隔着玻璃能看见她。他们没收走他的表。下午三点两个医生模样的人进来给他检查身体，掀开了他耳后的胶布，其中一个用根长长的探针不知鼓捣了些什么。他看不见，听到背后金属器械碰撞的声音，心里的恐惧像条冰冷的蛇爬过。

然后上阵的是个面目和善的老头儿。

"你想知道些什么？"老头儿自己掮进来两把折叠椅，给自己舒服地安排好座位后，示意他在对面也坐下。

他犹豫一下撑开椅子坐下了，颇有些意外，"我原本以为你们扣住我是为了向我提问的。"

"好让你回答你不知道？"老头用指关节敲敲耳后，"我们知道你做了记忆手术。

现在你能回答的问题只限于近四十八小时内发生的，比方说，刚才你是不是想用椅子打扁我的头？”

他点头承认：“的确想过。”

“就算你拆下椅子钢条顶在我颈部大动脉处，这里的守卫也不会让你离开的。”老头儿笑意弥漫了整个脸庞，他有个肌肉松弛、毛发精光的圆脑袋，“让我们先自我介绍下，我代表了贵公司以前服务过的一群人，他们对你们公司目前的状态感到非常不满意。”

他开口想说话，被老头一挥手挡住了：“先让我说完。对外你是 Lethe 的首席技术官，而实际上公司是你的，你能做主。我想通过这次见面，在 Lethe 公司与我方之间达成一项协议，尽量不伤害到双方的利益。”

“我还是不明白。Lethe 难道不是个安排旅行的——如果客户有何不满意的地方……”他说着心里一动，明白所谓的记忆度假没有表面上那么简单。

老头儿目光闪动：“你真的不记得了？好吧，那就让我们假设你的手术使你暂时忘记了贵公司的主要业务。我可以提醒你一下，自从五年前 Lethe 公司成立以来，你们的客户群绝大部分来自于某些需要在公共场合消失一段时间的人物，他们在你们保护严密的旅行区里完成了很多重要工作。比如说会见理应是敌对方的人物，进行某些交易，如此等等。”

他明白了。记忆度假只是个幌子，巨头们在海湾城市里洗钱，进行联络会议。他们根本没有接受过脑部手术。由于“记忆调整手术期间的行为如选择遗忘，当事人不必对此负任何责任”条文的存在，使得这里成为一个可以掩盖一切黑暗活动的洞穴。他曾为这种条文居然能在州立法中通过而感到不可思议，继而想到可能是因为记忆休假者给当地旅游业带来的巨大好处形成的现象的原因。

五年前条文的通过者们可能就是第一批受益人，而他本人居然是整个骗局的主使人，一觉醒来发现自己是黑手党教父。

“Lethe 公司发生了什么变故？”他问。他现在理应坐在某个能看见金色海岸全景的办公室里，将脚搁在桌沿上，用手提电话为一伙毒品巨枭安排见面日程。这幅画面在脑海里像张卡通海报，不真实得可笑。他怎么可能是个——

“我们并不清楚你们公司内部确切地发生了什么事。你下面听到的只是些传言，但仅仅这些传言已经使我们觉得不安。”老头儿环抱起双臂。他知道下面将进入正题了。

“警方一直怀疑你们。这不奇怪，他们一直想捉住你们的把柄，其中最有可能被他们揪到辫子的就是:客户实际上并没有做过脑部手术,所以你们开始为客户们在脑后制做一个假伤口。记忆调整手术的技术内核你们宣称是商业秘密,而警察不能对一个重要人物做开颅检查,只是为了检验一些假设。这几年来你们与警方周旋得非常好。

"今年六月,一具尸体被冲上公海沙滩,他经过整容和指纹消除。无人认领。是贵公司的一个客户,他的死因我们先不讨论。刚开始警察高层非常兴奋,认为他们终于得到机会能撬开 Lethe 的门了,但他们没有通过尸检得到他们想到的东西。这件事无声无息,没人再提过。"老头儿语气淡然,"猜猜为什么。"

如果是客户群中的一员摆平了此事,他不会坐在这里接受讯问。无论对方的口气多么温和,他都有坐在一百盏太阳灯下的感觉。

"他们发现了脑科手术的痕迹。"他回答说,从老头儿面部表情的变化来看,他对了。

"接受过你们服务的人都各自接受了体检。从 2269 年 7 月开始,所谓假伤口不再是表面功夫,你们真的对客户的大脑动了某种手术。他们雇用了最好的脑外科专家来找出你们到底干了些什么。他们得出的结论是:你们真的开始掌握记忆调整手术的技术了。"老头儿直视他的眼睛,"这意味着你们可以读取并保存记忆。"

"使你们感到备受威胁。"他接上去说。那么说他拥有一份现代版的胡佛档案,所以才像只过街耗子一样到处被人追杀,但是威力无穷的档案在哪儿呢?答案是:他不记得了。一种想微笑、直到仰头大笑的欲望直冲进他的脑袋。

"我们聚集起来讨论对策。你很难想象我们这些人会平平静静坐在一张桌子周围而不火拼。不过为了对付 Lethe,你的公司,"老头儿加重语气,"我们做到了。你很有可能已经知道了我们的一切秘密,无论是商业、政治上的还是私人生活中的。如果你要威胁我们其中的一个,其他人——"

"我很难想象这种协定有多大的约束力。"他冲口而出。他设想自己是 Lethe 公司的主持人,像角色代入式游戏一般的思考很符合当前的情景,他会用秘密要挟这群客户中最有实力的一个,消灭掉零散老弱病残,然后——当他意识到自己在想什么时,打了个冷战。

双方沉默了一会儿。

"也许你说得不错,我们的联盟并非坚不可摧,但是你自己也不是没有麻烦。"老头儿说。

他知道讨价还价的时刻来了。

“我们在商议采取什么行动的时候,传来消息说 Lethe 将进行内部重组。首席科学官,也就是你,会放弃第一把手的位置,隐退到研发岗位上,其间暂停一切对外商业活动。”老头儿顿顿,“同时警方开始重新注意你们。”

总而言之一句话,他也有麻烦。

“我们的推测是,你失势了。”

“那你们完全可以一枪毙了我,不用浪费时间跟我在这儿扯淡。”他回答。被人掏空了脑袋里的一切送到海边度假,的确是个倒台前总统的典型处境。但目前形容他处境的最好词语也许是“雪藏”。他还有绝大的利用价值,猎人不会追着瘦鹿跑。

问题出在他手里的货物是装在匣子里的。他拿不准跟他面谈的老头子知不知道他的失忆程度,先前两个医生的检查说明不了什么。脑外科手术对记忆造成的影响不是一根探针能查明白的。瞎子走夜路,他只能摸一步算一步了。

“也许失势这个词语用得不确切。但你在 Lethe 内的地位,”老头儿晃晃指尖,“今非昔比了。”

“既然如此,你们想从我身上得到什么?”

“只是一个小小的口头承诺。”

他等着对方说下去。越过老头儿的肩,他能看到梅脸冲着墙躺在地下垫子上。过一会儿她会翻身动动四肢,像个临考前睡不熟的孩子。

“如果你将来有所行动,我们是在一条阵线上的。”

“条件?”

“我们会保护你度过这三十天,提供一切条件让你有机会回 Lethe。你也看到了,在这个房间外想要你命的人多得是。”

“早上冲我们开枪的是哪方面的人?警方的?”

老头子哈哈笑起来,“错了,是你们 Lethe 自己的。警方倒是想保你一命,他们想让你当证人呢。”

导游是警方的探子。他又看到了在火光中模糊的车影,深呼口气。景观楼那场声势浩大的表演是对他的一次测试,警方想瞧瞧他到底失忆了没有。

“你们凭什么相信我会遵守承诺。”他问,梅好像醒了,撑起身子往四周看。他判断她的房间没有双向镜子,看不到这里。

“别担心,我们不会扣下你的女朋友。”老头儿眯起眼笑笑,“我们复制了你大脑数据。我们目前没有技术解读它,不过所有的资料,包括你们所收集的关于客户的,还有你自己的,全在里面。”

“如果我失约或永远成为在野党,你们就有了和 Lethe 分裂的另一派谈判的筹码。”他说。

“人人都会做两手准备的。”老头儿做出委屈的表情。

他的确不见怪。

10

如果封锁过多通道
人脑某些更基本的功能难免受到损害

机舱里凉爽宜人,梅从座位下面拉出毯子来一直盖到脖子。他转头看她,她抓着毯子一角碰碰他的手臂:“唔?”

他端起计算机让她伸手过来用毛毯遮好膝盖,然后侧过身去又睡着了。他熄掉头顶的灯。

从老头儿的库房离开后, 他要求他们护送他到机场, 提供两张去其他州的机票。梅迷迷糊糊地跟着他,他一路搂着她的肩。他有点怀疑他们给她的药力更强,好使她在谈判时不捣乱。

去机场的路上似乎有车跟踪,老头子在手机里讲了几句后,后面的可疑车辆消失了。他已经没有兴趣知道那是哪方面的人,反正都想要他的命。

飞机上天后梅似乎清醒了点:“怎么回事?”

“我们去九江。在那里你想转机去哪里都可以。”他说,然后告诉她所发生的事,他原先是谁,遇到的是哪种类型的麻烦。

她的手并没从他胳膊上缩回去。他自嘲地想难道女人们真的都爱坏蛋吗?

“你打算怎么办?”

“我现在还没有具体的打算。”他承认,“总之先离开云浮再说。”云浮,他从机场标示牌上知道了他待了两天的海滨小城的名字。GOOGLE 对于此地名的搜索结果是零。

“那里人人都知道我是谁,至少对那些想捉到我的人是如此。我借老客户们的东风暂时把他们甩在后面了,”他摇头,“但不久他们肯定会跟上来的。这家伙捅的可是超级马蜂窝。” 笔记本屏幕上是一串关于 Lethe 首席科技官王怀远的搜索结果。他打开一张附照片的网页,一个男人正与州议员大力握手,相当有技巧地将脸对准镜头。“他”长得不算丑。

梅盯着照片看了一会儿,又审视他的侧脸:“你们不太像。”

“整容当然不能像。”他干巴巴地笑笑,隔着液晶屏又看了眼“自己”的脸,突然一阵强烈的绝望感如潮水般将他淹没。

进入夜航时段,机舱里变得昏暗,一部老三维喜剧在前方的幕布上播放,戴着耳机看的人不多。自动巡航小车送过最后一轮饮料酒水后,大多数人都蜷在毯子里睡着了。他已经通过几个代理服务器联入了州立科技文献数据库。记忆手术对专业知识果然没有影响,他飞速浏览着最新的神经外科与脑科学论文摘要。一种熟悉感扑面而来,就像回到了离家几条马路的街区。公开性数据库中的资料不多,文后注释多引向作为商业秘密的私有数据库。看到后面发现那些最有价值的文章署名居然正是“王怀远”,他不禁失笑。他模模糊糊有点理解记忆调整手术的原理所在了,在海马区的神经网络单元中寻找引起特定记忆段的“关键词”,封锁兴奋点,用某种一段时间后自动降解的化学栓控制蛋白质 GRIP1 在树突上的运动。但联向某一特定事件的通路有千万条, 他不知道如何做到挡截每一个涌向特定网络单元的生物电流冲击。如果封锁过多通道,人脑某些更基本的功能难免受到损害。

看来那个“王怀远”是个比他有天赋得多的科学家。他带几分厌倦的心情关掉计算机电源。天花板很低,嵌着只散发出柔和黄色光芒的灯。梅的身体在毯子下轻微起伏,他凝神想了一阵,重新打开计算机,开始搜索另一类型的资料。

11

当以记忆为基础的人格发生改变时
他们应该被分别对待

他拉开房间的实木门,把服务生堆在那里的一叠报纸扫开了。报道标题醒目,头版照片大部分是将他和“王怀远”的脸全尺寸并排在一起。他蹲下身归拢报纸,一个身影投到他面前的地毯上。

他抬头:“你是怎么进来的?”

来人说:“我跟《日报》不是没有关系。”如果没有脸上近期烧伤植皮留下的地图状白色细纹,他的长相是扔在人堆里都找不到的类型。

导游。

“我们能谈谈吗？”

他开门侧身做了个请进的手势：“我跟你们的人谈过很多遍了。”

“我时间不多。”他说。

“我知道，今天是你的第三十天，你的案子法庭要宣判了。”

“你来以前我们正在做准备去法院。”他说。隔壁浴室传来细微的水声。

“说实话你走了很聪明的一步棋。那么多人被你煽动起来，”导游用脚尖指指扔在地板上的那堆报纸，“在网上你的故事被炒得更火。他们把你看成了悔过自新的圣徒，或者说将强行被推进地狱的无辜者。”

一个月前，他和梅从九州转机来到奥克兰，全球最大的媒体中心。《日报》前游行的男女将街道堵得严严实实，他们抗议正在被州立法机关讨论的一条新法令：关于长期昏迷与脑死亡的病人是否有权利根据事先签下的意愿书被实施安乐死。最新的讨论结果陷在了僵局中，在“二十岁的A是否有权决定四十岁的A的命运，当四十岁的A失去选择能力时。”这个命题上民众与官方都分成数派掐得不可开交。

他挤入人群，喊道：“我就是个活生生的例子！”

《日报》记者将他带进了大楼。

“我通过了你们局里安排的测谎。我的确不记得关于那个王怀远的任何事了。”他说。

“你要求法院下达强制性命令，让Lethe为你做永久性的记忆改造手术。”导游捡起一份报纸，随手翻开，“你觉得Lethe的人会在手术台上放过你吗？你向媒体披露了他们利用手术偷窥客户记忆的事。”

“我只说，有可能。”他耸耸肩。再说有什么比揭发自己以前的“罪恶”并表示不愿同流合污更能打动人的呢？

“他们只要出一点点小意外，你就会变成植物人。”

“如果今天我赢了，有十四家媒体会直播我的手术过程。”他说。

“如果你输了？”导游扬扬眉毛。

“你们会得到王怀远。”他坦然注视对方，“你们的警车肯定会停在法院门口等着逮他。”

“你有多少把握能赢？”

“天知道。”

在波音飞机隆隆穿过夜空时,他清醒地知道在技术上自己是赢不了的。他没有可能在二十八天内搞明白记忆手术的原理并找到某个地方医院为他做手术。即使做到了,在余生里他也得逃避 Lethe 新上任的头目、旧客户群以及警方的追踪。

与预料相反,他对“王怀远”毫无认同感。这种厌恶与“他”是个罪犯无关。想到一个月后自己将消散在此人的意识中,他的怒火直窜上心头,像下班回家发现某个陌生人正占着厨房里他的位子吃饭,膝上坐着他的老婆。

他想保住现在的自己。

王怀远是 Lethe 公司权力斗争中败北的一方,具体过程他并不了解。可以想象他们将他放逐到云浮城,以便日后利用。但是为何第二天 Lethe 的新贵们便想将他射杀?

导游是警方的探子,他试图保护他和梅的人身安全。老头儿说是因为想让他做起诉 Lethe 的证人。这可能是真的。

他已和旧客户们订了合约,他们暂时不会来骚扰他了,但前提是他真的握有好牌:脑外科版的胡佛档案。

这些人都想让他变回去,变回王怀远。那人脑袋里的记忆像黑色黄金一样危险而有价值。

他几乎无路可逃。

直到他无意点开了奥克兰新闻网页。

如果他提出诉讼,要求法庭宣判他独立于“王怀远”是一个不同的主体,有相同的生存权,那么奥克兰安乐死法令的最后通过肯定会援引他的案件做为辅证,以此来支持反方的观点:当年的签署志愿书者没有权利决定数十年后脑死亡病人的生存权。

在物质层面上是同一个人,但当以记忆为基础的人格发生改变时,无论是由岁月流变还是外科手术造成,他们应该被分别对待。

两个案件的提交时间如此相近,内涵如此近似,没有人会放过它们之间的相同点的。更何况,成为聚光灯下的人物,也许是保障这段时期内他人身安全的最好方法。

《日报》记者一路护送他去法院,并为他提供了一个名气很大的律师。他怀疑律师费是由奥克兰保守党支付的。州立大选在即。

他被安排住进一座宾馆的总统套房,接受《日报》安排的采访。同时他也去了警局,同意如果他成为一个独立的人,将尽力配合警方对 Lethe 公司的调查工作。做这番表示时,四周闪光灯闪个不停。如果他“被迫重新成为一个罪人”,他也将伏法,为“过去的所作所为负起全部责任”。

当场居然响起了掌声。

他不禁感叹媒体为他塑造的新形象力量之大。

导游扔下报纸:“说实话是赢是输对你来说意义不大。炸我车的那伙人相信你也了解是些什么人。他们不会放过你的,《日报》能保护你多久?大选之后就没人再会关注你了。”

“你是劝我恢复记忆然后和警方合作?”他难以置信地笑起来,“然后逃到火星上躲一辈子?”

“我不再劝你,这个你。你应该了解记忆度假的程序。当你退出时技师会有一段时间让你选择要保留下哪些记忆,我们的这段对话将会在你脑海中重演。希望那时的你能更加精明一些,抓住这个机会。”导游站起来,走到门边。

“我追踪了你三年。你没有变成另一个人。”

他拉开门走出去。

当梅擦着湿头发从浴室出来时,他还呆怔怔地坐在沙发上。

“我们该走了。”她说,“你怎么还没换衣服?”

12

无论法庭的判决是什么
他都能将之当做一种形式的“命运”去接受

法庭辩论过程相当精彩,连走道上都挤满了看热闹的人。最后休庭半小时,然后宣判最后结果。

他和梅被警卫护送到休息室。

“你居然睡着了。”梅说。

“你紧张吗。”

“那个律师的嘴,天啊,黑的都能被他说成白的,我看你能赢。”梅拍拍他的手。

他微笑。结果不是通过律师的口才或陪审团的良心或其他诸如此类的东西决定的。他能隐隐看到旧客户群,Lethe现在的头儿,警方,以及奥克兰两党在背后为无数条利益线的互掐。他希望他最后引入的安乐死法案争端能使这种局面达到——怎么表达呢，一种平衡。接下来的事他不想去考虑了，也明白自己无力去控制了。

无论法庭的判决是什么，他都能将之当做一种形式的"命运"去接受。想到今天可能是坐在此地的这个"自己"的最后几小时生命，他伸手反握住梅的手。

此时手机响了。他站起来去隔壁接听。挂线后他在洗脸池里冲了冲头，一直冲了好几分钟。他不想让她看见他哭过。那样就太软弱了。

"我们离婚办下来了吗？"他坐回梅身边，问。

她一下睁大了眼睛，然后平静下来："你雇人调查我。"

"你在观光塔里跟着我跳下来了，没人会为个只睡过一晚上的人冒这样的风险，当时我猜你是我提前付钱雇来的。"他说，"你为什么要离开他？"

他实际上想问的是：你为什么要在我身边。

"文书是半个月前批下来的。"她垂下眼睛，"我们一直相处得很糟。你永远是对的，你什么情况都想到了，最糟的是你自己知道这点。你像台真空机，把周围的空气全吸干净了，人是没办法在你身边生活的。"她抬起头看他，充满了积怨，"我去度了记忆假期，我在忘忧岛随便找个人背叛你，一次两次三次，我全部记得。可你居然都知道，你他妈的说你理解。"

他无言以对，等她把泪水擦掉呼吸平静下来。

"我，我是说他……以前是个怎么样的人？"

"跟你一样，那个警察说得对，我都听见了。你没有变成另一个人，你紧张时从不让人看出来，喜欢控制感。你把任何事情都当成百米跑的最后十步，而且你一定要赢。"

"我没有——"他无力争辩。

"正常度假者在浮云遇到有人冲他开枪，他会怎么办？肯定会去找 Lethe 保护。"她笑得很凄凉，"可我打赌你想都没想过。"

过了一阵他说："但这次我赢不了。"

"不，你依然赢了。"她掠开耳后的头发，揭开胶条，下面的皮肤完好无损。她并没做过记忆手术。胶条上黏着一根纤细的黑色棒状物。微型芯片。

"你请的侦探还不够好。我不仅是你的妻子，我还是 Lethe 的计算机库主管，我是说在你掌权的时候。"她仔细地把芯片从胶质中剥离出来，黑棒看上去只要稍稍用力便会粉碎折断。"他们要绊倒你时我不在场，但后来我拿到了你办公室的摄像头资料。你的医生建议你休息一段时间，你说你没空。然后他们就把你一枪撂倒了，强行休假。他们不敢把你处理掉，因为记忆复制和选择性控制技术的关键只有你一个人知道。他们也暂时不敢动我，Lethe 关于客户群的资料收集数据库的密码只有我知道。全部是电子文档，可以在普通计算机上解读。他们枪击你，是因为发现我跟着你一起走了。”

她对着阳光旋转芯片，眼圈又红了，“有了这份资料即使你不变回王怀远，你也赢了。也许不是你请的侦探不够好，你是想让我自己把它拿出来，毕竟它非常脆弱。一抢一夺就碎了。”

他看着她，她把芯片交到他手中时，低头吻他。然后推开门走了。

13

这次我不一定要赢
我跟你不一样

门外响起敲门声，他知道时间已经到了。

如果他输了，他也可以凭手中的芯片与 Lethe 做私下交易，保留住现在的“自我”。Lethe 新头目们一定很乐意看到老竞争对手的消失，而且又能得到旧客户群的档案。

如果他赢了，他能用芯片与警方换取新的身份证，到某个小岛，某个像云浮一样在地图上找不到的小城，开始新的生活。

敲门声开始急促不安起来。输与赢都不是属于他自己的，他对自己一笑，你把任何事情都当成百米跑的最后十步，而且你一定要赢。他得到的侦探调查结果的确包括梅在 Lethe 中曾经的位置，知道自己是个罪犯，与明白自己是个混蛋的感觉毫不相似。

后者更糟。糟得多。

这次我不一定要赢。我跟你不一样。

他站起身来开门，警卫涌进来夹着他走向法庭，他边走边捻着食指与大拇指，一道细细的芯片粉末洒落到深色地毯上。

重建游戏之地

CHONG JIAN YOU XI ZHI DI

他们说，如果你要找一个真正的传染病学家，那只能是"小熊"Tyler。

而我们真的需要一个专家。最好趁还有人生还，趁情况还可以挽救。但我自从周四以来还没见过一个活人。

等等。Nguyen 调节望远镜焦距，十字准星处的视域清晰起来，随着矮树丛一阵颤动，一个脑袋冒出来，左右四顾，神色戒备而不慌张。他双肩一耸，撑起身来，野战服糊满泥泞，黄褐底迷彩，是敌方的人。

Nguyen 放下镜筒，冲那边的山坡挥手大喊："喂——"

对方愣了愣，随即也挥手致意。Nguyen 又将镜筒凑到眼前，那个人正用手势语打出：原地保持不动，等待我方支援。他肩头银星闪闪发亮，嗬，还是个将军呢。

如果不是目前的特殊状况，这情形相当可笑：一位指挥官正赶着来和敌方的新兵会合，并且谁都不是间谍。Nguyen 咧咧嘴，靠到身后的板墙上，让肩膀休息一会儿。M43 是新兵配发的标准装备，黑色，全金属，装弹时姿势潇洒，唯一的缺陷是开枪时的后坐力能让你胸口青紫一大片，以及它的重量。

但背着它的确让人有自己是个战士的良好感觉。对于一个虚拟战争游戏社区，这是重中之重。Nguyen 揉揉脸，掌间尽是细沙和泥片，老式铁皮板的阴冷感透过汗水湿透的军服阵阵传来，空气里弥漫着热带低气压环境的气息和某种微甜的腥味。要多少 6G 设计师，多少小时的工作才能编织出如此真实细腻的全息场景？听说当年为"战区"投下的资金，如今刚收回了成本。Nguyen 知道全球不同"层"的用户数加起来超过三个亿了，这数字还不包括偶尔玩玩的票友和单机版用户。

将军转眼间已经到了镇口，大踏步向 Nguyen 走来。他的角色面孔是个四十岁左右的白人男性，有双冷淡的蓝色眼睛和线条粗野的下颌。从脸到腰间的配枪全是免费清单里的东西，一个不张扬的资深玩家。Nguyen 估计两分钟前他还在三千米外的山林区。疾行口令不是花游戏币就能买到的。

"你是三天来我见到的第一个活人。"将军说，胡子拉碴的脸上绽开一个笑容。他伸出手。

Nguyen 将 M43 换到左肩，与他握手："彼此彼此，我是腾飞的技术调查员。我叫 Nguyen。"

“难怪,我想这时候怎么会有新兵赖着不走。”将军拍拍肩章,四颗星,“练了七八年了,这点积分我可舍不得丢掉。你们到底是怎么回事?主服务器被黑了?”

四下一片寂静。几具穿军装的尸体倒在镇中央的井台边。民居关门闭户,连最初级的哑巴程序角色也消失了。全息感观系统还在运作,因为他们都能闻到尸体腐化所散发出的气味,一种带点甜味的腥臭。

这是 Nguyen 走过的数百个村庄、城市的缩影。

“说实话,我们不知道。”Nguyen 承认。

2

Nguyen 有权限让整个层从黑夜转为白天模式
在这里整修他更多是想摸摸“将军”的底

天色渐黑,将军提议在镇上过夜。现在走夜路虽不用担心“敌军”的埋伏、野兽或陷阱,却难以避免一脚踩进数据涡流里。“有些地方的 6G 模块弥合得有缺陷,像两张照片间的接缝处一样。卡在里面只有系统重启——天, 我跟你解释这些干什么?你可是腾飞公司的人!”他大笑,宽脸被火光映得通红。

“我们一般在底楼工作,不上来。”Nguyen 做了个包括四周的手势,“处理的是代码形式的数据流。所以在现实层我并不熟,我的确是个新兵。”他自嘲地晃晃手中的食品罐头,“凭我自己,连这个也找不着。”

是将军领着 Nguyen 撬开了镇上唯一一座有“内里”的房子,其他建筑只有一层二维表皮。他找到了地板下的给养,使屋中央的炉膛冒出一大堆火:没用木柴,显然又钻了某个程序后门。

他是否只是个老玩家这么简单。Nguyen 有权限让整个层从黑夜转为白天模式,在这里整修他更多是想摸摸“将军”的底。他能在三天前的暴乱中活下来,又坚持在这摊死水里站了足有七十多个小时,要么他的接入终端带有应急维生系统,要么他有能力自由进出已被全面封锁的“战区”网络。能疯狂到前一种程度的玩家局里全是有备案的,后一种情况他更满意:他要找的就是这种人物……很可能与这场病毒爆发事件有关。

他试探“将军”是否能协助他的调查。

“没问题,如果你不熟你就跟着我。你们早点解禁我也能下去洗洗屁股。天,我的房间肯定已经臭得进不去人了。”将军一使劲,被挤扁了的罐头盒叮叮咣咣滚到墙角。

Nguyen 搅了搅油泥状的食物:“如果你帮助我们调查，我能给你弄到一个特殊权限随时进出战区。”

“当真?”将军一挥手,“唉,老 K 他们强行退出真是太傻了。我当初就叫他们留下看看情况……”

“事情结束后,你的朋友也能恢复原来的账号。”

“成交。”将军和 Nguyen 击掌。Nguyen 要了他的 IP,打头数字很陌生,可能是个小洲的号。

3

“战区”通常使发生在每个游戏场的阵亡率维持在一定比例
腾飞有专人监控着这个数值

Nguyen 走出机房,靠在走道墙上点了支烟。一个技术员经过,毫无掩饰地皱眉,横了眼墙上的禁烟标志。Nguyen 冲小青年笑笑,刚从终端上下来,连接了一天两夜,高管也像个宿醉未醒的失业者。再说谁穿着终端服还戴胸牌呢。

他的助手金从信息部回来了:“头儿,很可能你是对的,那个‘将军’不像他所说的那样,七十八个小时内一直在线。从官方记录上看,他没退出过登陆,但我们向腾飞的下线要了这个区的流量详细统计，他大部分时间全以哑巴角色的行为模式做平面布朗运动,肯定是假动作。”

“那他的 IP 地址联往什么地方?”

金咧嘴笑了:“一个鸟不拉屎的鬼地方,那地方有没有台 86 级的终端都难说。”

“哪儿?”

“顾尔。”

Nguyen 也不禁失笑:“这招儿太失败了,跟起个假名直接叫张三李四一样。”

“头儿,那你怀疑他是哪方面的人?”

“说不准,八成是腾飞方面来的说客。”

“那你跟他说自己是公司方面的人——”

“大家肚里都清楚就行,现在还混在那块儿的都不是普通玩游戏的。我估计他就是冲咱们来的。谁没事儿想把战区封掉?我答应,上头还不干呢,每年多少项目指标是指着腾飞那帮人完成的?”

“今天上头又催着要结论。”金轻声说。

“结论结论,再催我就让他们把社区永久性封掉算了。”Nguyen摇头,“等到病毒流出去时他们就不催了。”他将烟头按灭在墙上,那一带黄迹斑斑,“话说回来,技术部那帮人搞得怎么样?”

“没什么进展。他们还在排查周四以来的新增不明程序列。不过工作量太大,他们考虑向外借调人员。”

Nguyen苦笑,挥挥手让金再蹲到技术部去催催。

这次麻烦大了。他闭上眼睛靠到墙上,大脑深处传来一阵刺痛。自从计算机的技术基础从微缩电路变成量子计算和神经元自我进化系统后,对病毒的追踪几乎成了不可能之事:每微秒新增长出的子程序段数以亿万计,在进化中失败的程序段随即被永久性删除,否则计算机的物理体积又会恢复成刚诞生时的巨无霸。他曾主张过至少应该有个备份,至少政府机关、大型公司的服务器如此。但没出事的时候,他的话也是别人听听就算,洲立网络安全部门的头头儿们私下里都和大型计算机公司有联系,他们对“成本”这个词有深刻的理解。

噩梦开始于周四早上八点。

一开始引起注意的是超出警戒线的大量伤亡数字。游戏新手当然免不了每隔一阵就“阵亡”一次,他们拖着笨重的装备,冲在短兵相接的最前线,即使中弹了也没有足够的分值呼叫战地军医。一段时间后,新手熬成了老兵油子,知道如何躲子弹和陷阱,有的升了官,更新了枪械,于是有了权利指挥别的玩家,这种人更珍视自己的账号,千方百计让自己“活下来”:无论是三星上将还是初级步兵,“死亡”即意味着记录清空。“战区”最铁硬的规矩。

“战区”通常使发生在每个游戏场的阵亡率维持在一定比例,腾飞有专人监控着这个数值,太高的死亡率打击初级玩家兴趣,太低又不能使参与者的肾上腺素疯狂分泌。优秀的监控者使一场战役游戏完美。

但在周四,一切都失控了。大批人死去,不光是新兵,还有大量的中高级军官。Nguyen调出当时的监控记录看过,代表游戏者的绿色光点阵使他想起一个被一脚踩塌的蚁窝。大部分玩家为了保住自己的账号在混乱中强行退出:当时服务器为了处理巨量请求已濒临瘫痪,腾飞不得已将通过非法途径退出登陆者的信息全部清空。消息很快传回“战区”内,还在原地想看看情况的人慌了手脚,企图通过某些下层链接躲到其他层或相邻社区……这使后来的调查工作更加困难了。

腾飞企图用普通的程序故障来推诿安抚玩家,承诺几小时后将重启社区,本次时间段内的积分损失无效……但各大论坛上群情激愤，大多数人一致同意，社区遭到了病毒感染。奇怪的是，达成此共识后的发言全小心翼翼起来，如果洲立安全部门封掉了“战区”，那谁也玩不成了。

而那时，Nguyen 桌面上的几台电话早已响得此起彼伏，网络监控部的监听员认为，这可能是近十年来最严重的病毒入侵事件。

所以说，洲立安全部门的警惕性完全对得起纳税人付的钱。

4

小熊是个传奇性人物
Nguyen 认为“小熊”是他在紧急情况下值得求助的人

“小熊是个传奇性人物。”金说，“他在赤道新洲的第四级疫区工作了近三十年，2189 年时，他一个人穿越大陆找到了当时流行性出血热爆发的传染源头。他只开了一辆旧吉普，车轮上连履带也没有。现在他是伊扎尔政府的卫生部特别顾问。从来没有一个外洲人能担任这么高的职位。头儿，我想他符合你想找的人，一个有实践经验的传染病学家。”

Nguyen 点头，他早已研究过“小熊”Tyler 的资料，两年前甚至趁他在联合大学做报告时旁听过。那是个身材矮小的中年人，站直了身子也不会满一米六。那个著名外号的来源显然是相对于他那高矮宽厚得不成比例的肩背。面部皮肤由于长期的野外工作黝黑粗糙，如果不是一口优雅的南纬洲口音，他给人的第一印象绝对不像个学者。报告会气氛热烈，但在散会时，Nguyen 注意到除了校方代表，没人敢于走近他方圆两米的范围。一个来自第四级病毒疫区并真正在那里工作的人。Nguyen 认为“小熊”是他在紧急情况下值得求助的人。

比如说，现在。

“你跟他联系的结果怎么样？”

“他表示愿意为我们提供咨询服务，不过要我们以后为伊扎尔提供多线程传递专利的免费使用权。”

“那东西本来再过半年就到期了。我想我们应该能跟洲科院通个气。答应他。他什么时候能到这儿？”

“他过不来，头儿。”金说，“他没法离开赤洲。我们联系他的时候他正在处理一起埃波拉爆发，在疫区已经待了三周了。海关检疫的人说这种情况下得隔离半个月才能放行。”

Nguyen暗骂一声:“那寄给他一套便携式的终端,让他在那里联入接口。我必须让他看看战区的情形。”

“快递已经发出去了,走的是特别通道,估计现在已经快到了。我还给了他一个出入权限。”

“干得不错。”Nguyen用力拍金的肩,“他一上线就通知我。”

此时窗外传来一阵喧哗,Nguyen和金相视苦笑,“战区”被网安局暂时封禁的消息到底传出去了。一层临街办公室里的人抱着各自的终端陆续上楼来,哗啦哗啦的脆响连续不断,每次窗玻璃都是外面抗议者首先泄愤的目标。“头儿,你有没有玩过战区?”金朝窗外撇撇嘴,“值得这么疯狂吗?”

Nguyen摇摇头:“也迷过一阵。不过到真花钱买装备时就撤了,觉得不值得。”

隐约有警车鸣笛声传来,可能起了冲突,几声尖叫。显然有人认为值得,而我们的时间不多了,他想。

5

以前我们把恶意程序叫做计算机病毒只是种语言上的类比
现在情况不同了,它确确实实是场瘟疫

镇上的医疗站相当破落,但它仍是唯一一座有完整防水层屋顶和能自助供电的建筑。Nguyen听到小型发电机的嗡嗡声,楼上窗户透出灯光。

“喂——有人吗?”他推门而入,一股消毒水味扑面而来,冲得他直眯眼。

一个军医打扮的亚洲老人坐在屋角的办公桌上,晃着两条长腿。Nguyen暗暗为他选择的虚拟形象感到好笑。

“我是Tyler,你可以叫我小熊。”他有口漫画式的白胡子,笑起来一脸褶子,“Nguyen?”

“能否给我解释一下,这里的状况。”小熊向四周挥挥手,“我很乐意为你们提供帮助。你的助手说那件关于多线程传递的事你们也没问题,我当然更会尽自己的全力来配合你们。但我是搞传染病的,对计机算病毒可以说一窍不通。”他笑笑,“我自己的电脑如果开不了机,我只会打红色快线求救。说实话,我连全息社区都是第一次上呢。”

Nguyen 拉过把椅子在“小熊”对面坐下，这是把宜家三十年前极流行的无重力靠背椅，只是旧得不成样子。他心里有点奇怪腾飞的人怎么会想到把这种东西编入游戏环境。

“这里发生的事就是一场瘟疫，博士。以前我们把恶意程序叫做计算机病毒只是种语言上的类比。现在情况不同了，它确确实实是场瘟疫。”

小熊双手交叉支着下颌，神情专注。

“自从我们用的计算机中央处理器是生物神经通过基因算法生成的以后，没有人能知道一台电脑确切地在‘想’什么。它们和以前一样完成任务，比以前更快更好了，但我们没法确切了解它处理程序的内部机制。它随时随地在进行程序进化，我们不能保留下所有进化过程中的资料。”Nguyen 苦笑，“客观条件不允许。所以新型的计算机病毒在目前的技术条件下，我们无法杀灭它们。我们甚至确定不了哪些程序列是病毒。通常的做法是封闭受感染的社区，将所有已发育的神经系统全盘格式化后重新开放。”

“损失惨重。”小熊咕哝一声。

Nguyen 摊开双手：“所以我们判定一个网络中是否有病毒感染是很慎重的，特别是对这种超大型的社区。全球有近三亿用户每周都会登陆‘战区’，如果消掉他们以前的资料，很多人心理上承受不了。”他加上一句，“当然，经济损失也是无可估量的。”

“这次我们不能出错，我们得确定这里是不是存在病毒感染。普通二维社区的案例我们已经处理过很多，但这次不一样。”Nguyen 说，“战区是个全息仿真网络，我们不可能从程序层找到病毒存在的证据，我们没有那么多时间，只能从‘现实层面’来寻找线索。”

“哦。”小熊慢慢地笑了，“你们想要我把它当成一场真实的瘟疫来处理？”

“您的本行。”Nguyen 微笑，“如果您能找出病毒是从哪个区域开始爆发的，也许我们的程序员能揪住那段可疑程序。我们可能能按传统的方式处理，杀掉病毒，给社区打上补丁。”

小熊伸出手：“我想我能帮这个忙。”

Nguyen 犹豫一下，他意识到对方是个处理烈性病毒的人。别犯傻，他也伸出手。

金在呼叫他。将军上线了。正向他们所在的村镇移动。

“有些事我得事先告诉您。这次的事件牵涉到很多利益冲突。”Nguyen 说，“我们将会安排另一个人参与调查。他表面上是个普通玩家，实际上是战区公司的人，他知道我是洲立网安局的，但我的身份将也是战区公司方面的。因为按条例我们得先向战区公司申请才能进入社区做安全方面的调查，而在实际操作上，我们都明白这不可能。”

“你希望我能说服他，这里的确有情况严重的病毒感染发生，这样你们才能封闭社区做处理？”

Nguyen 发现，站在面前的胡子老头不是个书呆子科学家。

6

他们是从特殊通道进入这个层区的
小熊要求从疫情爆发的最早地点开始调查

一片谷地，中央是座高大、无窗的建筑物，外墙刷得雪白，隔得很远都能看到屋顶的多排金属管在阳光下闪闪发亮。四周是密不透风的热带雨林，关于小动物模块的程序显然工作正常，大群蚊类飞虫在 Nguyen 一行三人通过时哄然惊起，“将军”大声抱怨它们咬得他满身包。Nguyen 也不好受，但没说什么。

他们是从特殊通道进入这个层区的。小熊要求从疫情爆发的最早地点开始调查。“在处理一场不明传染病爆发时，我们一般要解决两个问题。病毒最初的来源，它的传播途径。我们现在并不知道这种病毒的症状——”

“远比正常情况下高的死亡率。”Nguyen 提醒道。

“从医学角度看，死亡是结果，不是一种症状。举个例子，对于埃波拉，高烧、头痛、内外出血是症状，死亡不是，尽管大部分情况下——是最后一步。”小熊耸耸肩，“如果真把发生在这里的事件当成一次疫病爆发处理，我们首先得找出是什么导致了死亡。哪怕是游戏意义上的。”

“这么说我们要寻找的是导致了高死亡率的异常情况。”Nguyen 转向将军。他们三人相遇后，“小熊”被作为腾飞公司外聘的专家介绍给了将军。Nguyen 捕捉到将军总是乐呵呵的脸上似乎有点表情卡壳。

“理想情况下是去混乱初始的地点看看。”小熊说，“你们能联系到那些游戏玩家吗？我们最好能与他们谈谈。”

Nguyen 摇头：“没有可能，所有玩家的注册资料都是非实名制的。”

“他们通过什么方式付款？能通过网银账户来找到某些玩家吗？”

“等我们与银行方面扯皮完——”Nguyen 苦笑，“再说没有银行会为了一个游戏社区透露客户资料的。我们现在只有一个混乱亲历者。”他拍拍将军的肩。

将军搔搔头：“行，你们问什么我答什么。”

“那我们去你当时在的那个区看看。”Nguyen 让金开辟通道。金告诉他局外头的人群已经散开了，现在有警车停在门外驻守。不过腾飞方面报告说有数起对战区管理区的网络入侵事件。看来有人想拼死挽救自己的账户。“我知道了。”Nguyen 说，“收线。希望我们在这里不是白白浪费时间。”

7

人在压力和恐惧下会说谎来保护自己
瘟疫最能激发人的这种本能了

“简单来说，这次两军交战的目标就是攻占那座白色厂房。我们都为这次战役规划了很长时间。”将军指向暗绿树丛后露出的银色反光。他们站在一片沙土质的空地上，前面是个小镇，和其他所有地方一样死寂。一条宽土路穿过整个镇子，深深的车辙里积满了水。“我的人周三晚上在镇上休整。”将军带着 Nguyen 和小熊沿土路走进镇子，他指给他们看路边一棵合抱粗的死树，“我们不得不把它挪开才能让吉普车接着前进。”

“我早就和这里的镇长谈好了，食物和水都由镇民提供，我们的人住在中心广场上，自己搭的帐篷。上半夜很平静，很多人都留个空壳在铺位上装睡，去别的社区逛了。下半夜对方组织了一次小规模偷袭，我们打退了他们，还派了两个间谍过去。双方都没什么伤亡，你知道，明天算场大仗，都想把分值留到明天总攻时玩爽了。夜里闹闹只是不想闲得太过分罢了。”将军做个怪相，“谁料到会冒出这么一出。”

中心广场上留着大队人马扎过营的痕迹。四处是空食品盒，烟头，军鞋印和帐篷钉洞眼。“如果我在做真的疫情调查，我会要份你们的食品、饮用水的样本。”小熊环顾四周，“还要找几个当地居民问问。”

“我能给你弄到这些东西。”将军说，“除了当地居民。”

他们在镇子里转了圈。民房和主街上的百事快餐店全空空荡荡，房子大多是用大型集装箱改成的，上面覆了层草。这个层的气候设定可能是雨季，草顶发黑滴水，在墙上留下一条条灰色印痕。Nguyen 再一次为虚拟环境构建师想象力的细腻感到震惊。大多数建筑物是摆设，没有事前预订，程序例行人物也不会出现。空气变得沉闷起来,似乎又要下雨。镇东侧有间塑料板材的双层房,门口挂着褪色的红十字标记。“是医疗点。我那天就在这里住了一晚上——”将军推开门,三人都不约而同向后直退。

“他们以为在这里能躲过去。”小熊说,跨过门口的一具尸体走进屋内。将军跟在后面进去了,他指指临街的窗,上面有个破孔,“看来是有人从那儿扔了个汽油弹进来。”Nguyen觉得胃里直翻腾,不知道他们从哪儿搞来这些全息图像资料。车祸现场?瞧瞧这些断手断脚之类的——幸好未成年人的账号看不到这些限制级场面。他把目光从尸体残骸上移开,环顾四周,所谓“医疗站”内部相当简陋,几台老式冰箱旁蹲着小型发电机,一个文件柜,一些他叫不上名字的医用器械。他深呼吸几次,能重新审视现场了。

小熊双手插兜站在屋中央,表情专注淡漠。

“有两个好像是我的人。”将军说,“其他是对方的士兵。”

“而他们全因为窗外投进来的炸弹死了?”Nguyen问,三天后血迹在墙上已接近黑色,味道却更加可怕了,“你们还有第三方?”

“没有。”将军慢慢摇头,“我不知道。”

“那好。”小熊说,“我们沿着你们那天的路再走一遍。”

于是他们沿着行军路线摸进了丛林。Nguyen考虑过让金通过程序后门给他们清理出一条走道来,想想又算了,现在要复原事故那天的经过,那就做到一丝不苟吧。带刺小灌木和藤蔓折腾得他够呛。将军远远走在前面领路。小熊挨近他,“嘿,我们能私底下说几句吗?”

“嗯?”

“如果像你所说的那样,他是战区游戏公司的人,那他关于爆发事件的描述的可信度有多少?”

“事件一发生,腾飞的服务器系统启动了紧急预案,保留了五到六个小时内的社区记录。我们的人查过,他的账户一直处于登陆状态。至少他的确是个目击者。”

“要看他实际拥有的权限,也许他只是冒用了那个目击者的账户。”小熊随手扯下根草茎,咀嚼起来,“我不知道能相信他多少。”

“我也考虑过这种可能性。有两种情况,一种他的确是自己所声称的那个亲眼看到混乱爆发的人,我们能利用他所提供的情况,没问题。”Nguyen眯眼看前面大踏步前进的人影,“另一种他是腾飞的人。他们当然不想我们得出社区有病毒存在的结论，而他向我们展示的地方却不可能做伪，要临时编制一个层，能为周四的事故提供一个合理的解释，时间远远不够。所以现场总是现场。”

“我明白。说谎的是人，不是事物。”小熊笑笑，“这跟我的平时工作倒挺像，除了病毒外，你总得和说谎的人斗争。你知道2189年我们得到一批黄热病疫苗的捐赠吗，来打疫苗的总是住在城区没有感染风险地带的人，因为是红十字付的账，免费的。后来我们开始重新鉴别来的人有没有注射资格。要求出示身份证件，猜猜发生了什么事？”

Nguyen扬扬眉毛。

“很多的确住在下城的人把身份证件租给了上城的人。他们才不在乎有没有感染风险。他们所住的地方能致死的疾病太多了，多一种又能怎么样。”小熊笑着摇头，“在伊扎尔工作五年以后，我才学会先把任何人所说的话当假设处理。人在压力和恐惧下会说谎来保护自己，瘟疫最能激发人的这种本能了。即使他就是那个目击者，”他冲前面微微点头，“他所说的和实际情况也会有差距。我们只能尽力推断这里发生的事情。”

前面的人在树林结束处站住了，等他们赶到。“我们就是在这儿遭到了袭击。”将军轻声说。

与面前的惨状相比，医疗站内的场面简直算不得一回事。

“炸弹。”将军简短解释道。

他们慢慢走近空地，今天对人体解剖学的了解可算是进了一大步了，Nguyen诅咒一声，努力使自己忘掉踩在脚底湿滑的东西曾经是人体的一部分。好在看多了便发现死者的模样大多类似，看来系统中储存的死亡模型数量不足以应付周四的突发情况。这大大减轻了现实感，令Nguyen松了口气，眼前只是计算机模型而已。

“我们刚从丛林区出来，整编后向目标东区进发，打算在那里搞个阵线。这时候假弹的呼啸声就来了，我们昨天夜里送出打探消息的内线说他们今天会用假弹来把我们吓得屁滚尿流，所以我们都冲天空发出嘘声。”

“结果——？”

“结果炸弹真掉下来了。”将军冲地下吐口水，“我们的人顿时散开了，我估计差不多当场死掉一多半。剩下的全往树林里冲，模块涡又吞掉十多个，那时服务器已经撑不住了。树林之类有复杂细节的地区总是最先卡死的地方。”将军朝Nguyen看了眼，“然后我从暗链接逃到了军需讨论区，十多个小时后才回来。抱歉。”

Nguyen摆摆手：“无所谓。”

“能不能解释一下，我对游戏规则没有概念。”小熊说，“反常的地方在哪儿？”

“假弹是根本不存在的玩意儿，所以我们才叫它假弹。我们经常用它来开对方派出的间谍的玩笑，它是种只会发出咻咻声和投弹影像的装备。”将军模仿炸弹划破空气的声音，“再说这场战役里根本没有投弹这码子事儿！”

“你们事先知道？”

“当然。别以为我们穿着迷彩就真在打仗，这里是玩游戏。我们和对方打交道有五六年了，像这种一上来就乱炸一通的事儿只会发生在初级。没有重型火器，我们原本打算在目标建筑里玩狙击和肉搏——”

“给我解释一下你们的得分制。”小熊打断他。

“杀死一个敌人加分，但比不上军阶升级或在社区登陆时间累积得到的分值。”将军脸色难看，“我们玩的是战争，别把我们当做迷杀人游戏的。”

“对不起。”小熊和解地笑笑，“我们去对方的阵地看看吧。”

8

他的面容像塑料纸一样在空气里哗哗响了几声后消失了
留下乳白色的一块影子

他们走向白色建筑物，绕行到东南角找到了入口。它的内部看上去像个废弃的车间，一层开着高达数米的门洞，地上铺有粗大钢轨。“是给运输机进出用的。”小熊解释说，“这里应该是模拟了某个加工厂。”他的声音被放大，失真，回荡在空旷的空间里。

“你怎么看？”Nguyen 轻声问。

“你指炸弹的事？”小熊双臂抱在胸前，“那看上去像个系统错误。如果病毒不是作用在个体层面上，我想我们都无能为力。”

“为什么？”

“如果病毒改变的是社区运行的规律而不是个体玩家的行为模式，你只能去找个社会学家来诊断出了什么问题。”小熊咧嘴一笑，“我想你等不了他们在三千种流行理论里找出哪种适用于当前的状况的，更别提解决问题了。”

“可能事情真有这么糟。”Nguyen 苦笑，“你不是想找些当天的用户谈谈？我们收集了一些事后他们在游戏论坛上发的帖子。大部分人的感觉只是混乱，在意外的情形下死去、与队伍走散、与莫名其妙的军队开战。很多人的推断是战区系统被破坏了。”

“那你还来找我？”小熊语气平淡。

“我不相信这个判断，因为整个系统还在运作。尽管一度在信息处理流量方面遭到过崩溃的危险，但它还是‘正常的’，我们在这儿的一举一动、周围的环境变化全符合逻辑。看上去这儿根本没出毛病，”Nguyen 耸耸肩，“除了满地死人以外。”

“所以你认为是病毒感染。”小熊示意跟上将军，他正爬上狭窄的金属梯上二楼，身影像在白纸上移动的一只小虫子，黑点消失在墙高处的暗色小窗里。“一个人得了感冒不会一下子死翘翘，而你指望医好他。我打赌你一定很迷恋文学上的类比。喂！二层有什么？”他大声喊道。

过了好一会儿，将军重新出现在梯子末端。他在那儿站了很久，似乎在考虑要不要回到地面。直到他一步步爬下钢梯，长出一口气，才面色阴沉地开口：“我的人死了两次。”

“上面有我们的人，也有他们的人。他们带着长枪和短刀。跟我们计划好的一样。”

他们走出厂房，站在耀眼的阳光下，似乎有烟从远处沙地上升起来。将军抹抹脸：“爆炸过后，我看到部分我们的人逃向厂房。”

“你的意思是，他们接着去与敌方战斗？”小熊问。

“不。我想他们只是本能反应，想进入建筑物。问题在于爆炸发生的时间是 7 点 46 分，我记得很清楚。而我刚才找到一块打破的手表，上面显示的时间是 7 点31。”将军脸色灰败，“战区完蛋了，有两支‘我们’的队伍同时活动，甚至在同一层！我甚至看到好几对死人长得一模一样。”

“只要我们找到问题所在，我们会修好它的。”Nguyen 拍拍将军的肩，暗自觉得可笑，面前这个五大三粗的男人简直像个失去了心爱的芭比娃娃的四岁女童。

“我想以后我再不会以为战区里发生的事是真实的了。”将军说，“我当然明白是计算机做出的这些场景，但是——”他摊摊手，“你们可以管它叫幻灭……我不想再待下去了，抱歉我跟你的协定。我要退出了。”

“喂！”Nguyen 想拦住他。

“我刚才看到自己在上面死得很难看，”将军声音发颤，“头都没了。”拇指朝厂房的方向点点。他的面容像塑料纸一样在空气里哗哗响了几声后消失了，留下乳白色的一块影子。四周的背景色慢慢自动修复了空白处。

“他强行退出了。”Nguyen 有点发愣。如果“将军”是腾飞公司的人，他为什么会在这个时候离开？他们甚至没有得出任何结论，连猜想都没有。严格来说，他只是向他们展示了一段经历，没有得到信息回报。可能他真只是个单纯的战区发烧友？Nguyen 有些不安，让人看到自己身首异处的形象毕竟不是件有趣的事，更何况人家算热心地帮了忙。

“没关系。我想我已经有初步的猜想了。不过还得需要验证一下。”

Nguyen 回头看蹲在沙地上的老头。他的眼睛在层层皱纹包围中闪闪发亮，“带我去你说的那个战区论坛。”

9

没人可以撒谎了
你所说的每个字都会成为真相

“程序要跑很长时间，你不必看着。”小熊说。他们进入一间临时被辟出的工作空间，四周粗糙的白墙上突兀地显出一台终端。Nguyen 要求保证他们有专用的带宽来连接社区。

他双臂抱在胸前，看数千份电子问卷发出、收回，信息被汇总并形成三维图表上一根曲折的线。

“警局的目击证人问卷的变体。你可能想象不到每年我们会用掉多少张这样的表。用来收集基本的情况，你在哪里，你干了什么。有时候我们要根据它来判断一个人有没有资格被送出疫区，得到的大部分答案都很可笑……你并不在听。”小熊笑起来。

“抱歉。”Nguyen 揉揉脸，“我差不多九十个小时没有睡觉了。我更想知道你的猜想是什么。”

“等我解释完，也许归纳出的数据能使你相信我。”小熊回头瞥一眼终端屏幕，“所谓的病毒，就是诚实。”

Nguyen 盯着对方：“诚实？”

“强制性的诚实。军事游戏玩的就是尔虞我诈。但从周四起，没人可以撒谎了，你所说的每个字都会成为真相。”小熊说，“想想那个将军玩家的经历。他得到的情报是会有假弹袭击，结果真的遭到了轰炸。对方与之约定的战役也如期进行，哪怕系统必须默许发生让一队人同时出现在不同场合的严重冲突。病毒不允许人说谎。”

“不可能。”Nguyen 不由自主摇头,“很抱歉,全息游戏终端的确直接连接到人的神经系统,我不是生理学家,但我想它不可能成为一个测谎仪。”

“来看看这个。”小熊侧身让 Nguyen 看终端屏幕,数千根红线最终汇集到一个点上,光点落在三维坐标轴的原点,“我们平时用它来统计疫区爆发情况。每个被统计者都会撒一点小谎。他们总是说自己没把污水倒进河里;说家里没人出现初期症状,因为怕我们带走病人,因为他们不喜欢家人死在医院里;说自己按时吃了药,说自己没给住院的亲友带自制的食品;信誓旦旦家里没有老鼠……你会看到红线互相平行,会有许多交错区,是数据相似的地方,程序会继续分析这些区域,找出哪些采集来的情况是真实的,或者说真实的比率高一些,我们能利用这些事实来处理疫情……但来源于战区社区的数据分析,你自己能看到,程序终结于一个点。上千人所说的情况完全互相吻合。你能相信这是正常的吗?”

Nguyen 沉默了一会儿。

“我还是很难想象这样一种病毒是建立在什么基础上的。”他说,“系统怎么知道你是否撒谎?到目前为止没有人能发明出一种真正的测谎仪。”

“系统知道每件事,那它的确可以判断出一个人是否说的是实话。服务器就像是虚拟世界的上帝。”小熊说,“我想玩家下线后他们在真实生活里并不会变成患有诚实强迫症的人。病毒的作用只发生在社区内,否则他们早炸锅了。”

Nguyen 扬起眉毛:“你能肯定?”

“一个人保持绝对诚实的话,他根本处理不了日常事务。”

Nguyen 想了想忍不住笑:“的确如此。”

他站起身:“谢谢。我想你是对的。接下来就是程序员的活儿了,他们应该能修复这个 bug。”

“别忘了我们的协议。”小熊伸出手,他们相握。

10

为什么不直接拿着真刀真枪上街拼拼呢
也许造成的危害还小得多

服务器就像是虚拟世界的上帝。

他满脸冷汗地从脸上扒下全息终端面罩。那个赤洲医生不知道自己说出话的重量。如果他的假设真的成立，即意味着战区系统里存在着一个核对机制，将任何用户的言论与环境变量一一对应，并作出调整以满足“每个人都是诚实的”的前提。这需要一个控制中心。

以基因算法为基础的计算机从来没有控制中心。如果它们真的进化出了一个，那些以此为题材的灾难科幻小说可得畅销一阵子了。Nguyen苦涩地想，一个拥有自我意识的超级计算机。而我们只是想玩玩打仗游戏。为什么不直接拿着真刀真枪上街拼拼呢，也许造成的危害还小得多。

“头儿，有条新闻，关于腾飞的。”金敲门，探进半个身子。

Nguyen打开终端上的网页浏览，腾飞的新闻发言人面对镜头：“……对近日来系统故障造成广大用户的不便表示歉意……新计划，有意在赤洲顾尔地区按战区游戏场景原样兴建一个大型实弹场，给玩家以最真实的体验。整个项目如果进展顺利，预计在2195年前正式建成投入使用。目前正在与顾尔政府进行土地租用权方面的会谈……”背景，是一段与战区场景十分相似的影片投影。丛林，泥浆大道，白色工厂区。

“听他们的口气似乎是要放弃虚拟社区项目，把全部精力放在实弹场上。”金说，“不过信息部的人说目前跟顾尔方面谈得并不顺利，那里很多人反对把土地卖给外洲公司。”

Nguyen回过神：“帮我联系腾飞的人，要求见面详谈，就说是否有病毒的事已经有结论了。”

金应声出去了。有自我意识的上帝？去他的，他咧着嘴笑了笑，事情还没那么糟。

11

你们不可能彻底清除病毒程序的
战区基本上已经废了

他跟她打交道已有数年了。腾飞的技术部规模与洲网安局不相伯仲，她在其中的地位与他类似。相互知根知底，说话可以方便很多。

“你们跟小熊有联系已经有多长时间了？”

“自从你开始收集关于他的资料开始。我们知道你总有一天会找他帮忙的——你有喜欢找跨领域专家的怪癖。数学建模者、历史学家，上次是个动物行为学家，我们都能摸出规律来。”

“那你们跟他定的协议有哪些条件,除了向你们通报这次事件的处理进程?”

“你能想象得到的,尽量别让你们得出必须销毁社区的结论。”

他笑笑,真诚地说:“其实我们也在尽力达到这个结论。”

“我们的人已经在试着修复,也许所有的用户信息保不住了,但至少我们花数十亿构建的6G环境还可以救回来。”

“你们不可能彻底清除病毒程序的。即使现在恢复了正常,你们也不知道什么时候会复发。神经网络已经形成了,小修小补顶不了什么事。战区基本上已经废了。”

“情况没那么可怕。”她说,“小熊有没有跟你说过,什么是生命的起源?”

“我想他对跟一个男人讨论哲学问题没兴趣。”他哼一声。

她没受影响:“所谓病毒,在生物体的进化过程中起的也可以是积极作用。叶绿体和线粒体也许早期也是侵入生物体的外来病毒而已。经过磨合期,它们成了有益的一部分。现在我们手里的程序段和战区磨合得不错。你有没有想过,一种能核对所有情况是否吻合的程序列多大地提升了整个系统的运算能力。经过如此大的改变,战区并没有崩溃。”

“所以你认为这种病毒有利用价值。什么时候得出的结论?”

“比你早一天。”

“好吧,那你为什么还要让我们在战区里瞎转?”

“争取时间。我们得分离出独立的病毒程序段。如果小熊没能成功使你认为格式化社区是不必要的,我们还是要做两手准备。现在看来很值得。”

“你们赢了。现在要求你们交出程序段我想不可能。格式化社战区变得毫无意义。”他举起双手,“我不会用行政命令强迫你们,不过在反病毒程序开发出来前,你们最好自觉停止战区的运营。万一它散布开的后果你们也知道,不用我恐吓你们。”

“当然,我保证。我们现在的主要精力放在顾尔的实弹场开发上,短时间内不会重新开放战区。”

他点头,站起身来,出门前又想起一件事:“喂,你就是将军?”

她笑了,没否认。

12

腾飞没有像自称的那样创造出整个战区环境
战区的 3G 工程队复制了这个地区所有的场景

赤道新洲。七月流火。Nguyen 一下飞机就被热浪打得晕头转向。

在洲际海关,他注射了六针加急疫苗,浑身肿得像个半透明水母。往顾尔去的航班已经停飞,机场警力比往常多了数倍,安检处的人将他的背包翻得底朝天。他们警告他,这时节去顾尔,光凭他那张外洲人的脸就会在街上挨冷枪。由于腾飞大规模收购土地引起的争端已经上升到武装冲突的地步。

他说他是小熊的朋友。于是有穿着军服的人赶来,给他安排了架临时飞机。那架带翅膀的玩意儿 Nguyen 瞧了半天才认出是架 2156 年的 K-45。他克制自己不去想它到底该在多少年前就退役了,钻进了窄小的机舱。

飞行员一路上冷着脸,因为顾尔正闹埃波拉,因为 Nguyen 他得飞这次瘟疫之旅。看着机腹下划过的浓厚密林,泛出白色闪光,时断时续的河流,Nguyen 扪心自问是否疯了。但他必须要知道。在新闻短片中,顾尔的实地拍摄场景给他强烈的似曾相识之感,并不仅仅是由于战区留下的印象。

顾尔的机场也是土路, 着陆过程快得惊人。飞行员接近地面时戴上了隔离面具,粗声命令他舱门打开时就往下跳。结果他和自己的背包几乎是被推下机的。

等他在白得耀眼的阳光下回过神,发现几个穿上衣的孩子围着他尖叫,用流利的南纬语问他要不要租车,并不惜余力地攻击对方家的车是如何破烂。

一个当地青年嘘开孩子们,向他走来:"Nguyen? 我和小熊一起工作。叫我安伯就行。"外面停着辆带履带的货车,上面的红十字标记几乎已经掉光了颜色。

他跟着安伯回营地,一路上全是泥路,不时他们要下车搬开横在路中央的树。有些是人工障碍,车刚停下就有一伙人从路边沟里跳出来要钱才动手"帮忙"。"现在的树种全是外来引进的,长得过快,根系很浅,一刮风下雨总有人被砸到。"安伯说,货车驶过一个坑洞,Nguyen 的头结结实实撞在车顶上。

"还有多远?"他问,车窗外一队队零落的行人吸引了他的注意力。她们站在几幢白色连体巨型建筑边,年纪在二三十,都戴着式样在南纬洲也算得上新潮的小帽子。看到有车过来,她们举手作出搭便车的动作。这是加工厂。他记得小熊说过。

"快了。这里上个月还是隔离区呢。她们已经恢复上班了,反正莎拉热不是呼吸传染的，我们也不反对，更何况在工厂里有常驻医生，自来水，总比待在那种草顶屋里强。一到雨季，天啊，那股子霉味。"安伯吐吐舌头，看到Nguyen看他的目光，解释道，"我在北纬洲长大，是两年前跟着小熊做疾病控制项目才回的赤洲。"

前面的路用黄色警示带拦住了，安伯拉开车窗冲警卫挥挥手，继续向前开。"现在这里算第四级疫区。不用紧张，传染高峰已经过了，而且你在海关已经免疫过。不会有危险。"

夜色降临，有点微雨。镇侧唯一一座两层楼的房子里传出发电机的嗡鸣。Nguyen随着安伯推门而入，熟悉的消毒药水味扑鼻而来。小熊坐在他见过的那张破宜家椅子上冲他们微笑，他看上去跟壮汉的拳头一样结实，但眼下深深的皱纹使Nguyen想起某种属于老人的疲惫。

"腾飞没有像自称的那样创造出整个战区环境。"Nguyen说，"战区的6G工程队复制了这个地区所有的场景。"

小熊点头，"2189年。他们在这里驻扎了半年，搞得像个好莱坞临时外景地。不过作为回报，镇外那个加工厂是他们联系投资的，解决了差不多所有人的就业问题。"

Nguyen想找个地方坐下，桌上全是试管架与离心机，墙边床上黑色的可能是血污，而屋里似乎找不到另一张椅子。安伯拉来个洲际医用快递箱来示意他坐，然后退出去了。

"你毁掉战区到底想要什么？"Nguyen等门关上后问，"病毒是你带进去的。"

小熊一怔，随即释然，"破绽在哪里？"

"顾尔和伊扎尔的网络IP有部分是重叠的。60年代开始的领土争端留下的问题。你从那时起已经在这地区工作了。所谓将军，一开始是你的账号。后来腾飞的人接过来扮演这个角色。"Nguyen说，外面雨下大了，打在铁皮屋顶上像小鼓，"我们找出了外来程序的传播来源。是你。"

"早知道多跳转几个服务器就好了。"小熊笑着摇头。

"腾飞还不知道实情。"Nguyen说。等待着下面的解释，水痕顺着墙流下来，爬过用层层胶带保护起的电源线。在这里要得到持续供电应该并不容易。他突然感到可笑与疲倦：眼前的人居然送出一种使虚拟世界绝对诚实的病毒。

13

战区已经有十年的历史，很多人都离不开它
以后我们会是个世界枪械迪士尼乐园

“我是个传染病学家，我只是想解决赤洲的传染病问题。这里每年死于流行性出血热的人，已经感染或很有可能感染 AIDS 的人，占全部人口的百分比高得惊人。我们需要地下水系统，疫苗，卫生常识教育，还要欧洲的大学多给我们的项目一些经费。”

“这跟战区有什么关系？”

“2156 年南纬中心地区出现了一例军团病例。全民进入防疫警戒状态，用掉了一亿三千万。是我们年预算近十倍。我们离开你们的大陆太远了。没有足够的恐惧，人不会掏出钱来。”

“腾飞的实弹场？你想吸引南北纬洲人到这里来？”

“他们会给我们足够的资金把他们的游戏乐园打扫干净的。战区已经有十年的历史，很多人都离不开它。以后我们会是个世界枪械迪士尼乐园。”

Nguyen 想起这个房间在另一世界里四处横陈的尸体与墙上的血迹，感到一阵寒冷，好像雨水流进了脖子。安伯曾说，两周前，后面的空地上堆着四具因瘟疫死去的人的尸体。家属要求土葬，而医疗站的人员因为有造成污染的危险，企图说服他们进行火葬。结果一夜间死者被偷走。真实的死亡，真实的瘟疫。

打扫游戏之地。

“你从哪里弄来的病毒程序？”他问，“我知道你对计算机不像自称的那样一窍不通，但要编出这样的病毒——”

小熊笑而不答。Nguyen 想起他在这国家的官方身份，明白背后肯定还有一群人：“腾飞已经分离出了病毒程序。”

“你们肯定也是。”小熊说，“不过这种程序没有普适应，它在其他系统中无效。它没有传播的风险，他们无法利用它。”

安伯敲门：“你们最好快点，教授，我们得走了。”

“有人不喜欢我们把土地卖给外洲人。”小熊站起身，利落地开始收拾桌上的东西，放进冰箱，“他们最好别断这里的电，否则血清采样全白做了。他们说这样会破坏赤洲的原生态文化。真是天晓得，我们吃你们同样的食品，穿你们同样的衣服，去你们的工厂工作，晚上看你们的有线电视节目——只不过不付钱。外面的雨林每两年就变成送往沃尔玛连锁店的高档家具，所谓野生动物全是你们从外洲带过来的物种变种。唯一的区别是我们因为贫穷得承受你们能花钱预防的疾病——”

灯突然灭了。黑暗中 Nguyen 听到小熊用当地话骂了一声，推着他的肩膀出了后门，货车已经发动起来了，安伯一把把他拽上车，随即冲了出去。“他怎么办？”Nguyen 大声喊道，车颠簸得厉害，雨水从窗外溅进来，“怎么回事？”

“没你的事。我送你回机场，会有人接你走的。”安伯说。此时镇子方向隐隐有枪声传来。车子重重一顿。Nguyen 一路上无法再引安伯交谈。

上机前，安伯接到个电话后脸色缓和了许多，拍拍 Nguyen 的肩：“没事，只是附近疫区的情况太严重，驻扎医生偷偷走了。剩下的人全逃到我们营地来了。警卫不让他们进入，产生了些冲突。”他补充道，“这很常见。”

Nguyen 无言以对。

14

重建游戏之地

一个赤洲孩子的原生态文化体验中心

“我们早已放弃从战区病毒身上打主意了，在其他系统里它根本起不了作用。再说顾尔的实弹区已经快开放了，我们以后的重心可能大部分转移到那里去。”

“那我们以后的合作机会可少了。”Nguyen 笑道。

“不一定。说实话，我们在重新考虑开放战区。”

“嗯？”

“你知道顾尔最后同意与我们签订租地合约的条件之一是让他们免费使用战区的一个层。他们已经有办法能控制病毒，赤洲不愧是出编程人才的地方。我想我们多让几个层给他们，应该能交换得到病毒补丁。”

“他们要战区的层干什么？”

“做某种原生文化体验区之类的玩意，似乎他们的小学已经把登陆体验区列成了必修课，是政府出资搞的东西，里面放赤洲的历史啊，动植物啊，公众教育吧。”她笑道。

结束通话后他到走廊上抽了支烟。

安伯告诉过 Nguyen，编制战区病毒时就同时编制了补丁，但要找个好时机向腾飞换战区的使用权。这是小熊交易中的最后一步。重建我们的游戏之地。

小熊已在一年前因为感染莎拉热而死去。常在河边走,哪有不湿鞋的,安伯说。他接替了小熊的位置,主管腾飞实弹游戏项目在顾尔的进程。实弹场周围地区的烈性传染病已基本控制住,新一代没有副作用的联合疫苗也快成熟了。最有趣的收获是在对埃波拉的研究项目里发现了快速治疗普通感冒的方法,很多抱怨赤洲疾病控制计划是浪费钱的人也终于闭上了嘴。

"头儿,大家都在讨论年末去哪儿。"金走过来,一脸兴奋,"听说赤洲那个战区实弹场马上要开放了——不过价格有点超出预算……"

重建游戏之地。他们会给我们足够的资金把他们的游戏乐园打扫干净的。以后我们会是个世界枪械迪士尼乐园。

重建游戏之地。一个赤洲孩子的原生态文化体验中心。

"行啊,"Nguyen 说,掐灭烟头,"去订票吧。"

给大爸爸的礼物

GEI DA BA BA DE LI WU

“一个月前，当我得知自己获得了今年的理查德·费曼奖时，没能像当年他知道自己得到诺贝尔物理学奖一样，对报喜人说：‘你不能等到天亮了再告诉我吗？’而是兴奋得一晚上没睡着。”

托尼注视着台下发出笑声的人群，颁奖典礼开始很久了，母亲玛蒂和妻子丽莎之间的座位还是空的。

现在不过是上午九点半，艾贝感到后背已经被太阳晒得火辣辣的。总是七月，还有八月，九月，十月初收工回家。“大爸爸的出勤日”。他抬头活动活动酸痛的颈部，远处的景物：碎岩滩，灰扑扑的沙地灌木和临时房，都在烈日下扭曲起来，像透过一杯沸水看到的。

当地人说，北卡罗来纳山区盛夏时分在户外只有两种动物出没：四脚交替站立的蜥蜴和古生物学家。确实如此。戴维弓着腰往岩层上打界桩，瘦小的身影在热浪中晃动，腰间绕的大卷细绳使他看上去像个陀螺。画网格图属于冗长腻味却又必须有人去做的差事，从博物馆招募来的志愿者们往往避之不及……可戴维是个例外，几周来为挖掘现场打网格一丝不苟，工作时脸上的神气显示出某种专心致志的愉快，就像托尼小时候。

跪得太久了，艾贝好不容易伸直腰站起来，汗水湿乎乎地黏了一脖子。他摘下草帽扇风，眯起眼睛环顾四周。七八个研究生蹲在探方里用刷子和铲刀清理岩层，因为都穿着黄褐色的野外服，也分不清谁是谁。应该给戴维一个探方的，他想。

在工地西北角，扬靠着一部看上去像割草机的东西抽烟。头顶上是悬崖。艾贝提醒过他好几次要小心落石，可今天他的安全帽还是扣在地下。天实在是太热了，这些到野外工作的工程师宁愿冒砸破脑袋的风险也不想捂上头臭汗。

“喂，昨天的探测图出来了吗？”艾贝扯着嗓子冲他喊道。

“就在打印机里。”扬扔掉烟头，俯身注视“割草机”上的屏幕。那其实是部便携式地下探测雷达，如今在考古、地质勘探中少不了它的影子。

挖掘进度有些慢了。艾贝摇着头朝活动房走去。他回想起在威斯康辛大学时，教中生代脊椎动物解剖学的老教授 Farmer，有次把一个相当漂亮的嘴口龙化石头骨带到了课堂上。

“你们有多少人经常坐西城区的地铁？”下面稀稀拉拉地笑了，他接着说，“1937年，那时我还骑自行车上班。拜斯德街一带正翻开路面修地铁。我们只能沿着路两边的人行道走。建筑工挖出来的土方堆在路边,我想搞城市历史的肯定有兴趣,里面简直什么稀奇古怪的东西都有。

"一天早上,我看见了这个。"他伸手抚摸化石头骨,手掌斜着虚砍了一下,"当时那块砂岩的断裂面正好显出这个剖面,我把它搬上自行车后架,带回了办公室。

"你,说说它属于什么种类?"

"嘴口龙。翼手龙的一种。"艾贝回答。

"相当好。现在世界上唯一的一个嘴口龙头骨化石——"他有意顿了顿,"的复制品,"学生们又笑开了,"就在你们面前。想看原物可以去阿肯色博物馆。好,还是你,为什么我要给你们讲这个故事?"

"科学发现……有时候要有……偶然因素。"艾贝找到了对"凭运气"的替代说法,松了口气。

"非也。"Farmer露出老年人独有的笑容,"你们当中有些人将来会成为我的同行,请记住这一点:动作要快。没有人会耐心地给你足够的时间去挖骨头。学院,经费,市政工程。找到嘴口龙后我曾经提出申请要求地铁路段延期,以便把剩下的化石清理出来,但是——"他耸耸肩,"好,下课。"

Farmer说得对,时间永远是不够的。最早被发现的化石是在河谷西南角,五月初接到报告,将表面岩层用推土机和炸药移走就用了一个半月的时间。根据近几天渐渐显露出来的恐龙化石骨架,艾贝推断这片地区埋藏的化石量远远超过出发时的估计,也许恐龙的群居方式理论会因此而发生重大改写,但也意味着挖掘计划必须延长,这对已经被推后数月的水坝工程可不是个好消息。

艾贝推开活动房的纸板门,名义上是他的房间,实际等同于会议室和工具间。队里大部分电子仪器也放在这里。昨天的雷达探测图果然卡在打印机送纸架上,刚从机器里出来,还热乎乎的。艾贝动手将它们按编号一张张钉在墙上,拼成一张大图。

"教授?"

艾贝回头一看,是戴维。他扬着手里的记录板,"表格用完了,需要再打印一些。——这是地下的照片?"

"是的。"

戴维凑过来,热切地望向墙面,随即局促地笑了笑:"我看不懂。"

他长得很瘦小,一头毛茸茸的红发,窄窄的面孔上布满雀斑,眼睛大而坦率。艾贝只知道他从北卡罗来纳自然博物馆的夏季培训班里拿到了业余化石发掘者证书。二十三岁了，没有正式学历，很难通过自学成为一个古生物学者。艾贝有时候想帮他一把。

“看，这些深浅不同的交界处是由于雷达波的反射造成的。”艾贝退后一步，“我们得到的图片并不能给出骨骼化石的正片影像，和在医生办公室看到的 X 光片那样。”

他们一起笑了。

“造成雷达波反射的原因很多，比如说岩石类型发生变化，底下裂缝，岩石的含水量发生变化。当然，还有碰到了岩石和恐龙骨骼的交界处。”

艾贝的手指滑过一道“S”型阴影：“这就有可能是我们要找的——”

“教授，这里好像有个人。”

“噢，大概是侏罗纪公园的拍摄人员。”艾贝被年轻人的奇想逗乐了。三叠纪岩层里的人类遗迹？太阳报记者肯定会为此写上两栏报道。不过那里的线条果真挺像个弯曲着身子的人，他都能分辨出脊柱和腿骨。

打印机嗡嗡吐出记录表，艾贝想了想：“小伙子，明天把网格定位的事交给爱弥儿。这块地方归你了。”他从墙上揭下张 A4 纸，“你知道标准挖掘程序的。找扬领工具。”

戴维的脸都亮了：“谢谢。我会干好的。”

他收拾起表格，半跑半跳地出去了。艾贝转过身，发现自己恰好把有“史前人类”的那部分地图给了戴维。

“在很长一段时间里，人们相信，时间旅行和永动机一样，是古老的幻想，是科学不应该浪费精力的地方。但是，依现代物理学的观点，时间是不分方向空间的。一个人可以在空间上从 A 点走到 B 点并回来，为什么在时间的领域中就不行呢？

“要解释这个问题，我必须稍微违反一下和演讲主办人的私下约定，使用几个数学公式。”

托尼退到讲台一侧，等待幻灯片出现在墙面上。

“……量子会扰动粒子，并以一种不可预见的方式改变粒子的速度。我们的理论建立在狄拉克和霍金的理论基础上，时间的箭头方向……”

大厅的门虚掩着，始终没有人进来。他遇到了丽莎温和的眼神：别担心，他会来的。她一直知道我在想什么，甚至在我们第一句话交谈之前。

“在早期,黑洞被认为是时间旅行变为现实的最佳突破口。由理想球体坍缩而成的简单黑洞的特征完全由它的质量所决定——”

他听到自己的演讲通过扩音器回荡在礼堂穹顶下，另一种更年轻的声音却溜进了脑海,挥之不去……

“心理学家？见鬼,我才不需要花每小时一百二十块钱请人告诉我,我有杀父娶母的念头。”

“很多人对精神分析都有类似的成见。”反驳他的是个年龄比他小、看上去却比他成熟得多的女孩。她是作为她母亲的翻译,一位在量子力学上颇有建树的印度院士来参加微观粒子讨论年会的。来自西非城市加纳,那里阳光热烈明亮。她叫丽莎,能说一口流利的英语。

托尼觉得她带有东方特征的面孔十分美丽,甚至说话的口音也很可爱。这天傍晚,他以探讨学术问题为由把她约到了大学城的草坪上,没料到谈话一开始就栽了个大跟头。

“我独立开业两年了,作为心理分析治疗师。”她微笑着。

托尼心里直想扼死自己,忙把话题岔开,讲了个关于麦克斯韦妖的笑话。说完后有点担心,她却和所有理科生一样理解了并大笑起来。

余下的时光他们过得很开心。无穷无尽的会议和报告之间他常溜去丽莎的小诊所看她。候诊室里多是客居当地的白人知识分子，他们也关心原子弹与世界和平。他觉得,心理医生的病人不全是怪胎和疯子。

但一天当丽莎要求他躺到长沙发上“试试”时,他还是跳起来直摆手:“不,我用不着。”

“那试试催眠怎么样？”她退了一步。

他仍摇头。

“你连我的职业都不能接受,以后我们怎么——”丽莎冲他吼了一半便为自己的失口而脸红了。

他在年会上为自己尚是雏形的理论找到了实验合作者,争取到了经费,还带回了丽莎。

当年是你先向我求婚的,后来托尼常和妻子开玩笑。

“我和妈妈去过西方国家,像你这样子的年轻人一般都很孤独,长大了,脱离家庭,”有一次她装出副认真的样子说,“所以我忍不住想给你一个家。”

“是，是。你拯救了个迷惘的一代。”他连连点头，把丽莎逗乐了。他也咧嘴笑，眼前却浮现出一个男孩，满胳膊纹身，顶着头朋克式卷发，为在《国家物理学年刊》上发表的第一篇论文而昂首阔步，靠奖学金和打工挣钱过日子。拒绝家里的支票。

长大了。再见，大爸爸。

要求延长发掘时间的申请被拒绝了。艾贝挂上电话，从活动房窗口望向工地。这里的岩层属于内瓦克超群，大陆板块运动使北美洲和北非大陆间地壳裂缝向东延伸，形成一条裂谷。他闭上眼睛，从面前烈日下的荒漠与岩群中召唤出一派三叠纪风光：木贼植物高耸入云，鳄鱼匆匆跑过泥潭，浅河边聚集着最早出现的恐龙。只不过是骨头，和关系到莱姆河下游百万农民生计的水利工程相比，和地铁相比，恢复过去世界的某些细节当然不怎么重要。时间总是不够的。

下午，安尼·特德来找他。艾贝正从恐龙头骨的眼窝里往外掏岩粒，尽管已经不是出土的第一个头骨，但它的某些特征还是让他激动不已。

“我们恐怕遇到麻烦了。”安尼说，伸手拉了艾贝一把。

“怎么回事？”他们朝安尼的作业区走去。戴维已经开始动手刨掉表层岩石，根本没注意有人经过。有板有眼的呢！艾贝微微一笑。

两周前，在安尼地盘的岩层下出现了首具恐龙头骨。艾贝还不敢对外宣布，但他在心里已然打包票：这是个新物种。它的出土将填补进化链上一个引发众多争议的空白。

安尼的运气来得令人心服口服。刷子和镊子在她手里就像第六根手指一样灵活。

“前天我清理出了第二个头骨，它的脊椎很完好，但是和第一只恐龙的脖子交缠在一起。”安尼指指用化学硬化剂加强过的头骨，它们有一半浮在地面上。

“今天上午我发现了这个。”

艾贝探头一看，忍不住倒吸一口气。两个并排的头骨挤在第二只恐龙的肩窝处。大小显示出它们同样属于成年龙。

“我们没办法在野外把它们分离开。”安尼从裤兜里抽出她的雷达探测图，“你看——”

“还不能确定它们下面的姿势。”艾贝点点头。恐龙骨骼交缠在一起是件半喜半忧的事，它既说明生物死亡后没有经过移动，能保证骨骼的完整性，又给发掘带来了很大麻烦：要将几十吨的、用石膏麻布包裹住的化石岩块从这个鸟不拉屎的地方运出去谈何容易。

“你估计它们的范围能有多大？”安尼将探测图递给艾贝。

“如果这些层层叠叠的黑线都代表了——”艾贝觉得恐龙群的分布有些奇怪。典型的河谷，一场洪水。埃德温·科尔伯特的理论从未真正说服过他。“你先继续吧。尽量保持它们的完整性。要把底部岩石挪走时叫扬做支撑架。”

他爬起来，墨西哥幽灵牧场发掘时有两百多条腔骨龙互相悬绕，大块的化石最后不得不被切割开送到博物馆。

我不喜欢这种做法。艾贝回到自己的探方前趴下。那是1947年，现在我们一定能把它们完整地运走。随着岩粒飞散，他的思绪渐渐潜回到某个夏天，和三叠纪一样遥远而温暖……

“墨西哥幽灵牧场——”托尼踮起脚尖拉长了声调去读展柜里的标牌。古生物博物馆里空荡荡的。人群已随着白天的酷热散去。每到暑假，古生物展览总能吸引大批恐龙迷，但傍晚闭馆后，托尼和他的“大爸爸”成了馆里仅有的人。

“这些化石骨骼是埃德温·科尔伯特在1947年，也就是你出生那一年，在新墨西哥发现的。它们是——”艾贝俯身将儿子抱起来。因为缺少户外运动，八岁的托尼体重还是和六岁时一样轻。

“我知道，我知道。它们是腔骨龙，霸王龙的祖先。啊——呜！”孩子把脸贴在玻璃上，模仿“野兽”的号叫，咯咯直笑。纤细如蝉翼的化石在灯光下闪闪发亮。

“完全正确。你不会把百科全书都看完了吧？”艾贝腾出一只手，“瞧，那里是只成年龙，注意它细长的头骨。它的后腿折到石头里面去了。旁边的是只幼龙，只能看到它的小脑袋。”

“哇，好尖的牙齿。”托尼咕哝一声开始扭动身子。艾贝把他放下。

“为什么它们都挤在一起，不像那个，”他侧头想了想，“大厅里挂的翼手龙，是一个一个分开的？”

“记得我给你讲过的，恐龙化石是怎么形成的吗？”艾贝拉着儿子的手向更衣室走去。

“它们死掉后被泥土和沙子掩埋住了。”

“好。发现腔骨龙的科尔伯特先生认为，在三叠纪的某个池塘边，水越来越少，恐龙们就聚集得越来越多。一场洪水忽然来了，一下子把它们埋进沙土，形成了我们今天看到的样子。不过也有科学家不同意这种观点。以后你来研究一下这个问题

怎么样？”艾贝脱下工作服，上面沾满了沙子、化学试剂和胶水的怪味。在博物馆地下室搞了一整天化石清理后，学者和建筑工在外表上可以画上等号。

“我们从白垩纪走廊那里绕出去吧。”

“好啊。不过咱们得快一点。妈妈应该已经做好晚饭了。”艾贝拉掉地下室的电源闸。孩子走在前面同恐龙老友们致意。夜间警卫刚好来交班，艾贝把钥匙给他。

博物馆外清凉的夜气使他们精神一振。回家只需步行二十分钟。快要走进热闹的商业区了。

“想戴上你的蝙蝠侠面具吗？”

托尼抿着嘴点点头。

艾贝蹲下，摸出块横了两条邦迪的纱布，贴在孩子两眼之间。这样他看上去就只是个磕破皮的小淘气，而不是先天鼻骨缺失患者。

“收工，收工啦！”

太阳下山后，他们又靠大功率探照灯支撑了一小时，直到天完全黑透才放弃。

学生和志愿者们拖着步子去找三明治、啤酒，排队冲凉。留下空旷的发掘工地像个满是掩体的古战场。

艾贝瘫在行军床上，连灯也懒得开。窗外传来年轻人的打闹喧嚣。自己真是老了。腰椎隐隐作痛，脖子也是，玛蒂总说他该退休了。

电话留言机上的红灯闪动。他伸手按下重播键。

“嗨，艾贝。我是玛蒂。明天晚上，托尼在亚特兰大领理查德·费曼奖。我跟你说过。”电话那头的声音顿了一下，似乎在考虑措辞，“我还是希望你能来。托尼也是。”

你希望我能去，托尼可不一定。磁带吱吱空转到头，啪地停住了。上次我俩见面的确很愉快，你像过圣诞节似的铺上了钩花桌布。门是你开的。他看着我的时候我真以为他会叫我“先生”。

“爸。”他说。身边那个洋娃娃般的女人也叫我爸。去年他们结婚时我在中国辽宁挖板龙。你说我是故意的。好吧，我承认有一点……

艾贝翻了个身。先生，爸，爹地，大爸爸。从托尼开口说话到十岁，都叫他“大爸爸”。我很像海明威吗？他半认真地问过玛蒂。玛蒂回头看了他一眼。那是1957年的一个晚上，托尼上床后，他溜进厨房想拿罐冰镇啤酒带回书房，却发现妻子还在里面洗晚餐的碟子。

艾贝拖出把椅子反跨上去。左邻右舍都熄灯了，夏夜的虫鸣悠长单调。

“我要送托尼上学。”玛蒂说，一边擦拭碟沿。

“他已经在上学了。”艾贝有点奇怪。

“我不是说社区里的那种小学校。他需要上大城市里的好中学。他很聪明。”

他开始意识到妻子是认真的，上一次她用这种口吻谈的是他是否要接受康乃迪克自然博物馆的工作并在缅因州买房定居。

“玛蒂，你知道医生说——”

“我当然知道。要满十八岁托尼才能做手术，但这不是你把他关在身边的理由！”

“关在身边！”艾贝说不出话来，“我没有，他自己喜欢——”

“他今年十岁了，他需要的是和男孩子们在草地上打滚、踢球，而不是整天跟你泡在那该死的、除了骨头之外什么都没有的博物馆地下室里！”

“玛蒂——”

“托尼要和人接触！我知道他脸上有毛病，但你看看他现在的生活：不是闷在屋里看书就是和你摆弄骨头。学校老师给我来电话了，他在班上根本不和别的孩子说话！”

艾贝走过去轻轻拥住她。她在哭。

事情过去后艾贝想了很多。是玛蒂对他们的亲密关系嫉妒了？托尼刚出生时，他瞒着玛蒂偷偷去看过心理医生。那时玛蒂已经把她的小宝贝当做天使了。

可托尼更喜欢的是艾贝。“大爸爸”。儿子在他怀里从来不哭。

托尼最初的识字卡片是一套儿童版的恐龙图谱。等他能走会跑，父子俩像对小恋人似的形影不离。艾贝在博物馆的工作允许他把孩子带在身边。托尼对馆里的恐龙化石藏品比自己的脚指头还熟悉。暑假时，他带托尼去采石场，“大爸爸的出勤日”。那是1959年，艾贝已转到卡内基梅隆大学古生物分部。托尼在中学的成绩很好，尤其是理科。他脸上还是离不开“我的防弹衣”，但再过两年就能做整形手术了。艾贝手把手教他骨骼测绘，网格绘图，给分离的小块化石标号。托尼上手很快，整个营地的人都喜欢他。

也许弗洛伊德有道理，男孩长大了就是要反抗父亲。艾贝看了会儿天花板，睡着了。

“所用的实验动物是荷兰大白鼠。第一组实验对象返回负五分钟后没有出现生理上的异状。当然，我们在开动仪器前五分钟就接收到了白鼠。

“在进行第二组实验时，在白鼠体内注射了放射线衰变物质。经过时间转换，我们发现了一个有趣的现象：铀同位素的衰变过程同时反复，但在和对照组的比较中，出现了微小的偏差。

“对时空变幻是否会保留在生物体的记忆中，我们用标准迷宫测试做了探索。白鼠在‘负时间’内学习的经验在回到‘现在’后完全没有留下痕迹。它们的表现就好像是第一次进入迷宫寻找食物。在某种意义上，的确是第一次。

“还有什么问题吗？”

“如果老鼠在过去的时间内死了呢？它回来时会不会复活？”一个男孩站起来问。

“好的。我们也想到过这个问题。结果是活白鼠在时间原点又出现了，而‘负时间’中的尸体却没有消失。关于如何解释同时存在两个个体的现象……”

记忆与复活。

大白鼠在迷宫中穿梭，寻找只存在于“过去”时间的奶酪块。

“你要找回的是什么时候的记忆？”治疗师问，见病人神情茫然，又提示道，“幼年时期，青年，还是发生车祸后一段日子的？”

两亿三千万年前？我能告诉你那段时间轴根本不“存在”吗？托尼苦笑，“算是上周一晚上——嗯，我觉得我梦游了，对，我想知道我到底干了些什么。”

上周一午夜，他从自己的实验室后门摸出来，肋下的纸包里是十五盒固体塑胶炸药。和白鼠实验的结果一样，如果不是超弦发生器的指针还定在$-3\times10N$上，他根本意识不到，时间旅行已经完成。我成功了吗？他驾车回家，在车库里把已被使用过却同时“全新”的炸药丢进失效液，突然精疲力竭，对答案失却了兴趣。

但他开始做梦，梦中充满了追逐，爆炸，温热的水流和黑暗。

与一位心理分析专家结婚多年后，他对长沙发椅和怀表不再抱嘲笑态度。也许“负时间”中的回忆存在于人的潜意识中？于是他驱车到邻市，躺到了这位大胡子老人的治疗椅上。

“准备好了吗？慢慢呼吸——一，二，三——”治疗师触了触他的前额。

他顿时坠入了层层浓黑。

陷进去了。他把脚从淤泥里拔出来，注意到那泥浆又黑又稠，泛着油绿的光泽。也许是某种原始藻类生物。空气湿、闷、热，远古的太阳似乎更小更苍白了，也许是大气折射率的关系。

我正站在三叠纪早期，三亿年前的土地上。他一时间被这个事实镇得动弹不得，通过数学公式推导出时间旅行的可能性和真真切切地扶住棵木贼属植物的感觉可不一样。太不一样了。

笼盖四野的浓雾中传来阵阵喇叭似的鸣叫,声音很远。他没有受威胁的惊慌,只觉得好奇,那是恐龙。

这个词在他心底引起苦涩的回声,还有什么木贼属,白垩纪,六射珊瑚。全是另一个孩子的宝贝词语。自从他扔掉脸上的绷带起,他也藏起了这些长长的拉丁语词汇。

够了,记住你只有五个小时。他从背包侧兜里掏出指南针和从《古地理地图集》中撕下的一页。历经了三亿年的世事变迁,这里的河谷地貌却保持着大致原状。他把关于河谷的地形资料拿给水利工程系的朋友,作为一个智力游戏提问道:怎么用最少的能耗制造出一场山洪?

只要七千克塑胶炸药,朋友得意洋洋地算出了答案。

西行二点四千米,就能到达 A 点——放置炸药的第一个洞穴。

你记得恐龙的化石是怎么形成的吗?

它们死后被沙子和泥土埋住了。

一场洪水忽然来了……

行程刚开始,托尼便发现自己实在有些天真,登山俱乐部的行头并不适于三叠纪探险活动。

每跨一步,都是与及膝泥浆的体力对抗,空气中含氧量又低,他很快不得不停下休息。好在一路上没遇到麻烦的动物,只有巨型原始植物如廊柱般的身影在雾中静静伫立。与 20 世纪相比,三叠纪大陆实在单调得可怜。

大爸爸肯定不会作如是观。他笑笑,能有机会看看恐龙,他非乐疯了不可。只可惜“负时间”中的一切都不能带回去,哪怕是知识和记忆。自然规律很残忍,但化石可以坐一趟慢车和大爸爸在 1980 年会合。

化石是大自然的时间保险柜。

小条塑胶炸药被安放在河坝的受力临界点上,他小心地探头张望,下游河湾处几十头大型里约龙低头喝水,外围上百头轻捷的小肉食龙伺机窥视,样子看上去陌生而古怪,因为人类至今还没有挖出过它们的化石来进行外貌复原。

背包越来越轻,他渐渐使自己的呼吸适应了稀薄的空气。最后一根连线已经接上了,炸药全部各就各位。

古河道里混浊的河水哗哗流过。他轻声哼起一首老歌:“在逝去的好时光里……”那个恐龙迷男孩唱不准调,因为呼吸道畸形,但大爸爸会和着他走调的歌一路唱下去,俩人咯咯笑成一团……他眼中突然充满了泪水。不管后来的争吵和疏远,他们有过好日子,真正的快乐时光。

远方,震动通过地表传来,像列愈开愈近的火车。

春季汛潮到了。

他迅速站起,连跑带跳地奔向河湾。反正回程时发生在“负时间”里的一切都不会留下痕迹,甚至死亡也无关紧要。为何不乘机看看创世纪洪水的景色?

恐龙们警觉地抬起了长颈末端的小头,又安然放下。它们知道,潮水会通过河湾,在岸间呼啸而过。高高的天然堤坝保证了它们的安全。

但这次不同了。

潮头通过第一个狭窄弯道时,他扯掉了控制器械上的连线。铺天盖地的泥石流倾泻而下,瞬间阻断了恐龙群的退路。无数双巨脚在他四周惊慌地踢踏,里约龙低沉的哀鸣和肉食龙的尖叫混成一片。他像只待在振动鼓面上的跳蚤般摇晃,不得不承认自己的观赏席位选得不怎么明智。

一头才出生不久的幼龙朝他冲过来,黄色的眼睛直直地瞪视他,好像知道谁是这场灾难的始作俑者。他被撞得踉跄几步,跌进了温热的水流……

“行了,三,二,一——醒过来。”

他睁开眼睛,对1980年的灯光发怔。

治疗师扬扬录音机,表情惊讶:“先生,有没有兴趣再听一遍?您是个电脑动画设计师?我女儿可迷那些有恐龙的游戏了。”

他只能点头。

“教授!教授!”有人急促地敲门。

艾贝迷迷糊糊睁开眼睛,闹钟还没有响过,才五点半。

“谁啊?”他披上外套开门。

“我想,”是戴维,“我挖到了人骨头。”

外面晨光熹微。工地上空无一人,艾贝猜这个愣小子天还没亮就跑来开工了。

“肯定是个人。我旁听过体质人类学的课,我见过人骨头。”

“我没说那不会是人类。”艾贝微笑,企图安抚他的紧张。

“但那是三叠纪地层啊！”戴维几乎要拖他快快走。

“地层的交错和移动是很常见的,尤其是在大陆板块的交接处。我们可能——”艾贝蹲下来捡起刷子,看到了。一个人类颅骨的侧面和半根破碎的锁骨。明显属于恐龙的尾椎横过他的颈部。叠压关系。

关于物理学的提问渐渐少了,记者们开始进攻他的私人生活。

“托斯塔科·哥利先生,在你的童年,有什么事或什么人使你决定以后从事关于时间旅行的研究吗？”

“我想是我的父亲。”他顿了顿,也许丽莎在某种程度上是对的。

“你去过了。”她说。

他没能在第一时间内辩白,只是瞪眼望着她:穿着长睡衣,为晚上的典礼扎了满头发卷。

“不。”他开口说道,“去哪里了？”

“昨天我们东城区的心理医生聚了聚。有人说起个病例,是电脑程序员,工作投入得连梦里都上演侏罗纪公园。”她突然变得愤怒,“你这几天睡得好吗？我问你怎么了,你总说没什么。”

“我只是想试试,”他伸出双手,“没什么大不了的。你知道,动物实验不能证明——”

“别提你三更半夜想玩玩时间机器,”她看上去快摔东西了,“你,你总活在你那父亲的阴影下,自卑没他聪明、有成就,所以你没学你原来一直很喜欢的古生物学,因为你不想成为他的翻版,还和你家里闹翻。现在你觉得还清他对你的影响了？一份化石骨头礼物？向他证明你能独立了？”

“闭嘴！”他也吼了起来,“别分析我！”

“你最后死了。我听了录音磁带。我担心你,活不过……”她背过身去,语调哽咽。

过了很久。他小心翼翼地碰碰她的肩:“丽莎？对不起。”

有人进来,坐在最后的空座上。离得太远,托尼看不清他的脸。

“我的童年有点特殊。由于健康问题,如果不是我父亲,我会非常孤独。他是一个古生物学家。可以说,在本质上,我们做的是相同的工作:回到过去,跨越时间。我梦想过一种时间机器,从古生代带来活生生的恐龙,补上化石链上的众多空白。瞧,现在我却因为在理论上证明了时间旅行是可行的,却不可能从过去带回任何物质比如说恐龙而得奖,所以我的父亲没能收到这份礼物。”

他无奈地耸耸肩,遇上了丽莎充满顽皮笑意的眼神:“但还是感谢我父亲多年来给我的爱和支持。”

晚上,艾贝召集全队人马开了个会。爆炸式的兴奋浪潮已经过去,每个人都显出疲惫的神色。他自己脑子里也是闹哄哄的,首先想到的是不用再担心什么水利工程了,河谷很快会变成本世纪最大的考古圣地,以后大可以在原地建个国家公园。后来又想到这对戴维是个机会,必须和他好好谈谈。

“我要求你们先对外界保密,不要向新闻界透露消息。我们必须完全肯定‘戴维男孩’的年代和性质。碳同位素鉴定已经在进行。”

没人对艾贝提出异议。

扬没有随人流出去:“详细的雷达探测图出来了。”

弯曲的身体,双臂护住前胸。被狂奔的恐龙踩死,真是古生物学家的终极归宿。艾贝把纸递回去:“我都看得能背了,有什么新东西?”

“不是。看这里,头部。”

“嗯。有个三角形阴影。”由于“戴维男孩”俯身而卧,面部还埋在岩层里。

“我估计它是金属制品,用探矿的设备重新扫描了一次。效果好多了。你看,可我认不出它是什么东西。”

他见过这种亮闪闪的钢架子。在整形医生的办公室里。

“就是这个小玩意要移植到我脸上?”

“想知道手术的细节吗?好的,勇敢的孩子。”医生拍拍他的头,“下个星期你就是个帅小伙了。”

他站在走廊上,看着医生搂住儿子的肩膀送出门外,“明天见!”突然发现儿子已比医生高了一个头,宽肩粗颈。“他长大了,不是吗?”玛蒂悄声说。

托尼?

“你没事吧?”扬问。

艾贝笑笑:“没事。太累了。让我一个人待会儿就好了。”

托尼。

亿万年前,河谷地形就决定了这里是个搞水利工程的好地方。你知道化石形成的最佳条件:一场洪水。你知道我想要的是 Rauisuchian[注]的亲缘种。你把它们带给我了。

他拨了个号码。

“您好,这里是托斯塔科·哥利和丽莎的家。我们现在不在家,有事听到嘟声后请留言。”

孩子,我为你感到骄傲。艾贝挂上话筒。早该说了,在他 18 岁考上普林斯顿物理学院时就该说了。即使你骑着摩托车和新朋友彻夜不归;带着用金属支架撑起来的、不会再使女孩尖叫的鼻子执意要去另一个城市。

也许玛蒂说得对,我们多年来的争吵如此愚蠢。

“喂,我要定张机票。”他又拿起电话,“去亚特兰大。越快越好。”

仪式结束了。大厅通道上挤满了不肯罢休的记者。

“最后一个问题,等一等,你用人做过实验吗?”

托尼停下脚步:“你好像没有认真听我刚才的演讲吧?我不会记得自己是否拜访过林肯。”

他的父亲从后排座位站了起来:“我猜,你已经弄到了林肯的亲笔签名。”

注:Rauisuchian:生活在 2 亿 1500 万年前三叠纪,食肉类,重量大约为 680 千克,高 1.8 米。美国古生物学家乔卡特发现于北卡罗来纳采石场的岩石中。

一个人的愿望

YI GE REN DE YUAN WANG

离婚的过程痛苦而漫长
他也没想过再打开 R 医生聊聊他搁浅的婚姻

高斐曾想过，径直走到他的个人心理服务终端，俗称“R 医生”的 A67 面前，接通电源，等屏幕亮起。

“听着，我要把你卖给收旧货的。今天，现在。”然后拔掉插头，下楼去找阿毛。他总守着辆破三菱摩托待在居民区大门外，从废报纸到旧液晶显示器来者不拒。

但他一直没有勇气这么做。原因他自己知道，却不愿承认：丢掉 A67，就好像接受了彩君再也不会回家的事实。

半年后的一个星期天，高斐临近中午时才起床。他走到阳台上拉开窗帘，外面一股带青草味的暖风拂面扑来。定居点气象控制局终于意识到了春天的降临，将气候特征调节得和远在几十万光年外的地球老家一模一样。眯着眼看了会儿外面的两个太阳，他忽然觉得今天就是处理某件事的好日子。购物票据之类的东西平时都由彩君收着，他翻了半天才在大衣柜抽屉里找出来。塑料文件夹和五年前一样新。

国际商用心理服务终端中国分部——A67 型，2202 年最新款。连保质期都没过。产品手册封底印着国际商用引以为骄傲的回收条款：五年期满后，公司人员上门回收旧机子，客户花原产品 40%的钱便可得到新型号机器。

高斐不知道自己是不是第一个放弃如此优厚条件的傻瓜。没人能在拥有首台 R 医生后戒掉它。除非——

阿毛表示，为这么点小生意上门一趟，完全是看在“哥们儿的面子上”。他们同在南科大机电系读过书，毕业后各奔东西。直到高斐结了婚搬进这个社区，才发现当年班上的高材生在干倒高科技破烂的买卖。

“你别奇怪，说不定我攒得比你多。”阿毛伸开五个指头，“而且我这两年学到的东西海了去，现在市面上很少有我没摆弄过的电子玩意。”

正聊着，有人给阿毛打手机，要他去看一架 2196 年出的家务机器人。

他爬上三菱一溜烟走了。高斐还真有点羡慕。

“我没收过这玩意。”阿毛蹲下身子敲敲 A67，“我说你干吗不去公司换个新的？我听说过他们的折旧条款，挺划算的。”

高斐摇摇头，"能给多少给多少。"

"真的，叫我卖给谁去啊。"阿毛站起来把手塞进屁股后的裤兜里，"这样吧，先放在我那儿。七百块，我也不占你老同学的便宜。行不？"

高斐没意见。于是瞧着他抱走了小电视似的R医生。出门前阿毛回头问："晚上意甲联赛，你家还是我家？"

床头柜上空荡荡的，高斐打算把电话和龟背竹挪过来。现在这个家里完全看不出曾有另一个人生活过的痕迹。彩君临走前花大半个晚上收拾了她的衣服和零碎杂物，装满了好几个真空箱。他提出要帮她把东西送到楼下，她一脸尴尬地说"他"的车就在下面。门关上后他发现她忘了平时最珍爱的一件东西：R医生。也许是有意的，谁知道呢。她从此有了自己全职二十四小时服务的心理医生，还会在乎一堆用齿轮和弹簧组装成的机器不成？

他记得2202年初的时候是彩君提出要买R医生的。她自己和大多数在富裕家庭长大的女孩一样，很早就有了固定的心理保健医生。高斐见过，是个白白胖胖的老头子，穿花呢外套，风度翩翩。彩君笑过他的嫉妒，人家都六十七啦。高斐说关键不在这里，我不喜欢外人知道我们的私生活。彩君看他的神气就像他认为在医院里脱衣服体检很害羞似的。

那年五一，彩君拖他去新世界商城购物。底层大厅正举行买一百返一百二十的促销活动。

"先生小姐，了解一下吧。国际商用的新产品。"经过电器部时有小姐送上宣传单。

他接过宣传手册。作为一个微电子技师，高斐很熟悉国际商用的民用机器人系列，是返修率很低的好牌子。

"您的生活中是否有无法向人诉说的烦恼和痛苦？您是否担心自己的秘密被人利用？您是否想得到最权威的建议以解决对于您十分重要的某些小问题？"——一连串设问句后，当然是推销A67，个人心理服务终端的2202最新款。

他对这种东西向来缺少兴趣。自己的问题自己解决，一个男人决不可向人哭诉：今天上班又是我去复印部跑腿，老王也是初级职员，怎么他不去！哪怕面对一台计算机也不行。

可他们还是买了。彩君说"她们"家里都有了。"她们"指的是和高斐同等级别的技师的妻子们。这句话足以构成家庭经济学上的充分不必要条件。

让高斐掏出信用卡的另一个理由是一台 R 医生的价钱和彩君每年付给她的“精神健康顾问”的钱相比并不算太惊人，也省了她每月几次半夜两点起床去赶心理门诊的预约。那白胖老头的时间表排得比城市空气管道修理工还紧。

当然，后来彩君还是去看真人心理医生，用她的话说，“这个和这个不是一回事。”

高斐笑笑，他知道在“她们”的圈子里，定期去拜访心理门诊是种身份的标志。只有心灵高贵脆弱的女士才需要特别呵护。古怪的风尚，不过女人嘛，以前还流行泡美发馆呢。

倒是他，开始对这台小电视似的机器产生了兴趣。打开电源，就有一张标准脸出现在空白的背景屏幕上，冲你摆出标准的微笑。高斐读了说明书，“随着人机互动过程的深入，微机会自动调整屏幕的形象与口音、交谈方式等——”现代工业讨好消费者的老手段，给你你想要的。他内心深处会渴望与哪种形象的“R 医生”交谈呢？一位白须童颜的老者还是一位目光温柔的体贴女子？高斐自嘲一笑，国际商用的机器做得果然人性化。

他对屏幕说：“医生？”

“你好。”

“你知道自己是台机器吗？”

“当然。”

“你对此不感到悲哀？”

高斐看着那张似乎陷入困境的脸感到有趣，又惦记着把它搞死机了是否和玩电脑一样只要重启？

“如果我告诉你，84.26%的人都选择了如上的问题来对抗他们面对第一次人机沟通产生的焦虑感，你会不会因此受到伤害？”

“我为什么要受伤害？”

“噢，问这些问题的人总是以为自己聪明得足以把对话程序搞晕，以证明自己对机械系统的优越感。”

高斐大乐。他想了想，又出一招：“医生，您的职业道德是什么？”

“我的中心程序里编有《医务工作者行为操守条约》，2200 修订版。”

“里面有保护病人生命这条吗？”

“当然。”

“医生，我要自杀了！除非你告诉我国际商务正电子脑钛负极芯片的设计图纸内容！”高斐将双手扼住自己的脖子，把舌头伸得老长。

“很抱歉，我不知道，而且它的内容是受商业机密条例保护的。”

“你怎么会不知道？你就是一个正电子脑啊！”

“你是一个人类，请你告诉我人类大脑分辨不同色彩的原理。”

……

直到彩君从另一个房间跑过来：“西边出太阳了！你怎么也和它聊上了？”

高斐说再见后关机，还在乐：“这东西设计得真有意思，他说——”他愣了几秒钟后反应过来，人人都爱R医生，他也不会例外。因为R医生是你想和他或她聊的那个人，而他，需要的就是个能打无聊嘴仗的家伙。第二天开机时，高斐发现R医生的脸已经有了变化，浓眉宽嘴，一副卡通人物的滑稽样，说话也开始染上了他“S”和“C”不分的毛病。

从此高斐开始和彩君像过去抢电视频道一样争夺A67的使用时间，他们各自有自己的交谈模式人物，设立有各自的密码。彩君的交谈对象是个相貌秀美(当然比她自己还是差上一点)的中年女人，两人能咕咕叨叨上很久。高斐很后悔当初为什么不设置个超级管理员账户，也好偷偷听听她平时在想些什么。

R医生成了他们在家中亲密分享的一件事物。

2204年夏，彩君的白胖老头心脏病突发死掉，他的诊所和病人由一位三十出头的漂亮青年接手。他对这一变化全然不知。

离婚的过程痛苦而漫长，他时时想到幸好他们没有孩子。但即使在最艰难的时刻，他也没想过再打开R医生聊聊他搁浅的婚姻。对一切形式的心理医生，他已心生厌恶，无论他由生物细胞还是一堆晶体管组成，无论他是从清华毕业的高材生还是国际商用出品的优质产品。

2

是谁会杀掉一个回收旧家电的小贩
一台型号早已过时的心理终端也值不了几个钱

生活一天天还在继续。高斐慢慢适应了没有妻子的生活，下班后有时和阿毛泡泡街头大排档，或窝在家里看球赛，现在他连社区联赛的排名都能倒背如流。

直到科技探员黄晓杰闯进他的办公室，打破了他刚刚愈合的正常生活。

黄晓杰似乎只有二十岁出头，染发扎耳洞，一身迪厅青年的打扮，总之看上去完全不像个警察。他向高斐出示了证件,告诉他:“随便谈谈,不做正式记录,由于一件谋杀案。请您配合。”

高斐的第一反应是他曾有过的阴晦想象成了真,彩君和她的新男友被人杀了。“你认识这个人吗?”对方从肋下的文件夹里抽出一叠立体相片。

高斐震惊地认出阿毛灰白僵硬的脸。

“是的。他叫任达,我的大学同学。”他说,上次见到阿毛是什么时候?好像有一段时间了。

“你们之间的关系怎么样?”

“最近比较常见面,算是普通朋友。”

“你最后一次看到他或与他有联系是在什么时候?”

“上个月吧。我记不清了。他经常会去外地跑生意。”高斐隔得远远地指了一下桌面上的照片,“你们是怎么发现他——”

“你对于他的工作了解多少?”探员没回答他的问题。

“他回收旧家电,也搞搞维修。我们常谈些关于机械工程的问题,我也是个技师。”

“知道平时和他交易的是些什么人吗?”

“不清楚。”

“你知道他最近有没有和人起过争吵或纠纷?”

高斐摇头。

警侦员站了起来:“好,谢谢您的配合,如果又想起什么情况的话给我打电话。”

高斐接过名片,迟疑了一阵:“他是怎么死的?”

警侦员翻开另一幅立体照片:“直接死因是被重物击中头部,脑部内出血导致死亡。”

高斐看着画面上的东西顿时蒙了。那小电视似的东西他再熟悉不过了,他的R医生。警方的立体照片拍得清晰无比,他简直能摸到粘满机器金属外壳的头发和血污。还有彩君以前用喷笔在机壳外侧绘制的一张笑脸,A67型的心理终端也许在南纬区就有上万台,但他不会弄错,面前这张照片里的机子曾经属于他。

“我认识这个东西。以前是我的。”他说,感到嗓子眼里塞了一大团棉花,“是我卖给他的。”

高斐意识到警侦员看他的眼光立时变了。

从警侦局的强制催眠室里出来,高斐觉得脚下像踩了云朵,嘴里一股金属味。

黄晓杰走过来拍拍他的肩，递上一杯饮料："辛苦了。我看了你的记忆资料，对我们的工作有很大帮助。"

高斐说告诉我到底是怎么回事。他讲得理直气壮，在一个棺材似的小房间里接受了五个小时的催眠后他认为自己有资格听听。

"可以。"黄晓杰把他带进另一个类似于小会议室的地方，对门口的对讲系统说，"给我们半小时。"

他们在长桌两头坐下。

"我们注意你的老同学任达很长一段时间了。他的表面工作是电子废品回收，但真实的身份是专利破解者。"黄晓杰说，"我们读取了你和他交往的所有过程，你没有牵涉进他的非法交易中，所以我们现在可以信任你。我能告诉你一点事情的经过。"

阿毛，专利破解者？高斐的脑子有点转不过弯儿，他想起那些晚上他们消灭掉一打以上啤酒后对世界政局、足球联赛，尤其是对女人发表的大堆看法，对面的这个毛头小子全从记忆资料里读到了，不由得头皮发麻。

"任达从回收的旧家电里破解核心技术再转手卖掉，当然那时获得的技术早已过时两至三年了，但对一些生产低端产品的小厂家还有一定价值。大公司对他们早已淘汰的技术看得并不太重，所以他一直走在法律的边缘，没碰上过麻烦。直到去年三月，他破解出了信维新款数字电视的阳离子耦合器的合成方式，除了信维内部，没地方有与之配套的生产线，他没能把它通过往常的路子卖出去。他显然不愿意花费这么多心血得到一纸废品。他给信维发了一封信，暗示他手里的东西能给它的竞争对手带来的好处，信里透露了一些耦合器方程式的内容。他想造成一种自己对信维的新技术了如指掌的错觉，并希望信维能给他一些封口费。

"我们接到信维的报案后开始调查任达。信维根据我们的建议给了他两万。我们的证据已收集完备，很快可以逮捕他时，发现他离开了我们的监视范围。一天后，在城郊发现他的尸体。

"当时他身边带着你的R医生，这个机子甚至成为凶器。我认为这事有点奇怪。"黄晓杰说，"原本我们将R医生的所有者列为第一号嫌疑犯。"

高斐吓了一跳。对方看到他脸上的表情，忙解释："现在你的嫌疑已经被排除了。第一，你主动承认了自己是那台机子的主人；第二，记忆抽取不会说谎。"

高斐松了口气，"当时你们不知道那台A67是谁的？"

"机子外面的序列号已被蚀掉，而且从它内部我们也读不出任何东西。"黄晓杰耸耸肩："现场只留下一个空壳，里面的正电子脑不见了。我们向国际商用求助过，他们对每台正在运行中的R医生都有数据备份，以防哪个客户损坏机器丢失数年的电子交谈对象而造成情感上的伤害。国际商用不肯帮忙。他们说这违反了与客户之间的隐私协定，我们也没办法强行要求他们合作。"

"哦。"高斐说，"那你们到底知不知道是谁干的？为什么有人要杀他？"

"现在还没有线索。"

两人静了几分钟。

"对了，你为什么要卖掉R医生？即使不想要了，国际商用的回收条件也很优厚。我已经换了三个了。"黄晓杰说："我还没见过有谁把自己的R医生卖给收旧货的。"

高斐半张开嘴又闭上了。最后他决定索性说得直白点："我的老婆跟一个心理医生跑了，所以我看到这种东西就来气。"

对方反应很快："对不起。总之很感谢你的配合。关于你朋友的案子有了进展我们会第一时间通知你的。"

警局外面的阳光刺得他睁不开眼。阿毛死了，他以前是个偷窃过时专利的破解者。高斐没和警局的人提起，阿毛五次三番要他辞了职跟他跑生意，说油水肯定比他目前的工资高。若不是彩君的事弄他那段时间心神不定，没准他会答应。现在想起来，那是在拉他入伙呢。凭自己的技术，他自信干专利破解没准也是一把好手。

高斐眼前又浮出阿毛死白色的面孔，稀稀拉拉的胡子上挂着冰粒子。城南郊有不少地方很少有人住，空气维持罩漏了也没人报修。一旦失温，马上会降到外面零下七八十度的样子。在春天正午的太阳底下，高斐感到一股寒气直沿着脊柱往下跑。

是谁会杀掉一个回收旧家电的小贩？一台型号早已过时的心理终端也值不了几个钱。他打了个冷战。

3

这座城市里孩子正在消失

多年来他一直想知道谜底的问题今天有了答案

黄晓杰在更衣室里和同事们一边聊着当天的工作，一边换下花花绿绿的衬衫和肥腿裤。常年和搞计算机、微电子工程的小青年混，他不得不穿得和他们一样“火”,才能被认作是自己人。

“又去坐公交车呀？”有人看到他从储物柜里拿出厚厚一叠地图,调笑道。

黄晓杰咧嘴一笑。他的这个爱好在局里已经出了名,得到了“城市游览者”的外号。

共富路、大木桥路、迎宾村公路。名字总是没变,每年新版的地图都一样。黄晓杰用黑色粗笔勾掉曾拜访过的地方。只剩一个了。今天是他的最后一战。

黄晓杰搭上一辆有轨电车,车上人不多,他找到一个临窗的座位,外面的街景如水流过。老人,年轻人,中年夫妇。一辆载满孩童的大巴以不紧不慢的速度驶过。他扒住车窗,冲对面的小小脸孔们挥着手。但他们似乎都没注意到对面的“叔叔”,自顾自低头吮吸棒棒糖。有人拉下了车窗窗帘。

标有“共富村幼儿园”的大巴超出了他所坐的公交车,消失在街头拐角处。

黄晓杰在后一村下了车。就是这里。

共富村幼儿园。他摊开地图,原本该有的建筑却原地消失了,园林中心和面包房之间只有一片空地。

黄晓杰跳下车,在那片空地上转了几圈。没有任何东西可以证明这里原有一幢建筑物存在。左右四顾,他找不到半点熟悉的景物,就像是第一次来这块地方,尽管在他所有的档案上都记录着:2174 至 2176 年间,他在这里就读两年。

他在旁边的花坛沿上找到了一个晒太阳的老头:“大爷,和您打听点事。”他递上一支烟。

老头伸长脖子凑上黄晓杰送上的打火机火苗。

“这里过去是干啥的？”

“这块地方呀？”老头指指那片空场子,“以前是给小伢子读书的。后来卖给什么地产公司要盖楼房啦。你说这世道是不是不对头了？”

“什么时候的事？”

“四五年前吧。”

没有幼儿园,没有小学、中学。

儿科医院,儿童公园,卖少儿服装的商店或零食贩子全是假的。他们进进出出,抱着小孩,接受人们的注视,但他们全都在为一个目的表演。

这座城市里,孩子正在消失。黄晓杰吸了口气。多年来他一直想知道谜底的问题今天有了答案。

他又回到公交车站,对售票员说:“去泰和路。”

他要知道,这些人在为谁演出。

暮色四降。泰和路上,黄晓杰守在街口。

对于幼儿园大巴的行程,这几年来他已摸得很熟了。从每天早上起,大巴先沿环城公路走一圈,再开过各城区的主要通道。有时会在某些地段停一阵,带上几个孩子进引人注目的热闹地方遛一遛。最后,最后,大巴总是会回到泰和路上的一家汽车仓库,进仓时帘幕低垂,车牌也换过了。

六点三十分,它果然出现在义喜路与泰和路的交接口。黄晓杰选准时机,冲上马路挡在车前。车速本来不高,有惊无险地刹住了。

“走道不长眼哪,你!”司机将头伸出车前窗喝道。

“我倒想问问你是怎么回事。”黄晓杰用力拍着车门,掏出证件贴在车门玻璃上好让里面的人看清楚,“我是警员。我要看看那些孩子。”

司机按了驾驶台上的某个键,门开了。他走上车,司机有张黑色粗糙的大脸,往后靠在驾驶座高高的椅背上,甚至没多看黄晓杰一眼,拧开一个旧咖啡瓶子,喝水。座位上的孩子都悄无声息地待在那儿。他蹲下身子, 轻触第一排座上一个女孩的脸。她的皮肤温暖而柔软,鼻子里呼出湿润的气流。她是活的,但当黄晓杰企图和她说话时,她只是以机械的频率眨着眼,没有反应。

他回过头,司机在和谁用车上的电话交谈,不住点头。收线。

“好,又是一个,最近老是这样,他们可算碰上麻烦喽。他们让你明天上午十点去见总监。你会知道是怎么回事的。”司机说,递给黄晓杰一张名片,“现在别问我。我已经下班了,开一天车很累。反正你明天就知道了,他们会解释清楚的。好了,该看够了,下去吧。”

“他们就这样留在这儿?”黄晓杰说,像个蓄满了力气却一拳打在棉花上的人一样,脑子里空荡荡的。

“待会儿会有人来给他们吃东西的。”司机说,挥挥手,“别问了,走啊。”

他锁上车门,轰着黄晓杰出了仓库。他想抗议,却找不到理由。他想要的答案人家说好了明天会告诉他的。

外面天色已黑,司机朝地铁通道方向走远了。黄晓杰愣了一会儿,才低头去看攥在手里的名片:国际商用,新和路 1125 号。

高斐认为黄晓杰看到他坐在他的办公室里时十分惊讶。黄晓杰今天穿着警员的黑色制服，脸色阴沉，好像一夜间长了十岁，是他的同辈人了。高斐连忙解释："今天我来是想问清楚一些事。他们让我在这里等。"

"哦，尽管说。"警员的语调却明显缺少兴趣，"怎么了，你又想起什么和案子有关的事了？"

"我想知道关于我的那台机器的事。"高斐说，他不自觉地搓起了双手，"你昨天是说里面的正电子脑不见了？"

"是的。它不在现场。"

"是任达把它移走了？它在任达家里？"

"没有，我们搜查过他的家。你为什么想知道电子脑在哪里？它肯定报废了，正电子脑不能断电，不能移出原有的容器。"黄晓杰补充，"在一个大型工厂里也许可以，但私人不可能有这样的设备。"

"我想知道它在哪里，它会在凶手那里吗？"

"你到底想知道什么？"

"黄先生，你自己有 R 医生吗？"

"有一个。型号和你的一样。"

"那你应该能理解我的心情。我不想让别人读到我的思想。当然里面没什么大不了的东西，但那是我的隐私。还有我妻子的，过去的。我们以前生活里的事，对别人可能没有意义，也许没人有兴趣去读它。但我感到不舒服，一想到有人可能读到它们就不自在。"高斐觉得越说越不明白，而对方今天又好像心不在焉，"我设了密码，但我昨天读了机器的说明书，密码管理是由机箱组件中的处理器负责的。可能一旦电子脑被取出机箱，就可能读出里面的内容。我不愿意让别人，特别可能是个杀人凶手——"

"我理解。"警侦员说，他的心思似乎从遥远的地方回到了这间办公室里，"现在是九点。我们去一趟国际商用吧。去向他们了解一下在技术上这是否有可能。"

高斐说行。

新和路1125号的牌子钉在一幢三十多层高的全玻璃结构大厦上，是这个定居点里数得上的标志性建筑物。门口的现代雕塑底座上嵌着国际商用著名的广告语："你的需要铸就一切。"

他们由前台接待小姐领着上了位于顶楼的总监室。高斐有点奇怪黄晓杰有总监的名片，而前台小姐看到名片后脸上顿时现出略带紧张的神色。

国际商用的总监是个理平头的大个子，平滑的脸上看不出年龄。西服前襟敞开着，肚子那儿的衬衫扣子绷得紧紧的。他微笑着让两人坐到阔大办公室转角处的沙发上。从高斐坐的位置可以看到全城彩虹般的空气维持穹顶。

"我是警侦局科技部的黄晓杰，前几天我和你通过电话，关于一件案子。谋杀案。"

"我记得。"总监笑道，"很遗憾没能帮上什么忙，公司有规定。"

黄晓杰径直说下去："这个案子中的死者名叫任达，他是个专利破解者。前一段时间他开始用得到的新技术勒索大公司。我想他在得到高斐先生出卖的A67型心理终端后想打你们的主意，他死时应该正与你们的人碰头。"

"原来是这回事。"总监叹口气，笑容闪烁了一下又重新浮现，"我猜你们现在没证据吧？否则我们见面的形式就不是在这里了。"

高斐被警侦员的下一句话弄得一头雾水："孩子都到哪里去了？你还想要证据吗？"

他向高斐点点头："他是任达的朋友。"

高斐顿生一种自己成为某个不明较量的筹码的感觉。

总监摸了把脸，显出一副疲惫之色："你就是那个拿名片来的人。好嘛，都搅到一块去了。让我们一件件解决，相信我，事情和你们想象中的不一样。我们对那个人的死没有责任。我叫他上来。"

他走向桌子拿起电话："让外务部的小张上来一下。"放下话筒解释道，"他是那天去和那人——你刚才说他叫什么——任达，见面的人。我们真的没想过会发生这样的事，绝对是意外，我们都准备好出一笔钱摆平他了。"

有人敲门。

"进来。"

出现在门口的是个高瘦的年轻人，眼睛飞快地从房间里的三个人身上扫过，最后落到黄晓杰的警员制服上。

"没事的，把事情经过和我们说说。"总监过去拍拍年轻人的肩。

他咽了口口水，开始说时语速很快，后来才慢慢放松下来：“那天是我从公司的对外邮箱里看到那个人的信的。他说已经知道我们在干什么了，说得很含糊。每年我们都会接到一些那种信，所以我按惯例把它转到上头。第二天，总监叫我上来，要我去和那个人见面，看看多少钱能把他拿下来。我处理过几件类似的事。约见的地点是那个人定的，我就去了。

“我们是在城南郊的一处废公路站见的面。他带来了一个 A67，是 2202 年出的型号。他本来就情绪很紧张，我向他走过去时隔了一段距离他就叫我停下，还拿出一把手枪，说别想靠近他，否则他不会对我客气。”

“等等，你说他有一把枪？”黄晓杰打断职员的叙述。

“我也不能肯定那是把真枪，如果你是问这个的话。我没见过真枪，而且当时我吓坏了。他看上去像根快要绷断的弹簧一样，我真的怕他会手一哆嗦就开枪。”

黄晓杰示意他继续。

“我让他放松一点，告诉他我是代表公司来谈判的。我问他知道了多少事，他猛地一下子把抱在怀里的 A67 冲我扔了过来，说全都知道了。我看到机箱已经被撬开了，里面发出一股正电子脑变质的味道，臭极了。我想他已经弄开了机箱，看到了我们的产品，于是我说这事可以商量，公司授权给我可以当场开给他支票。他说十万行不行，我说超出了我能处理的限度，要和公司联系一下。他过了一会儿又说五十万，可马上又反悔了。但我觉得他并没有在认真地和我交谈，到处乱走，可视线总是不离开我，他的手指始终不离手枪柄。我很紧张，因为我觉得他是个疯子，眼睛东看西看，一直没和我对视过。我听说疯子就是这样的。后来我的手机响了，是公司的回复，我说抱歉半转过身去接电话。这时他突然扔掉枪朝我扑了过来。”职员的脸上现出惊骇的神情，“他简直是想扼死我。我后来想不通他为什么会扔掉枪，要是想杀我的话朝我开一枪我肯定没命了。我使劲想把他推开，他力气很大。我以前从没和人真正打过架。后来不知道怎么回事，他松开我了。我爬起来，发现他的头撞在刚才他扔在地下的机壳上了。到处是血。我俯下身去看他是不是还活着，结果他说了句莫名其妙的话，我记得倒很清楚。他说，你们是不是也想要我的脑子。声音很响，我还以为他不会死，正想打急救电话。可过了一会儿，他就死了。”

“你能判断一个人是死亡还是昏迷？”黄晓杰问。

“我在预备军队服役时是医务兵。”职员说。

“然后你怎么处理的？”

“他在现场打电话给我，我告诉他不用报警，直接回公司。如果有事我会负责的。”总监插言。

“你能写一份情况说明,签字后给我吗？”黄晓杰说。

职员看老板。

总监点头:“如果黄先生没有其他问题的话，你可以回你的办公室写完后传真过来。”

办公室的门重新关上后，总监转向警侦员:“谢谢你相信我们。真是可怕的误会。”

“对死者头部骨折处形态的力学分析模型支持你们的说法,他的确是自己撞上去的。”黄晓杰交叉起十指,“不过我还是想知道两个问题。其一,那人死前那句话是什么意思？其二,孩子在哪里？”

“其实是一个问题。”总监瞟一眼高斐,“您——？”

高斐肚子嘀咕一句我才懒得弄清楚你们打什么哑谜呢。从刚才的对话中,他感到自己的那台A67恐怕是凶多吉少。什么叫变质了,难道正电子脑是由豆腐做的？

“他是死者的朋友,有权知道。”黄晓杰说。

总监侧了侧头,好像在说那么只好让你留下了。

“让我从头开始讲,说来话长。”

5

我们的产品是真正的仿真人大脑
空白的正电子脑在这个人机互动过程中形成了真正的人类个性

“我们经常会收到一些来信或有些人直接闯进大厦。上次来了几个小伙子,黑皮风衣,带着短枪,想一路杀上三十层见见‘控制这个星球的人’。他们都是误会了,包括你的朋友。我们的确生产正电子脑,也生产R医生。他们都是偶然看到了机箱里的东西,以为我们用真正的生物人脑放进机箱中来做出心理终端以供应市场。他们总把我们想象得很可怕,半夜在街头捉人回公司挖出大脑之类的。”总监摇摇头,“实际情况恰恰相反。我们的产品是真正的仿真人大脑。你们把R医生买回家,对它们说话,每天几小时,一连五年。人格塑造没有比这更有效率的了。空白的正电子脑在这个人机互动过程中形成了真正的人类个性。五年期满后,我们回收产品,洗掉具体的记忆，留下的人格结构是我们几代计算机工程师都无法在生产线上制造出的东西。那些哲学家们知道了会高兴的,他们认为这证明了人类心灵的独特性,是无法复制的奇迹。"总监咧嘴一笑。

"你们利用我们生产类人机器人的大脑,而我们都不知情?"高斐回想起他和彩君和R医生聊得风生水起的样子,怒火一下子蹿了上来。

"谈何利用?我们是为你们服务的。"总监站起身,从办公桌抽屉里找出一页纸,"这当然不是原始合同,是复印件。你们一定要看正式的也行,我能安排。一百三十年前,你们的先民和我们签订了每年提供一定数量的仿真人以维持这个太空殖民地人口的合同。地球有规定,一旦某个太空殖民地的人口数少于'生存效益最大化数',就会取消该地的序列号,把剩余人口遣送回地球,或分散到其他定居点。这种命运很糟糕,新移民要适应很多问题,重力、语言、文化,有些人一辈子都适应不了。

"而在太空里人的生育能力会下降,可能是辐射之类的东西导致的。所以我们公司为他们提供仿真人以解决困境,让地球以为这个太空定居点还有存在的必要。人的身体制造起来完全是个生物工程学问题,我们很早就可以干得不错了。但要造出一个能指挥身体以人的行为方式行动的大脑,用那些浪漫主义的词来说'灵魂',我们只能靠老办法,通过不断与一个真人交谈,让人格渐渐成形。在我们开展业务的每个太空殖民地,都有R医生的存在。你和它交谈,是在帮助你自己的太空定居点。"

"你的意思是,我们都是你公司里的产品?"高斐说,他当然不信。但他知道自己内心相信面前这个啤酒肚说的每一个字。他很熟悉对方的语气:一种谈论日常工作的平淡口气,就像他和手下的那帮人讨论一段频频出错的程序。

"不一定。上个月我们的统计数据表明,现在这里有89.56%的人口是仿真人。你有可能不是。但在大多数情况下,答案是肯定的。"总监说,"想查一查吗?我的计算机能进入人口数据库。告诉我你的身份证号或名字。"

高斐退后一步,说不出话来。

"你们不能生产孩子。"黄晓杰突然说。

"的确不能。成年人想象中的交谈对象都是成人。孩子们不喜欢和一台机器说话,我们在别的殖民地上推出过儿童型R医生,"总监摊开双手,"根本卖不出去,所以我们只能生产成人的。这带来很大的麻烦,像你,注意到本地其实没有儿童的人,就会感到情况不对,找上门来。我们花很大工夫掩饰孩子的缺少,像校车之类的。我们也有一批专门用来展示的儿童制品,但它们只是高级玩具,不是真的人。我希望公司总部的那些人能快点把孩子造出来,掩饰工作得照顾到每个细节,烦人。现在每个仿真人出厂前我们都要弱化他们的生育意识，将其转化为倾诉欲望。如果你读过中古时代的那些人文作品，他们早已提出过这样的观点：一个人是他社会关系的总和。我们的观点是，一个人是他人愿望中的幻象，人总是根据他人的要求改变自己。我们只是更进了一步，一个人的愿望创造另一个人。想想我们公司的标语：你的愿望铸就一切。你们可以将之看作人的繁殖方式在太空时代的变形。”

“现在我们知道了。”高斐说。

总监扬扬眉毛。

“你准备——”高斐向门口小移一步。

“把你们关进地下室？割断你们的声带？”总监笑笑，“如果没事就走吧，你们会忘掉今天的事的。不是说我们会洗掉你们的记忆，而是人对于自己不愿记住的事自然而然会忘掉的。知道自己是个仿真人并不愉快，你会希望这不是真的。”他冲两人微笑，“我有太空商学学位，同时是心理学博士。”

高斐用手肘推推黄晓杰：“把他的名片给我。”

他没待其他人反应过来，冲到总监办公室阔大的仿橡木书桌前，电脑显示器上刚才总监打开的人口数据库系统还开着。他飞快地在对话框中输进总监的名字。有三个同名同姓的人。其中只有一个男性。

高斐敲下回车，将显示器转向啤酒肚。他以为已经印在总监大方脸上的笑容瞬时凝结，一片死灰泛上他的面颊。

“我就是看不惯他那副神气的样子。”

他们走出国际商用大厦，停在怪模怪样的现代雕塑前。高斐猛踢一脚底座上的烫金字：你的需要铸就一切。他琢磨出其中的真实含义，不寒而栗。

“他也是？”黄晓杰问。

“当然。他只不过是人专门被造出来管理公司的仿真人罢了，和我们没什么两样。”高斐摸自己的背，他知道从生理结构上讲仿真人和天然人没有区别，他是技师，上过现代生物工程学课，却止不住想脱掉衣服看看皮肤上有没有接缝的欲望。

黄晓杰转身走开。

“你去哪儿？”他冲警员喊道。

“回局里。案子完了。”

“在知道了这种事情后？”高斐简直觉得他不正常，“你以后还能——”

“和你想象得恰恰相反。我现在开始能正常地喝水、吃饭、上班、干一切正常的事了。我才不在乎街上走的人是爹妈生的还是营养槽里长出来的。”黄晓杰等高斐上了车，却没发动，“我也离婚了。三年前。”

“噢。”高斐不知说什么好。

“我们都想要个孩子。”前座上的背影一耸肩，“现在我知道不是我的错了，也不是她的错。一开始我只想证明很多人都没孩子，因为我们在太空殖民地里嘛，生育本来就不容易。后来却发现根本没人有孩子。当然，他们都装成自己有孩子的样子，其实没有。我们多想要个孩子。”

“你可能是个自然人。你太太可能也是，你们都有强烈的愿望要孩子。”高斐使劲找出句话说，他对安慰一个快哭出来的同龄男人可不在行。他回想起自己和彩君共同生活的日子，没有孩子似乎对他们并没产生困扰。看来他是属于那 89.56%中的一个，出厂时意识被调整得很好。

“可能吧。”黄晓杰清清嗓子，恢复平静。他发动车。

“以后怎么办？”高斐也不知道自己在问谁。

“一样过日子。我们能向谁申诉？合同是我们的上代和国际商用签的。地球会有什么反应？把我们当中的仿真人送到矿井做工，剩下的自然人塞进其他定居点。离我们最近的定居点是阿夫特克，里面大多数是法国人后代。你能在三十岁的时候再去学有一百多种时态变化的现代法语？对谁都没好处。”黄晓杰说，“抱歉，我忘了你去国际商用要问的事了。”

“没关系。现在看起来无关紧要了。”高斐摆摆手，他突然想到了一个问题，“你是从什么时候开始发现城里没有孩子的？”

“好几年了，我用业余时间作调查。”

“那你知道国际商用在这里面是——主谋？”

“早先有怀疑，昨天晚上才确证的。”

“你自从知道我卖给任达 R 医生后，你就知道他的死和国际商用有关系。你今天要我和你一起去国际商用，是拿我当逼他们说出真相的砝码。”高斐说，却感不到愤怒，只有一阵倦意袭上心头。

“是的，而且我担心一进去就出不来了。要有证人在场。小说里知道世界真相秘密的人不是都会有杀身之祸吗。”黄晓杰干笑一声，“我也像他们所说的那些人一样，感到害怕，对此我只能说抱歉了。”

高斐叹息一声，忽然觉得阿毛死得真不值得。他肯定被他拆开 A67 后发现的东西吓傻了。正电子脑和生物脑在外观上十分相似。普通人壮起胆子去杀想象中混世

魔王的代表——其实也算是英雄行为。他苦涩地想道，自己和阿毛其实一样都是些庸人，看惯了警匪片的枪林弹雨，在现实中却怎么也不敢冲人开枪。事情的结果只是和一个小职员干了一架，自己摔破脑袋死了。

真是太不值得了。

“我想回国际商用。”高斐说。

“我要求让任达复活。”

总监抬起头看两个重新出现在他办公桌前的人。自从他们离开后，他似乎没动过。他带着一种梦游者的表情将目光移到高斐身上：“什么？”

“所有的仿真人都不是用一个身体和一台R医生的内核组成的吗？”高斐说，“任达的数据肯定还有备份。再给他一个身体，他是在你们制造的误会里意外死亡的，你们有责任。”

“他是个自然人。”总监说。

高斐愣了。

“而且我们的系统会自动删除停止工作的正电子脑的数据备份工作，否则岂不是人人都有长生不老的机会了。”总监晃晃头，“不可能的。”

“那么告诉我，我的孩子在哪里。”黄晓杰说，“我和我妻子算来应该有三个孩子了。我在你们这里换过三台R医生。”黄晓杰说，“告诉我他们是谁。”

“我们从来不告诉任何人谁是谁的‘后代’，一个由仿真人组成的社会里，这是社会稳定的基础。”总监的脸上恢复了点活气，“想想看，你走在大街上，一个乞丐过来对你说，你是他五年交谈的产物。会乱套的。”

高斐瞪大了眼，因为他看到黄晓杰掏出了警用佩枪。他显然也没用过几次，持枪的样子像捏了只易碎的鸡蛋。不过枪口还是不偏不倚地瞄准了总监的肚皮，“我和我妻子的孩子在哪里？”

“告诉你也没用，他可能是个七十岁的老头，也可能是你的顶头上司。你会乐意去认这样子的孩子吗？而且是你的，不是你和你妻子的。”总监连连摆手，“如果一台心理终端由几个人共同使用，我们会把他们各自的意识分离开，分别给他们配上身体。举个例子，如果你和你妻子各有一个交谈对象，他们形成的人格结构如果挤在一个身体里，会互相冲突，造成混乱。在计算机程序模拟中，他们需要二十年以上的时间才会像个成年人那样处理事务。在意识内部协调的过程中，一开头什么也干不了，连生活自理都不行，接下来会发生许多荒唐的错误，简直一团糟。”

“听起来像在描叙一个孩子。”高斐轻声说。

三个人都静下来,互相对视。

“孩子。”黄晓杰说,枪口垂下。

“是的。听上去像个孩子。”总监搔搔头,“我们没从这方面考虑过,也许这就是我们要找的答案。父亲和母亲的混合体。天,多古老的答案。”他翻动桌上的纸张,“我们会马上试试的——天啊,也许我们真的能造出孩子来!”

6

他看到好几处小学重新热闹起来
于是每个人的愿望都得到了满足

一年后。

“她真可爱。我可能是被他们出厂时调整得太好了。”高斐看着黄晓杰搂住一个三岁大的女孩儿,给她翻衣领,“我一点没有也要个孩子的愿望。”

“我不知该说什么好。”一个长发女子说,“谢谢你。晓杰说当初是你想出来的主意。”

高斐笑笑,黄晓杰已和前妻复婚。他们的孩子是国际商用的第一代儿童型产品。

他告别了黄晓杰夫妇。一路上,他看到好几处小学重新热闹起来。

回到家,他打开一台新款R医生,屏幕上出现一张柔美的脸:“嘿,我回来了。”

屏幕上的女子在微笑。

他每天和她交谈八个小时。这样两年后,他就有个妻子了,一个他真正想要的妻子。总监说,这么做违反了公司规定,即使他是使公司做出重大技术突破的人,但高斐知道怎么说服这位啤酒肚合作。

“我看到是谁用交谈创造了你。”他站在总监办公室的计算机终端前,人口数据库的页面在屏幕上闪动,“你想知道吗?”

于是每个人的愿望都得到了满足。

在被遗忘的土地上

ZAI BEI YI WANG DE TU DI SHANG

奇点科幻丛书 | **第一纪**

1

地球被上代人用污染和战略武器弄脏了
在地表营造出一立方米的可居住空间的成本是外太空的两倍

现在是夏天，真正意义上的“地球之夏”。安妮感觉汗水混着防晒霜正顺着脖子往下流。机场似乎没有空调系统，她的行李不在传送带上。穿得花花绿绿的游客从她身边涌过，发出惊人的噪音。应该接她的人还没出现。汗水由安妮的头发里钻出来，闷痒难当。

上午十点十九分，候机大厅变得空空荡荡。气温正以可见的速度爬升。外面白花花的太阳令人望而生畏。安妮已经喂给电话七八个硬币了，给切先生打，给刘易斯教授打，甚至给阿尔法也挂了一个，想查查自己的行程表：她是否赶错了航班？

除了安妮忠实的电脑外，都是一片“对不起，信号覆盖区外”的人工语音。可阿尔法帮不上什么忙。见鬼，她现在愿意用一枚直径两厘米以上的鱼耳石去换回行李、一家能冲凉水澡的旅馆和半打汉堡包。

“安妮·尼尔森小姐？”

她回过头，一个中年男人就站在她身后。皮肤黝黑，头发刮得精光，五官特征接近火星移民：宽脸高鼻，眼睛细长。他的衣着和接待官的身份倒很相配，印着“地球欢迎您”字样的汗衫，短裤，右脚凉鞋的带子已经磨得丝丝欲断了。

安妮点点头：“安妮·尼尔森。五一学院三级研究助理。切·邦·希洛梅多先生？”

“别，别那么正式。叫我切就行。我来晚了。你的行李被检疫处扣下了，他们非要我搞来生物试剂安全证书不可。那些死官僚。”切握住安妮的手摇了摇，“现在解决了。我的车在外面。走吧。”

安妮试着微笑：“谢谢。”他没有说他在学院里的职位等级。她跟上切往大厅出口走去，别和我说在地球上这不重要，我可不是新来的菜鸟。

外边的确热，在人工调温环境下你永远想象不出的热，简直是闷头盖脸打来的一记耳光。气垫车里倒还有点若有若无的冷风，安妮坐在后排，身边挤着她易碎的行李：一个活动生化实验室。

“嘿，你的导师是不是刘易斯？”切从驾驶座探过头来。

“嗯。我在他的中古气候所实习。”安妮忙于从车窗获得对于“伟大的人类发源地”的初步印象。出了机场区，他们只得跟在旅游大巴后蜗行。供游客居住的棚屋搭建在高高的支架上，像一群金属蘑菇。兜售纪念品的小贩围住每辆刚停下的气垫车。背着婴儿的年轻夫妇们疲惫不堪地排队等候分配房间。弧形围栏的银色闪光是不变的背景。

“你要拿的是——硕士学位？”切听上去漫不经心。

安妮立刻收回心思：“不，不是硕士。我在为副博士实习报告搜集资料。”那个课题还没有明确指定给她。安明白刘易斯的用意：看你这次表现如何。她觉得自己像只兔子，吊在面前的胡萝卜由经费、课题，还有她在五一学院的未来组成。安对切先生很恼火，不要和学院里的人随便谈论他们的职称学位，大家心知肚明的事。他是不是在地球上待得太久了？

车停下了。“那就祝你好运了。”切拉开车门，“先在游客旅馆住一晚。你的野外房车明天会停在围栏出口的。用身份证领。别随便雇佣当地翻译。好，还有什么问题吗？”

安妮望着切可笑的鲜红色小破车消失在拐角。明天就要进原生地了，独自一人。她眨掉流进眼睛的汗水，提起两箱显微镜零件，摇摇晃晃走向最近的蘑菇房。才刚刚是个开始呢。

清晨太阳还没升起来，大地笼罩着白茫茫的雾气，湿润凉爽。昨天嫌太厚太热的长袖衬衣现在却冻得安妮直缩脖子。

回想抵达地球后的二十四小时，简直是场噩梦。在旅馆清点仪器时，她发现检疫处还是扣下了一瓶酶，那只是每个生物都备有的常规试剂。刘易斯在电话里随意提到，联合大学的考古队已经在五大湖地区扎营，好像还带来了地层扫描装备。阿尔法报告说她养的木贼恐怕都已死了。

安妮知道刘易斯从来不会闲聊。五一学院和联大的友好关系只维持在表面上。中古气候模型首先是联大搞的项目，五一当然不会坐视对手独享国家基金，研究所几乎火线成立。好些专家都是刘易斯从联大挖来的。谁能率先提出一份“有分量”的报告，下期资金便花落谁家。

纯洁的科学啊。安妮自嘲地笑了一下，从钱包里翻出证件和作为进入原生地凭证的收据。她的野外房车“盖娅号”正等在围栏口。

“嘿，你是要去湿地吧？”有东西抓了抓她的裤脚，安妮低头一看，是个本地人，原来应该属于猫科动物。它直立的姿势有些僵硬，髋关节可能为此动过手术。大大的黄眼睛嵌在小三角脸上，一身虎斑。若不是耳朵残缺不全，本是个可以逗人一笑的小可爱。

“对,你认识路吗?”安妮需要一个当地向导。它们熟悉动植物群,会翻译土著语言。她设想过怎样才能碰上这伙地下游击队,没想到它居然在围栏停车场明目张胆地招揽生意。

“当然。没问题。咱们说定了。出围栏五十米后停车,几秒就行,我会上去的。”黄眼睛闪了闪,“待会儿见。”安妮眼前一花,脚边的小家伙便不见了踪影。安检警察出现在岗亭里,“女士,轮到你了。身份证。好,你的钥匙。知道《条例》吗?”

安妮毫不含糊地点头。

“去吧。”警察抬手放行。

“阿尔法,检索词条‘地球’。”

“稍等。”安妮的计算机装模作样地哼了一声,“今天的网络不太稳定。一共有87665条有关信息。需要删减吗?”

“我的天。先把重复的去掉。”

“废话,我当然已经去掉了。”阿尔法在屏幕上翻了个白眼。

安妮有时候真后悔给它安了个性模块,“那分一下类。旅游的,历史,嗯,政府公告,论坛帖子。我还漏了什么吗?”

“差不多了。先看哪类信息?”

有十多家公司承接地球旅游业务,但核心内容大同小异:想看看当年联合国召开火星移民动员大会的旧址吗?第三次世界大战停战协议的签约地期待您的光临!密闭围栏保证您和家人的安全,四星级假日酒店,机场每天定时航班。预约电话……

历史类网页看得安妮直打哈欠,完全是中学教材的拷贝:地球是距太阳第三颗,也是第五大行星,轨道半径:149,600,000千米(离太阳1.00天文单位),行星直径:12,756.3千米,质量:5,972,000,000,000,000亿千克……

关于地球的政府公告最近出得很频繁:《条例》的增订与修改,对旅游业税收的减免,又有三个围栏区将对外开放……

“一些论坛需要注册才能打开网页,我用模拟身份搞定了。”阿尔法冲她挤挤眼。

“谢谢。”现代计算机可不是它们老实憨厚的前辈了。安妮笑着点开一个名为“地球之友”的网站,进入精华帖区。

客人254:“我们当初为什么要全部移民到外太空?地球发生了灾变吗?”

客人867:“是啊。现在火星、金星、木卫三,还有小行星带都挤满了人。太阳系外的移民区都不稳定。我们为什么不回地球去?”

斑竹:“事实是,地球被上代人用污染和战略武器弄脏了。到了22世纪末,在地表营造出一立方米的可居住空间的成本是外太空的两倍。朋友们,三千年过去了,我们应该重新负起对地球母亲的责任。”

客人450:“现在地球是什么样子的,好想去看看哦!!”

斑竹:“政府正派出专家检测地表的辐射量和微生物变异情况。围栏内是完全安全的。我相信,任何关心地球的未来的人……”

安妮驾着她的老搭档“盖娅”漂过围栏口。半月前在金星五一研究生宿舍和阿尔法一起搜索资料的事好像已经过去一个世纪了。气密门发出轰然巨响。普通游客没有出围栏的权限,所能做的只是遥控装有电子眼的小车“看风景”,临走时再得到一瓶消毒后的地球泥土。此刻她独自面对整个荒芜之地,四周一片静谧。

太阳早已升起,雾气消散,地平线上隐隐透出森林的阴影。目光可及的地面尽是大大小小的水沼,黑绿的淤泥直冒水泡。地表植物只有一种叶子肥大的蕨。安妮认得它,“诺曼底七号”,是五一生化实验室的转基因产品。似乎工作得不错,繁殖了好几代。在理论上,人工构建出一个自给自足的生态系统是可能的,但安妮觉得星球和保育箱不是一回事。学院用计算机做的模型非常漂亮,“诺曼底7号”在清洁完重金属后会自动退出演替过程,将生态位让给原生植物。模型完美得足以哄住参观者,但也仅此而已。

安妮摇摇头,不愿再去想那堆乱事。她的小向导该来了。驾驶台离地面太远,看不清——

“你在找我吧?我早进来了。”

安妮猛回头,小猫正蹲在她椅子边,样子安适。

她感到奇怪,“你从哪儿进来的?”

“噢,你上车时我就跟上来了,刚才没出声是因为那个老警察,给他逮住咱们可就惨啦。”毛毛脸上露出同谋般的微笑,“女士,自我介绍一下。我叫吉吉。翻译兼向导。”

“安妮。”她笨拙地碰了碰对方的小爪子。

“你想找什么呢,安妮?”吉吉爬上驾驶台,灵巧地避开了按键,坐到可以看到外面景色的地方。

鱼耳石化石，越大越好，越多越好。安妮想了想：“你能领我去拜访水獭的居住地吗？”

吉吉的小脸神采飞扬：“水獭语是我最擅长的一门语言。我和它们的长老都熟，没问题。一直向前开，半小时后向左转。”

“你的金星语很标准，在哪里学的？”安妮企图和它套近乎。

“哪里哪里。”吉吉谦虚了一下，“我其实主要是个火星翻译，有七八种地球语的口语互译还行。金星语只是顺带学了学。”

它的智能等级至少是 A–5。安妮暗忖，大概是外星系某个地下实验室的作品。它怎么会在地球做“向导”，耳朵上的撕裂伤又是怎么回事？背后肯定有故事。

安瞟了一眼吉吉。它盘腿端坐，前爪按在窗玻璃上，漠然注视着前方。背部硬毛平顺地贴着身子，看上去毫不戒备。在行程中，除了指示方向，它再也没有开口说话。

2

地球上有许多智能等级在 C 左右的
刚刚朝类人方向进化的原始族群

抵达水獭居住地时，太阳都快下山了。安妮算了算路程，他们早已深入几千年来无人涉足的地图空白区。辐射强度还在安全范围内，“诺曼底 7 号”长得郁郁葱葱。安妮记得它也被设计成辐射污染的警示性植物。

“就是这里了。你等着，不要四处乱走。”吉吉消失在蕨类肥大的叶丛中。

安妮试着找到一个比较坚实的土丘坐下。她穿的防护服只是最低等级的室内服，一把瑞士军刀也比玩具厉害不了多少。面前的大湖波光荡漾，面积超过某些内陆海。原生植物和外来物种覆满地面和湖岸，盖住了她要寻找的水獭洞口。

暮色渐浓，安妮扭头看“盖娅号”，它富有现代感的流线型身躯摆在这片蛮荒丛林里显得那么突兀。也许我该上车去等，但如果吉吉回来时领着长老们，就太不礼貌了……

“我在向它们解释，你需要灯光。”

吉吉小孩似的声音混在长老们轻柔绵长的语声中，安妮在浓稠的黑暗中尽量保持端坐。

又过了漫长的十多分钟——也许只是几分钟。“它们准许了，不过光线最好暗点。”吉吉牵着安妮的手向前拉，“把你的野外灯放在这里。”

一团微弱的光照亮了地穴，安妮总算看清了水獭长老们——和《科学》杂志上刊登的照片有些区别——体型更小，坐着只有六十厘米高，皮毛呈灰色，小圆脑袋上耸着对小圆耳朵，眼睛长长的。最有趣的是它们的前爪，拇指已经和其他指头分开了，更接近于人的手。

地穴肯定有通气孔，否则我早消耗掉了这里所有的氧气。安妮算了算它们会议厅的容积，八成水獭们惯于开马拉松长会吧。

对“外来人”安妮·尼尔森的介绍花费了几乎两小时，安不是语言学家，根本摸不着头脑。水獭们与吉吉的对话中充满了长长的鼻音、哼哼声和沉默。若不是吉吉及时解释“不说话”也是他们语言的一部分，安妮真以为谈崩了。她对水獭语的效率不敢恭维。

“它们现在接受你了。等仪式举行完，我们就可以回去。”吉吉明显松了口气。

一步一步来，鱼耳石的事明天再说。安妮已经困得睁不开眼，她狠命掐了自己一把，跟着长老们爬进一个被遮在草帘后的洞口。野外灯在脖子上沉甸甸的，水獭的神会是什么样的？还能是什么样，长得像水獭呗——

脚下一空，安妮几乎跌进了“礼仪厅”。长老们围成半圈，空出的位置明显是留给她的。野外灯的光芒对这位长期沉浸于地下黑暗中的神可能会构成不敬，安妮犹豫着要不要关掉它。

鱼耳石，直径五厘米以上，带有远古化石特有的光泽，简直是颗大珍珠。它就嵌在神座——一段原木的顶端。这下麻烦大了——

“别跪下，坐直了。把右手举起来，摸一下神眼，跟我念：哈古拉——拉——”

安妮和着吉吉说完了那段长得不可思议的“入族宣誓”，要不是有“神眼”不断吸引她的注意力，非得一头栽倒睡死过去不可。

爬出水獭们的地下迷宫，安妮总算能挺起腰走路。自从傍晚被吉吉引进长老们的会议厅，在草席上正襟危坐了几百年后，她觉得直立行走简直是种享受。

“你的车在那边。跟着我，别踩进泥沼里。”吉吉尖细的声音从不断摇晃的蕨叶下冒出来，“你在想神眼。”

“那是不可能的——你怎么知道？”安妮在震惊中意识到：它甚至用的不是问句。

“你是个烧杯，女士。水獭们不是你的目标：你没拍照片；我们说话时你连录音笔都不拿。那批动物行为学家也是我带的。你要的还能是什么？”星光下，蕨叶草原随风起伏。

烧杯，是对搞“硬科学”的研究生的戏称。安妮想辩解一下：“我是研究中古气候学的。神眼是颗鱼耳石化石，它的分层能记录水温变化和其他情况。我来地球的确是为了收集鱼耳石。但我真的不知道它会是水獭族的宗教崇拜物，大多数时候，它们只是普通的装饰品，我们可以公平交易。”

吉吉的回答过了很久才传来：“直走五十米，你的车就到了。明天见。”

最后的五十米安妮走得很狼狈。等她坐到房车后部的折叠床上边烘干裤脚边回味吉吉的“明天见”时，依然不得要领。它是要带她去别的水獭居住地，还是想办法说服长老把“神眼”卖给她？依照惯例，当地导游总站在自己的同族一方，再大的利益都不能诱使它们出卖宗教物品。但吉吉太聪明了，安妮摸不透它的想法。它和水獭交谈了很长时间，看起来像是老朋友……它的活泼友好和水面浮油一样易变……

电话铃骤然响起，差点把安妮吓得灵魂出窍。电子屏上显出刘易斯的号码。

“喂，情况怎么样，有进展吗？”安妮知道他的心情并不像语调那样轻松。

“我已经和它们有过接触，但是——”

“两天内能弄到手吗？五大湖那边开始地层探测了。如果他们找到了化石鱼群，甚至不用开始发掘，就可以提出报告。你的动作一定要快。”

……

安妮搁下电话。和刘易斯的通话永远是以她诚恳的“我会尽力的”结束。

刚进中古气候研究所时，安妮对刘易斯崇敬有加。即使亚里士多德复活，也不会比“刘易斯教授”更有慑人的学者风度了。他自己也显然知道这点。

不久，从研究生午餐时的窃窃私语和她的亲身经验，安妮开始体会到，刘易斯在某些方面比发情期的大麻哈鱼更好斗。

她记得五月初他们之间的一场谈话。

“我们需要资料，切实的资料。瞧瞧这些文史组交来的东西。从中古文学作品里寻找气候史资料！我们能知道什么？噢，古非洲炎热，北极尽是洁白的大冰块。非常感谢，但能用这些东西喂给计算机做数据吗？能绘出图表吗？”

安妮听话地摇头。

“古树年轮组他们干得很不错，可是地球上十分之七的地域是海洋，对于它的历史，我们现在几乎一无所知。你，尼尔森小姐，有什么建议？”

她小心翼翼地说：“我们可以通过对海底沉积层中有孔虫化石的抽样——”

“好。但是这种老办法只能提供海洋温度，一个时期总的气候情况，既不能确定时间也不能确定地理位置。记住，现代科学是一项要求精确的事业。现在，我手里有一个新工具——鱼耳石。”

一，它不新，二，它不是你的。早在1992年就不是什么新鲜东西了。安妮在心里撇撇嘴，刘易斯对中古科学文献的利用连引号也不打一个。他大概忘了那篇来自密执安大学的论文是谁帮他从国家图书馆里调出来的。

“鱼类头部两侧的腔室里有小小的石块，它们负责把声波振动传进大脑。鱼就这样听声音。这些碳酸钙石的微小分层可以记录每天的水温变化。嗯，是不是很奇妙？只要分析出每层矿物质中氧同位素的比率，我们就能得出气候的季节性变化，它们简直是中古时期的天然气温计。

“所以我们需要鱼耳石化石，准确地说，是中古时期的鱼耳石化石。超市买来的鲜鱼就算了吧。”

安妮努力笑笑。她嗅到了机会，一个能使她的名字排进副博士名单和一篇重要论文标题下的机会。

刘易斯接着说，地球上有许多智能等级在C左右的，刚刚朝类人方向进化的原始族群。根据民族志资料，它们对鱼耳石有审美方面的偏好。和它们打交道是方便的，比派个古生物考古队更快捷。联大也注意到了鱼耳石的价值，等他们的发掘计划批下来我们都能交份内容翔实的报告上去了。

从刘易斯的办公室出来，安妮发现自己的桌子上多了份去地球的入境申请表。六月初，她拿到了进入原生地的签证，以几个不眠之夜换来了《条例》口试的95分。在等待疫苗引起的全身浮肿消退的日子里，克里尔主动给她打了电话。

安妮非常惊讶。克里尔是刘易斯的助理，前年也去过地球，好像是为了孢粉学方面的事。那次通话给她带来不少实用的信息，譬如怎么躲开检疫处把一些设备带进原生区。“你通过《条例》考了是吧？千万别把它当回事。检疫站的人连盖革计数器和野餐盒也分不出来。再说，没点现代化的小东西，你拿什么去换鱼耳石？付给当地翻译的报酬也是《条例》禁止的那些玩意儿……”

挂上电话安妮迷惑不已，克里尔下半年也要参加副博士论文答辩，是她的竞争对手之一。他应该巴不得她在地球上碰一鼻子灰才正常。

第二天，克里尔出现在她门口，提出去咖啡馆小坐的邀请。安妮瞧着他的新领带和皮鞋，明白了自己漂亮的金发便是天上掉馅饼的原因。

“现代化的小玩意儿”安妮当然带来了。《条例》的全称是《地球原生环境技术文化保护性隔离条例》，为了避免地球上刚刚开始智能进化的非人类物种受到人为干扰，“原则上一切含现代科技要素的产品都不得带出围栏外。”以“保证非人类物种形成自己独特的文化体系。”安妮对那些激进的文化多元论者和生物中心主义者在理论上是同情的。但《条例》如果真的严格执行，在地球上工作的每个科学家都得被赶回老家。

“别担心，他们都是这样干的。连中古时期的海森堡都知道，你怎么可能光观察而不改变观察对象呢？”克里尔微笑着去握她的手，“你说水獭，噢，它们不是捕食鱼类吗？那就——”

超声波水下定位仪。安妮把它从床下拉出来。在金星市场上花二十五块钱就能买一个。克里尔帮她改装了一下，拆掉显示屏，用一根指示杆代替。操作也简单，探测出某单位的“活动物体”出现在水下，指示杆便指向其方向。在地球的水沼里，“活动物体”只能是鱼。

“你的水獭有福了，它们会吃得胀破肚皮。电池能用五十年。”克里尔冲她眨眼，“我把商品序列号之类的都用酸蚀掉了。万一被发现也不能追查回我们身上。”

就用它去换灰色小老头们的神眼？安妮觉得自己和用小镜子、玻璃珠去交换印第安人的黄金的殖民者没什么差别。在学院里混了几年，她早已自认不再天真：科学是崇高的，搞科学的人往往并不崇高。象牙塔里的拼杀虽不见血，却不比战场温柔。刘易斯抄袭，给同行下绊儿，可就是他，《中古时期的动植物》的作者，把读高中的安妮引进了一个她愿意为之奉献终生的神奇之域。

3

水獭们的吟唱层层交叠攀升
像火焰中旋转的羽毛

“今天，我们要参加它们的捕鱼。”吉吉和长老们嘀咕几句，回头向安妮宣布。

它们在湖岸边排成一列，凉爽的晨风吹过水面。安妮估计这应该是水獭族的全部成员了，包括小毛球似的幼兽，总共有三百多头。

站在队首的胖水獭向前迈出一步,它鼻子边的毛已经全白了。安妮认定它是全族的首领,私下给它起了个外号“老爷子”。

两只年轻水獭抬来一个奇特的木盆,盆底中央微微凸起,像个小火山。老爷子将合拢的双手打开,露出一颗圆石子,大小形状和“神眼”相似。狩猎前的仪式,安妮饶有兴趣地注视着老爷子小心翼翼地把圆石子置于盆底的“火山尖”上,长声吟道:“梅克斯——哼达——”

“它在祈求神眼帮助全族人看透黑暗的水域,带来鱼群。”吉吉悄声说。

随后发生的事让安妮大吃一惊,和主教一般稳重庄严的老爷子抬起后脚,狠狠地踢了木盆一下,圆石子蹦了起来,滚到盆底低凹处。

年轻水獭比出膛的子弹还迅捷,齐齐跃入了湖水。湖面上出现道道水纹,每条波纹下都有一位捕鱼者在潜泳。它们显然都很清楚自己的使命,几乎呈平行线向东南冲去。

“你说它们是根据圆石子滚下的方向来决定在湖的哪个区域捕鱼?”安妮觉得难以置信。

“它们的习惯就是这样的。再说那也不是什么圆石子,它是神眼。”吉吉一笑,“今天要出猎三次,刚才长老对我说,第三次踹盆子的荣誉是你的,为了表达对新加入者的尊敬。”

“什么?它明明不是——”

“我说它是神眼,没说它是鱼耳石。水獭寻找相似的卵石和神眼并置一个雨季,卵石也会沾上神灵的气息。”吉吉站起来,“它们回来了。”

水獭们好像全无收获,但丝毫没有沮丧的样子。它们互相梳理皮毛,柔声交谈。

热带的骄阳很快把它们又晒成了绒球。随着长老一声令下,捕猎再次开始。

是啊,鱼耳石只是碳酸钙矿物质,怎能经得起每天的摔打?安妮不由微笑,它们也挺会想变通之道的。

岸边突然爆发出阵阵喧闹,水花四溅中,几只水獭被重重甩了出去。它们就地一滚冲上去再战,企图拖住那条巨大的、疯狂扭动的鱼尾。水面浮出一条灰乎乎的东西,安妮捂住嘴,认出它也曾是只水獭,好像被什么东西压扁了。

“我去帮忙。”她冲了过去。吉吉尖声大叫,但她已经听不见了。

水淹过了安妮的脖子,鱼的力量比她想象得要猛烈百倍。它灰红的身体滑溜溜的根本没有可以抓住的地方。因为明白自己正处于生死关头,它的每一次挣扎扑腾都搅起凶猛的漩涡与巨浪。安妮呛了口水,又一具灰色小尸体漂了开去。我的刀,她清楚对于这个巨兽来说十厘米的刀刃只算根绣花针,水獭在尖叫,头部后方的神经中枢——如雷的轰鸣后,一股股星星从黑暗里冒出来。

“嘿,没事吧?”一张尖尖的精灵脸俯视着她。

“噢——”安妮发现自己还躺在泥潭里,她动动手脚,除了酸痛以外应该没什么大碍。不过防护服烂成了布条,朦胧记得还喝下了湖水。如果撞上变异病毒就死定了。“还好。刚才怎么了?”

“今天算你运气不好,碰上个大家伙。它把你拍晕了。你做得不合乎它们的规矩。” 吉吉向身后指指,水獭们围成一圈。安妮心头一凉。“但它们认为你很勇敢。”

老爷子踱过来,将她的小刀双手奉还。远处,三个牺牲者和小山似的猎物并列在湖岸上。

“它们邀请你参加午夜聚会。”吉吉坐在驾驶台上晃着双腿,“照惯例,外来人是不可能受邀的。你今天早上的英勇表现使它们真正接纳你了。”

英勇?安妮苦笑,左臂上火辣辣地痛。她不知道那股冲动是哪儿来的。水獭和鱼的斗争是自然捕食过程,她本不应该干涉。最糟糕的是,水獭现在给予她的信任让她更觉自己的计划的卑鄙。

“午夜聚会”也是在湖边举行。出发前,吉吉问安妮有没有水下听音器。

“条例规定——”

“行啦。带上一副,否则最精彩的一部分你就错过了。”

安妮有点狼狈地从床下摸出听音器和耳机,准备和水獭交易的定位仪也露了出来。她忙拉下床单把它盖住,回身正好碰到吉吉闪过的眼睛。它知道。安妮盯住它跃进蕨海的小身子。它知道我想要神眼,它到底是怎么看这件事的?“跟上,别发呆了。”吉吉的童声从远处飘来。

我们站在湖岸的另一边。安妮感到脚下的土地硬邦邦的。头上繁星密织,一直铺到天尽头。湖水微波粼粼,和苍穹一样幽暗深邃。水獭们在她周围,一个个黑色的剪影。老爷子将一块大卵石沉入水底。

“把听音器端头给我。快。”吉吉的声音小到几乎听不见,“戴上耳机,不,只戴一边。”

耳机里冒出咕咕水声——鲸歌。

安妮知道这不是鲸歌，但她没有别的词语来形容从水下传来的音乐。整个湖都在震动，星光随波浪分散又会聚。和声渐起，水獭们的吟唱层层交叠攀升，像火焰中旋转的羽毛。水里的歌者声声回应，安妮想起阳光在教堂的彩色玻璃窗上闪动，她读过又忘却的诗行。春天湿润苦涩的气味扑面而来，时间不再苛刻严厉，有关飞翔的许诺再变得真实。一切重新沉寂后，她发现自己的脸被泪水湿透了。

“水底下，是谁？”安妮爬上车，默默走了一路后，她终于从震撼中恢复过来，能用单词提问。

“你见过呀。”吉吉蹦进了夜色。

它们，不，是他们互相捕食。安妮倒在床上，听音器有录音功能。她调出记忆芯片又听一遍，没有水獭的和声，只是一些毫无意义的嗡鸣片段。那些鱼。安妮努力回忆早上与之搏斗的对手，普通的鱼而已。如果真要分类，该划入丽鱼科。小刀，刺进神经中枢——安妮猛然坐起，她早该想到的。如果不是智力已经充分发展的动物，不会被一把开罐头的刀断送性命。他们的神经系统正向集约型进化，应该和水獭一样聪明：有语言，群居生活，还有那歌声——简直是上帝之声。

他们和水獭一样聪明，这就是答案。水獭们的“滚珠仪式”靠的完全是随机性。白天与夜晚，鲜血与歌声。他们不把心思放在怎样预测对方行为上。他们合唱。

我不能和水獭做交易。安妮跳下床找出水下定位仪。它是个灾难，会彻底破坏两个平行进行智能进化的物种之间的平衡。我不能。

我来这里也并不是为了科学，联大考古队迟早能发现化石鱼群，建立起中古气候年表。单独一颗化石没有多大价值，哪怕它大得像网球。那只是为猎奇的杂志封面准备的。刘易斯需要公众的目光，她只不过是枚棋子。我不是爱因斯坦，科学史少了安妮·尼尔森和神眼不会有什么损失的。大不了换个学院。

这天晚上她睡得很甜。

4

旅游业将带来资金和法规
这个星球会重新成为世界的中心

“安妮，很高兴见到你。”切拖开餐桌对面的椅子坐下。吉吉大叫一声立刻扑进了他怀里。“嘿。老伙计，你又肥了。”切挠挠它脖子上的毛。

安妮低头看面前的橙汁："吉吉向我要的报酬是离开前在机场快餐厅见你一面。"她抬起眼睛直视切，"你不是真正的接待官吧？"

"应该说，不仅仅是个接待官。安妮，吉吉告诉了我们你的决定。我们都很钦佩你。"

"你们？"

"待会儿我再从头讲起。先送你件小礼物。"切弯下腰去，安妮第一次注意到他带了个公文包。

神眼赫然躺在纸盒里，快餐厅的喧闹一下退得很遥远。"不——"

"我以前的名字是扎西达杰·千木。"

安妮下巴差点掉下来："《条例》是你——"

"对，《条例》是我起草的，不过它的通过靠了许多人的帮助。不像传言里那样，我单枪匹马跑到政府楼里递交给行政官。"切微笑，"我们现在形成了一个保护地球的民间组织。"

"地球的情况其实不像大众媒体上宣传的，在被划为旅游热点开发区前，它从来没有被彻底遗忘过。它也许不适合住人，但对搞搞生化实验，建建全自动工厂之类还是个好地方。最重要的是，在地球上的活动不受任何法规限制。我甚至相信，在那些废弃的工业区里，一直有人在生活。"切顿了顿。

"安妮，你还记得刘易斯借以一举成名的博士论文吗？"

"关于——非人类生物的智能等级之类的。"

"好，你猜他的实验数据是哪儿来的？"

"电脑模型。"

"不。当时的计算机模型远没有达到可以完成这类任务。他有个真实的实验场地，在地球上。我当时是他78级的研究生，替他采集数据，在地球上住了两年。水獭，猫鼬，还有丽鱼都是当年刘易斯带来的变异物种中幸存下来的。刘易斯完成论文后，要我回金星，可我留了下来。"切的微笑透出温暖，"这片大地正在苏醒。"

"你是说，物种正在恢复中？"安妮望向窗外，高高的围栏后，绿色覆满泥潭。

"可能不像你想象的那样。这里的物种除了微生物外都不是原生的，他们来自像刘易斯那样做非法实验的科研人员和生物公司带进来的样本。当然，地球本身已经把辐射和污染净化了大部分，但重新进化出像吉吉这样的复杂生物需要的远不是几千年。

"你瞧，'自然母亲'的捍卫者们会失望的，按他们的说法，必须是完全原生的物种才有保护的价值。即使地球上现有的物种也经过了环境的选择，他们也不会承认。我对环境保护派别的争论不感兴趣。古话说：只要一张纸和足够的时间，哲学家能证明任何事。但是，他们应该有生存的机会，你说呢？”

安妮看着装有神眼的纸盒：“你要我做什么呢？”

“刘易斯想要的是这个，那就带给他。”切把盒子向她推去，“水獭和丽鱼的共生关键之处在于随机现象，神眼并不重要。吉吉用仿造品把它替换了。只要没把定位仪交到他们手里就行。”

安妮没碰它：“我还是不明白——替换？这不太——”

切苦笑：“我也不愿意。但思前想后还是必要的。我猜刘易斯心里想要的也不是什么‘神眼’，《条例》的施行越来越严格，他是个胆小的人，想通过引入一个变量使水獭-丽鱼系统崩溃，抹掉他在地球上的痕迹。就像对猫鼬做的那样。”

“克里尔？”安妮猛然涨红了脸。

“是啊。幸好吉吉被他当宠物卖给了游客，我追到小行星带才把他买回来。”吉吉在切的腿上动了动，把脸藏了起来。

“但他的种群不可能恢复了。他们都是语言天才。”

“所以我们需要你，安妮。从你一下飞机，我就开始注意你了。吉吉既是翻译，也是监视者。我很抱歉，但克里尔的事之后我们不得不小心。但你，这么说吧，通过了考验，你站到了我们的一边。如果你愿意帮助我们，就带着神眼回金星，装作已经和水獭做了交易。等你拿到副博士学位，有资格独立发表论文时，就公开这些。”

切从公文包里抽出一张记忆芯片：“有关地球物种现状的报告，有很多奇特的进化模式正在形成中。”

“你自己为什么不能做？”

“长青藤联合会的成员讨厌我，《条例》让他们失去了一个不负责任、没有成本的实验室。我的名字不可能出现在任何有影响的学界期刊上。我们需要赢回那些学院，《条例》只是权宜之计，不能在地球生态系统还很脆弱的时候向他们自由开放。我们不是要全面禁止，而是要让想开发地球的人负责地行动。地球现存的几千个物种远远不够，要欢迎他们来地球继续搞实验，甚至专门为地球设计新物种。”切的脸放出光彩，“旅游业将带来资金和法规。这个星球会重新成为世界的中心。”

安妮闭上眼睛,飞机起航时的震动一会儿就过去了,她从舷窗望出去,大地一片灰黄。记得一张历史照片,中古时期的地球是个白云袅绕、交织着鲜绿和碧蓝的大彩球。

记忆芯片和装神眼的小盒子在她的背包里沉睡。

最终说服她的不是切热情洋溢的演说,也不是吉吉活泼黄眼睛下的悲哀。

水獭和丽鱼的歌声再次冲进脑海，天堂的泉水潺潺流动，伴她滑入深深的宇宙。

迅行十载

XUN XING SHI ZAI

“不行，你不能死在我的办公室里。”我拒绝。

坐在对面的人笑了。这张脸很多人都熟悉，他的名字更多人知道，李多。“嘿，医生，你要对我负责。记住，我是你的弗兰肯斯坦。”他说。

这个玩笑我们从他十八岁起一直开到今天。他已经很老了，整洁的灰色中山装领口上是张白发雪须的九旬长者面孔。我甚至在他还没出生前就认识他。

而我还没到能领退休金的年龄。

李多的时钟比我们大多数人走得快。

上篇

1

我从没见过如此瘦的孩子
李多第二天便被确诊为早衰症

故事从头说起。

我的原名是蒙特塞拉特语，长而拗口，所以一般人都叫我 ML。2264 年，我从部队退役后，回到故乡西泠，一个人口不足两万的三级太空定居点，接任社区医官的工作。

2273 年 8 月，一对年轻夫妇走进了我的接待室。他们看上去比实际年龄大了几岁——长期在外太空出勤的人都这样。男的叫李建，二十五岁，是个矿业工程师，他的妻子林良二十二岁，膨起的腹部装着他们的第一个孩子。

我抽取了一些羊水组织，告诉他们不必紧张：那些在外太空怀上的婴儿容易畸形的说法都是无稽之谈，没有任何统计数据支持。两个年轻人对我笑了笑，脸上表情却没有放松下来。我在某种程度上理解他们的焦虑。胎儿基因筛选应该在刚出现妊娠反应时就做，那时放弃一个有缺陷的孩子在情感上还比较易于接受。他俩离开医务站时，年轻女人的手温柔地搭在腹间。她没准已经为“她”或“他”准备好了一打名字。

检查结果第二天就出来了。

我打电话给李夫妇。

“我是 ML,社区医官。我想告诉你们胚胎检测的结果,一切正常。”

“噢。”接着电话那头被短暂地捂住了。我能想象出丈夫扭过头去对一旁的妻子使劲点头,两张喜笑颜开的脸。

“太谢谢你了,医生。我们真的松了口气。在外勤工地时我们都犹豫着要不要这个孩子。你知道,那里没条件做基因检查……”男人的声音哽住了,“老天,我真高兴我们选择留下了他。”

我等他的情绪略微平复后告诉他,如果要求百分之百的安全,最好去阿西特克做个全面筛选。毕竟我们这里只是个三级居留地,提供的检验只能排除常见的基因缺陷。

“什么叫做常见的?”

“发生概率在四百万分之一以上的。”我说。

“哦。那您认为我们应该去做一个吗?”

我迟疑了一下,“其实没太大的必要,大部分人只需要做常规筛选就可以了。你和你太太都没有遗传病家族史,不是吗?”

他说他会考虑的。又是反复的道谢。

我放下电话。以后的几个月里我们频频见面。林良,那个未来母亲,选择了我做她的产前常规检查医生。每次结果都是良好。李建没再和我提起去阿西特克的事。他可能查询了全面基因筛选的价格,对于两个刚刚在定居点安家的年轻人来说,不是笔小数目。而且当时看起来,四百万分之一的概率是那么微不足道。

2274 年新春,林良搬进了医务站住院部。分娩过程顺利,新生儿重六千克,哭声嘹亮有力。是个男孩。

第二天,李建在医务站走道上挡住我,塞给我一大捧染红的鸡蛋,说:“您觉得李多这个名字怎么样?”

我说真不错,是个好名字。

一周后这家人出院。在每季度注射婴儿疫苗的日子里我又在候诊室里的大群母子中见过李多几次,红润,白胖。要他吞下糖衣药剂需要做一番斗智斗勇的努力:这小鬼头学会了把药片藏在舌头底下,再趁人不注意吐掉。

2276 年夏,西泠从未有过的炎热。我一天中必须处理十多例日射病,忙得四脚朝天。

接待员说，有个带孩子的母亲已经等了几个小时。我大声说如果不是急症就让他们等——然后我看到了那个孩子。

我从没见过如此瘦的孩子。他或她简直令人想起上个世纪新闻纪录片中的非洲难民。两三岁的婴孩正该是胖嘟嘟讨人喜爱的时候，眼下这孩子的皮下脂肪却像毒日头下的冰块一样不知消失到哪里去了。

说实话，第一个反映到我大脑里的词是“虐待”。我看向抱孩子的女人。

是林良。她说，告诉我他怎么了，医生。

我把李多抱进诊室。他轻得令人害怕。“什么时候开始的？”我问。

林良说，数月前他突然开始变瘦。当时她正尝试着用另一种代乳品来换掉合成牛奶，因为被一份杂志上的文章《合成牛奶如何杀掉你的孩子》吓着了。她以为是饮食变化带来的正常反应，但他的体重一直往下掉。她重新喂他牛奶，带他看儿童医生。检查没有结果。他瘦到了她不敢碰的地步。说到这时她哭了起来，并不剧烈，更像是个发泄掉惊恐的女学生。

我不是专科儿童医生。既然他们检查不出问题，我也无能为力。李多仰面躺在诊床上，他原本从父母那儿继承了一双细长的东方人眼睛，此时却显得出奇的大，四处转动，对诊室四壁的器械表现出兴趣。

“他父亲呢？”我问。

“去天狼星四区出勤了，要到九月份才能回来。”她回答。

我对她说，立即带孩子去阿西特克，那里有一级医疗站点，必须马上确诊。“会有人带你们去的。”我示意她坐到椅子上，“等我一会儿。”在隔壁房间，我向上一级防疫站报告，发现不明病症。病人为儿童，父母均为外勤人员。不，没有明显传染性。好，我会等到你们的人过来。

几小时后，防疫站的人带走了他俩。我向林良保证，他们会给她的孩子最好的医疗条件，但她像个猛然醒悟到受骗的动物似的瞪着我。

防疫站的人从头到脚用白隔离服包得严严实实，行为神经质，不友善。整天和致命传染病打交道留下的后遗症。后来这个女人一直对我不怎么友好。

能怪谁呢。换个位置我也会这样。

我给李建打电话，告诉他，他的妻儿已被送往阿西特克就医。

李多第二天便被确诊为早衰症。

防疫站的人送来了回访报告，肯定了我的“高度警觉性”，并建议在社区内做一次关于早衰症的演讲以消除居民的紧张情绪。我只能苦笑。

早衰症，全名 HUTCHINSUN——GIFORD，早衰综合症。患者自童年起快速老化。罕见，致命。主要由一种名为 LAMINA 的基因错置引发，发病率在四百万分之一到八百万分之一。

我是个医生。我对李多的父母说结果一切正常。当然，早衰症不是常规检测的项目，但在阿西特克是能筛检出来的。李建曾问过我有没有必要去做个全面筛检。

有时候人们无条件地相信你，就因为你的军装你的白大褂，你挂在墙上的专业证书。我再次告诫自己：只做常规检查的决定是李多父亲独立做出的，我只不过提了个建议。我怎么能知道未来呢？我是个现代医生，不是巫医。

该死。

2

将特定的基因片段插入并修复受损部位
目前只有最原始的试错法

现在我必须讲一点我自己的事了。比起李多的故事可能没多少人会对我的生活感兴趣。你是谁啊？不就是个社区医官嘛。

以前，我也没想到自己会成为一个医生，至少在入伍前。由于在大学我的专业是生化制药，结束新兵集训后，军务部将我分配到“一号工厂”。直白地讲，就是生化武器研究所。别和我提什么《90 公约》。我们都超过了五岁。

“莱卡”是我们这批新兵蛋子的导师，他的名字读起来像一种老相机的牌子。他有上校的军阶，但并不介意我们当面叫他莱卡。他从第一天起开始便不断冲我们大吼：“谨慎是最大的勇敢，年轻人！”这句格言对于病毒实验室真是再合适不过了。

而我正好撞到了他的枪口上：没按污染处理规则办事，往废纸篓里倒了一瓶子菌液。“只是普通大肠杆菌。”我分辩道。

没用，几天后我被调到了“度假村”。一个众所周知毫无前途可言的项目组，组员都是些懒散的怪物。当我报到那天看到项目组主任穿着长衬衣，在顶吹式无菌台上煮汤时，眼珠子差点掉出来。

“欢迎来到一号工厂的休息区。”他过来拍拍我的肩，咧嘴一笑。三言两语，他已向我介绍了这个项目组的近况。概括起来只有四个字：毫无希望。他们研究的是 T 剂，内在时间加速剂。

军方的一切投入都是为了要得到一件武器。T剂显现不出任何该方面的前景：药剂停留在动物实验阶段，被注射T剂的老鼠要么变得呆头呆脑，要么狂躁而死。“我们原来以为，老鼠会对刺激做出更加敏捷的反应。想想看，打网球时，如果球速在你眼里比对手缓慢一倍，你是不是能轻而易举胜过世界冠军？”组长从笼子里拎出一只大白鼠，“但是你瞧瞧这家伙。”它甚至没有躲避的企图，像只填充玩具。“打仗时我们士兵的表现和它一样，国防部是不会表扬咱们的。”

他把白鼠扔回笼子，连手都没洗就端起汤碗呼噜呼噜喝起来：“年轻人，咱们这个组的资金还能撑半年。到时候你服役期满回家去，我也能回学校做我的讲师。只要你不想在部队里混个军衔，这里还是很不错的。”

我找到属于自己的实验台，清理掉上面如山的可乐空罐头。抽屉里有些T剂样品和一些填得乱七八糟的动物实验日志。我不敢说自己是个和平主义者，不过我对发明一种生化武器的兴趣实在不大，但我对生物化学的确有兴趣。

摆在我眼前的只有T剂了。

门铃响了很长时间，才传来拖沓的脚步声。现在正处于西泠四个小时的短夜，街区空寂无人。住在这一带的基本是矿业公司的员工家属，连组合式住宅的样式都相差无几。

门开了两分，露出一张阴沉的脸：“谢谢你的好意，但我们已经休息了，所以……”

他停住话：“是你啊。”门全开了。“这两天来看我们的人太多了，有些都不认识。医生，抱歉。”

我跟着李建往里走。关于早衰症的社区宣传会已经过去一周了。消除传染病的恐惧后，接踵而来的是好奇，人人都想看一眼“小老头”。严重的遗传病已经有很多年没有出现过了。有个记者来找过我，想要点新闻。我直接拒绝了，没对李建他们说。矿业公司的福利体系能支付李多的治疗费用。他们没必要靠募捐。

林良正坐在客厅沙发上看电视，声音开得很小。我瞟了眼屏幕，是部老电影。彩色光影投到她脸上。我怀疑她究竟知不知道在放什么节目。通向其他房间的两扇门都关着。

“要不要饮料。”她突然站起来问，没等我们回答便转身走向厨房。

“她没事吗？”我轻声问。

“前几天一直在哭，现在好点儿了，但毕竟是个打击。你知道，”李建说，“阿西特克的人告诉我们,孩子是不可能治好的。”

“我可以给她开点轻度镇静剂,没有副作用的。”我说。

李建摇头:“应该不用。她会缓过来的。”

我们相对默坐了一会儿。

“李多现在吃什么药?”

“你想看看他吗?”李建站起来。

我们走进一间侧室。孩子在摇篮床上睡得十分安稳。旁边的小桌上散着一些瓶瓶罐罐,我一个一个读着上面的标签。维生素,抗氧化药物。李建朝小床俯下身。我摆回药瓶,在医学上我们管这些东西叫安慰剂。

“你们打算怎么办?”

“你是指——”李建做手势指指薄毯下微微起伏的一堆。

我点头。

“还能怎么办呢。他们说如果控制得好,他能活到十四到十五岁。那么多年呢,医学进步那么快,他们应该能把治疗方法研究出来的,是不是?”他语调里的热切让我不忍。

“可能性不大。”

“为什么?”他看我。

“早衰症不是一种单基因病。我们早已知道哪个基因肯定会引发早衰,但还有些附属基因没能找到。现在也没人在做这项工作。病人太少了,特别是产前基因筛检普及后。世界上患早衰症的人不会超过五个。没有一个医药公司会开发针对它的药物。要找到一个特定的基因并替换它需要一个实验室几年的工作量。几十亿。”

他重重摸了摸脸:“孤儿药品问题。”

我没说话。他当然早已查询过关于这方面的资料。一个水瓶下压着张卡纸,上面的字符串格式我很熟悉,是医疗信息库的私人有偿查询账户密码。关于早衰症,基因药物,他在短短数周内便成为专家,但有些知识越学习越绝望。要用基因疗法治愈早衰症,不仅仅是钱的问题。就算他手里现在有三十亿,也不能加快基因药物的研发速度——将特定的基因片段插入并修复受损部位,目前只有最原始的试错法。和制药业相比,爱迪生发明灯泡时所尝到的失败次数根本算不上什么。

“我想向你们提个建议。”我说,“有一种办法,可以让他在某种意义上活得更长。”

3

T剂对大脑中枢的改变作用是永久性的
主观时间的加速过程不可逆转

T剂是种奇妙的东西。我读了实验室里能找到的资料。它来源于上世纪70年代的致幻药物。被麻醉品迷倒而处于极度兴奋状态的人,时间感跃出了常规,一秒时即是永恒。他们报告说看到成千上万美丽的幻景,经历了不可思议的漫长奇遇。而在我们这些清醒者看来,他们只不过拖着口水在沙发上躺了十分钟。

推论:人的内在时间感觉是可以通过化学作用调节的,于是他们得到了T剂。我真想知道上一期项目组的成员名单,他们的活儿干得太漂亮了。关键化学键十分牢靠,作为一种人工合成分子,它性能稳定,结构简洁。

主任看到我勤奋工作后说:“每个人刚来时全是这样子的。小伙子,悠着点!”然后将整个实验室的白鼠笼全都归到我的责任范围内。原先管照这些动物的人有个古怪的外号叫果子狸。他似乎是个医科学生, 看我处理动物时的笨手笨脚一脸不屑。“玩六十分吗?”他问,拍着手里的纸牌。

我摇头。背后传来一片哄笑。

所有半死不活的动物全得处理掉——从没留下完整记录的实验对象中你得不到任何有价值的东西。一批新的大白鼠送来了。我给予不同年龄组不同剂量的T剂注射。由于找不到人愿意帮忙,我只能一只手抓老鼠,一边作腹腔注射,嘴里念叨着数据让录音笔记下,以后整理。

第二天,我得到了半数死老鼠。

一种是互相斗争而死,另一种外表毫无伤痕。我解剖了第二类,分析了它们的体液组织。

主任晃过来,数了数长桌上一列鼠尸,说好大一堆活要干啊,又晃走了。第二种白鼠的死因不明。但等录音数据归纳完后,我还是得到了点东西:死掉的全是成年鼠。

也算是收获。我安慰自己。

“T剂?”李建重复。

我向他叙述了我在军队服役时所属的单位,我以前是个化学制药人员,所以能接触到某些新型药物。

“他的生命可以只有十年，但如果他的内在时间感比我们快上一倍，就等于在他的意识里，他活了二十年。你明白我的意思吗？”

“如果快上十倍，他就能有和正常人一样的寿命？”

我没想到过如此极端的情况：“理论上是这样。”

“那你说的那种药安全吗？”

“我不知道。”我承认，“动物实验没表现出明显的副作用，我只能保证这点。”

“我明白。”他低头想了很长时间。我没催他。

“对于我们来说，他仍然会在十多岁时候死去，即使他在他的时间里活了五六十年，是不是这样，医生？”

我点头。

那天离开李家时，李建没给我明确的答复。他说他会考虑的。

半年后，我接到李建的电话，让我带着“上次提到的那种东西”过去。一进他的家，我闻到一股奇怪的味道。客厅矮几上摆着只小砂锅，正冒出热气。李建有点尴尬地看我一眼。我笑笑。当人们对现代医学失望时，就会求助于偏方。看来我也是奇迹的一种。

“他妈妈带他去医院了。”李建说，“我跟她解释了。她不反对。”

我从包里拿出一个大口瓶，里面每五六颗药片用小胶袋装成一包：“有好几种药必须配套服用。我把每日的剂量都包好了，再留张日程表给你。如果你真的决定采用这种疗法，我会经常过来看他的。”

他接过瓶子：“医生，这样做你是不是也有风险？”

我摇头：“我早已经不属于军籍了。这也不算在违禁药品里。风险是你和你的孩子来承担的。”

他眨着眼，嘴边陷下两道深沟。我有点惊异地意识到眼前这个男人才二十八岁。

“有些事你必须事先知道。”我说，“T剂对大脑中枢的改变作用是永久性的，主观时间的加速过程不可逆转。以前没有过三岁的孩子服用过这种药物。从今以后你的家庭生活也许会变得比现在更糟，你们将有很多麻烦。”

“我不打算把它还给你。”他摇摇手里的大口瓶，露出的微笑让我感到凄凉，“但我的儿子能活上三十、甚至四十岁，不是吗？哪怕只是在他的想象里。我愿意冒这个险。”

后来我才知道，在我到访前两天，李多骨折了——由于早衰症引发的骨质疏松。他的母亲当时正试着教他走路。我猜这件事成了压垮他父母心理的最后一根羽毛。

那年他三岁半。

4

我将三块表都调整到正常时间的六倍
这将是李多生活其中的时间

剩下的幼鼠们长势良好。我用玉米粒引诱它们穿越迷宫,成绩与对照组相当。也许内在时间感的加速并不能体现在智力上。我设计了一座电子钟,让幼鼠们形成“分针移动—按键—得到食物奖励”的条件反射。

它们慢条斯理地按着长键,反应丝毫没变快。我原以为它们会根据它们眼中飞速转动的分针而不停击键呢。当然,我犯了个很差劲的错误:只有按“常规”时间按键,钟才会送出玉米粒。老鼠不傻,是我傻。

于是我让它们玩电子游戏机,接住屏幕上抛来的球。只有在统计学意义上,它们的成绩才比对照组高上几个百分点。

我感到沮丧,想脱掉白袍子,换上夏威夷衫和同事们一起玩纵横字谜。T剂漂亮无比的方程式也许是为了向军方交账搞出来的乌有之物。如此美妙的药物可以为我们提供多少快乐！我能靠T剂在一小时内完成八小时的工作量,剩下的时间想干什么就干什么。如果此刻我心情不错,就服一片T剂,让幸福延长十倍……

主任批准了又一批实验动物和器材订购单。他看我的眼神颇有些古怪,可能没人的热情比我保持得更长久。

第一次给李多服用T剂后,他陷入了昏睡。我向他父母保证说是正常反应,大脑需要一段时间来适应新的化学环境。

这孩子的变化不大。其他同龄人猛吃猛长的阶段,时间似乎把他单独拉下了。他缩得更皱更小,一头黑茸茸的头发细脆到近乎透明。

林良双手环抱在胸前。我从她脸上看不出她到底是什么感觉。我说明天下午还会过来,晚上要是有什么情况就给我打电话。

孩子的父亲送我出来。

“我是不是做错了？”他问我。

我不知道怎么回答：“六倍加速不是常用的剂量。”

“我要他活得和正常人一样长，否则他活得有什么意义？”他提高了声音，“我替他作了决定，要冒一下这个险。即使他死了，也比瘫在床上十年后再死掉强。”

当一个人想说服自己的时候都是这样的。

我说明天我会再过来的。

他转身回去了。

第二天我在钟表店买了三块手表，电子液晶屏式的：“我要到新可可西里出差。怎么调当地时间？”

新可可西里的一天只有八小时，那里的人却固执无比地坚持使用地球时间。店员教我如何设定时速。

出了店门，我将三块表都调整到正常时间的六倍。数字在液晶屏上以疯狂的频率搏动。

这将是李多生活其中的时间。

孩子昨天晚上睡得很好，今天却不肯吃东西，连喝水都吐。我将手表递给李建和林良，告诉他们以后要根据它来照顾孩子。他们脸上现出惊骇的神色。

“他还是不肯吃东西，怎么办？”林良问我。

我说没关系，饿上几顿后他会吃的。你不时去试着喂喂他。

“那究竟意味着什么？是不是正常的药物反应？”李建问。

“不，现在他的时间感觉已经变快了。你可以试着想象一下，食物以慢上几倍的速度通过食道的感觉。会引发呕吐反射，但他会习惯的。”我说，“另外这几天最好限制一下他的活动，以防他伤到自己。可以用被子裹上他。”

“婴儿对空间的把握感并不稳定，近一段时间肯定会重新变得混乱。他得再次学会建立自己的肢体运动与距离、物体之间的协调性。在适应以前，我们得防止意外。”

林良站起来：“我记得橱柜里有条春秋天用的薄被子。我们可以用它来做个包裹。”

等她匆匆走进储物室，李建将我拉到一边，低头看在腕上并排的两只表。其中一只的秒读数闪烁得近于一团光晕。“天啊。我没想到会是这样的，医生。我们在他眼里是什么样子的？”

“会有个习惯过程的。”我说。

“我觉得——”他看上去像个迷了路的人，“我真不知道接下去会怎么样。”

我也拿不准，但我不能说。

几天后，李多开始正常饮食。我建议可以试着松开他的一条手臂。他以一个三岁孩子几乎不可能的速度拍击床垫。肯定弄疼了自己，哭得喘不上气来。若不是刚做过骨质填充治疗，又是一次骨折。在他的世界里，他正因四肢放慢速度、不听使唤而恼火万分。

他会习惯的。

我们都必须习惯。

爱因斯坦先生说，时间和空间都是相对的。也许所谓标准时间只是我们每个人不同的时间感之间取得的一种谅解？

我曾试着为加速鼠们提供一个同等加速环境。

“现在最重要的事是加快他的学习速度。”我对他的父母说，“如果不给一个正在发育的大脑提供足够的信息量，他不能达到他的年龄层应有的智力标准。”

李建指指房间里四处散乱的儿童画册、识字卡片、会放映三维图像的机器狗、音乐魔方：“我们给他买了四岁孩子的……”

我一件件翻检玩具，告诉他们普通玩具是没用的：即使你一刻不停地翻动书页，他仍会因一幅图片在眼前停留的时间过长而感到厌倦。一切发声的装置对他都不适用：当音波在空气中传播的速度放慢六倍后，将变成人耳接受范围以外的低频音。同理他将听到很多对于我们不存在的高频音。

“那我们——”李建摊开双手。

“可以用电视。”我说。

八只全息摄像头装到了鼠笼角落，所摄下的声音与图像以三倍速度播放出。观看一个加速后的世界是很有趣的，哪怕只是小小笼子一角：动物以幽灵般的轻巧窜动，实验员添加食水饲料的手一掠而过，笼底的水痕以可见的速度蒸发消失……

我用全白纤维板搭建了一个1×1×1的标准空间。全息投影一旦启动，便成了个“人工加速世界”，真假难辨。至少老鼠分不出来。

白鼠们在纤维板盒子里住得十分舒服，只是它们听不见任何声音，无论是“正常”的还是“加速”的。后来我才意识到音波速率的问题。而当幼鼠们听觉系统发育时，它们没能得到应有的刺激，全变成了聋子。

感谢相对论，光的传播速度在任何情况下都不变。

否则在十多年后，我会害得李多又盲又聋。

5

她感觉正失去自己的儿子

我想她认为是我、我该死的药物把她们隔开了

李建是个矿业工程师。在系外采矿业中，有许多稀奇古怪的仪器被发明出来以应付各种匪夷所思的外星环境。为自己的儿子弄些装置以调节时间感的改变带来的麻烦，对他来说并不困难。

李多的小床前架起了一台宽屏显示器。一只黑色钢匣被绑到他够不着的地方，里面是将正常语音转换成高频音的微电脑系统，同时程序将删除一些背景杂音，如微波炉、电视机启动时发出的高频音波。接收耳机用两根胶带固定到孩子脑袋两侧。几年后做了永久性植入手术。

显示器打开了，屋内响起一种类似鸟鸣的吱吱声，尖锐刺耳。李建将一根数据线连上，声音消失了。

屏幕上灰蒙蒙一片，偶尔有些黑影闪过。孩子的目光似乎被锁住了。他突然咧开嘴笑了，样子有些奇怪：一个还没来得及展开就匆匆平复的微笑。

"他在看什么？""猫和老鼠。"我低头看了看手中的空录像带盒子。封面上一只蓝色的猫正在追一只耳朵比身子都大的老鼠。

"我们为什么看不见？"她问。

"是用他的速度播放的。他能看见画面。"李建向妻子解释。

"他不能无休无止看下去。"我说，"他看一小时就等于我们连看六小时。你必须每隔一段时间关掉屏幕，让他休息。"

她的眼睛从我们身上转到李多身上——她的孩子，正盯着空白屏幕兴奋地舞动双手。"他真的能看见？"

她感觉正失去自己的儿子。现在她必须每天根据日程表、腕上的飞速走动的分针而不是母亲的本性照顾孩子。如今这间儿童房活像个仪器商店，地下四处是电线，宽屏上的图像无可理解。我想她认为是我、我该死的药物把他们隔开了。

我说是的，他肯定能看见。

6

李多迟早会意识到自己和其他孩子的不同
我们能告诉他,他将在十多岁时死去吗

时间加速六倍,两个月即是一年。

李多消耗掉的录像带数量惊人。种类有卡通片、少儿剧、自然纪录片、小学课程的教学片,甚至父亲的机械维修和母亲的菜谱。也不知道他能看懂多少,只是屏幕一旦停止放映便哭声震天。他父母只得重新打开电视,直到他自己睡过去为止。

我想屏幕中的世界对他而言是异国里遇到的唯一一个能说"自己人"语言的亲切老乡,当然不愿轻易放过。我们没法为他提供一个加速后的世界,只能把电视机的加速键连按六下。

这时一个新的问题出现了,他不愿学说话,甚至连尝试的愿望都没有。一般孩子学语的呀呀咿咿阶段在他身上全然无踪。他明显能听懂父母、我的话。"要打针了。"我说,还没做出要拿针筒的动作,他的小脸已皱作一团。

原因不久便找到了,李多必须要发出比正常人高出六倍的声音才能让自己听到,形成语言学习过程。人听到自己的说话声是通过头骨内部,而非外界空气传播。李多是个身体上四岁,心理年龄五岁的小孩,不是帕瓦罗蒂。

当我和李建商议着要不要在他喉头植入一个声音采集器,与管理他听觉的微电脑相连时,李多明白无误地表现出了:我识字。于是他说不说话变得不那么重要了。

事情经过如下:他一向对"正常儿童"的玩具毫无兴趣,这天却比比划划要擦涂板,一种可以反复涂鸦的小黑板。他母亲找出来给了他,惊讶地发现几分钟后黑板上出现了"要电视"三个字,字体方正,就像录影带上的字幕。

后来我与李多谈起这件事,你怎么会先识字后学说话的？他解释道:那时他一直以为文字先于语言而存在。君不见影片中的演员开始说话前,字幕已经在画面下方了乎？所先认字再发音理所当然。

但擦涂对他来说实在是太过低效的工具。每个文字都得花上数分钟的努力——即李多的数十分钟。原因之一是他固执地要求每个字都得写成分毫不差的粗斜体。他从没见过手写体文字。

李建为他带来一个儿童键盘。在小学低年级影音材料中包括了打字教程。掌握键盘对李多并不困难。我陪了他一个多小时,看他细枝般的手以昆虫触须的敏捷敲击字母。与键盘同时安装的还有一个字幕显示器,不连贯的短句陆续闪过屏幕。

第二天我去看他时,出乎意料地发现他并没趴在键盘前。他母亲告诉我,昨天她想把键盘拿走便遭到猛烈哭叫的抵抗,只得由他去,结果今天发现他的两只手全肿了。

我过去拉起他的手。"轻度肌腱炎。"我对他说,"从今天起你不能再碰键盘了。直到两周后。"

两周即是李多的四个月。

当我为他解掉双手的固定绷带, 将儿童键盘还给他时——他父母怕经不住他的哭闹一时心软,索性让我把键盘带回医务所。"以后还淘气不?"我问他。

"唉,"他像个成人似的叹气,"欲速则不达呀。"

我不知道他从哪儿学来这个成语。

李建和我讨论过,当孩子提出"那个问题时",我们该怎么回答他。

李多迟早会意识到自己和其他孩子的不同:他从来没有玩伴,也不能在草地上踢球。他的母亲付出过巨大的努力教他走路,却最终无果。试想你以六倍慢速骑自行车,保持平衡便需要杂技演员的天赋。他的活动范围仅限于床上、能用手扶着挪几步的墙沿。幼儿园和学校生活在他观看的录像带中频频出现,他自己却泡在一大堆电子设备中度日。

"我为什么和别人不一样?"李多总有一天会问。

我们能告诉他,他将在十多岁时死去吗?还是等他再长大一点儿再说?

"ML,我想和你谈谈。"

2278年5月,李多对我郑重其事地说。在他的时间表上,日历翻到了2279年,他六岁。这个阶段的孩子总爱模仿大人的语气,听上去令人忍俊不已。

我走到他床前坐下。随着年龄的增长,他不像幼儿时期那样害怕我的针筒与药丸了,变得更加喜欢与我交谈,将我视作一个"大朋友"。

"我想问你一个问题。"李多说。学会打字后不久他即不满足于手工击键的速度,他父亲为他安装了一套微动作放大系统,通过指尖的微颤便能激活文字键,打出词句。语音合成程序能将屏幕上的文字"读出"。他也能开口说话了。我注意到他今天"全神贯注"地投入到我们即将展开的对话中。录像放映机关着。平时他总边看电视边与人聊天。不能怪他对人不尊重,而是我们“普通人”说话的停顿时间对他来说实在太长了。

“问吧。”我说。

“我是个和你们不一样的人,对不对?”

我头皮一麻。终于来了:“是的。”

于是我向他说了什么是早衰症,基因缺陷是怎么一回事。时间感加速。T剂。我和他父母所做出的决定。总而言之,言而总之,一切都是为他好。

李多过很久都没出声。

我真希望他父亲在这里。

“我的速度不会再慢下来了,对不对?我永远都不会和你们一样了,对不对?”

人工合成声没有语调,我点头,听不出他的情绪。“是的,你——”

“天。”李多往后一倒,打开了录像机,“这下我可放心了。我还以为人一长大,就会变得和你们一样慢吞吞的呢。吓死我了。原来我一直都会这么快。”

几分钟后,我发现他歪在枕头上睡着了。

看来他为这个问题担心了很久。

李多满七岁时,他母亲坚持要他上学。我能理解她的心情:她的孩子在很多方面都太特殊了,她为他感到担心。我也不反对。李多的确需要与同龄孩子多接触。不能不说他是个可爱的孩子:聪明,安静,在他力所能及的范围内懂得体谅周围人的情绪。

但问题就在这里:他似乎太成人化了。李建向我抱怨过:我根本不知道他平时在想些什么。

我们能指望一个以六倍高速运转的大脑的发育过程与“正常儿童”的生长时间表呈完全对应关系吗?谁知道呢?也许他是电视看得太多了。学校能让李多向一个六岁孩子应有心理状态更靠拢一些,至少我们希望如此。

在社区学校方面我们没遇到多大阻力。他们同意接受李多作为旁听生。从出生证明文件上看李多只有四岁半,但他顺利地在入学资格考中拿到了高分。所以没问题,你们来吧,下周一开学。

那天我也去了。李多窝在一张儿童轮椅上,坐在教室后排。上课时教师几乎管不住学生回头张望的次数。还不时有成年人从教室窗户或门口探头看。李多看上去很厌倦。课堂上的内容他早在一年前(我们的两个月)就从录像资料中看过了。

课间休息时，没有孩子过来搭话。他们拘束地保持着距离，互相悄声议论。我忽然意识到李多和这些所谓“同龄人”之间的差距之大。他在外形上几乎还是个婴儿，身上连着古怪的电线，还有母亲陪同。总之，在社区小学的孩子们眼里，李多并不算是同类。

如果假以时日，让他们互相熟悉——我的想象无法继续，因为当天下午，他们回了家。李多从此再没和正规教育沾过边。

几天后我重新提起他短暂的校园生活。“无聊。”他回答，“没有一件东西是快的。”稍后他又加了一句。

好在他母亲也没再坚持。她也看出来了，李多在小学里无事可干。他离不开他的快速放映机、耳机、打字键盘。

作为教育的替代品，李建给儿子买了第一台电脑。

7

有些人的反应能力天生就比别人快
李多只是这种情形下的一个极端吗

人们说，越小的孩子玩电脑越容易上手，这话在李多身上被证明是真理。

几周后，李建下班后习惯性地打开一个名为“网络父母”的监控程序。他想知道儿子浏览的网站内容。列表一片空白。他检查通向儿子房间的网站接口，一切正常。

于是他打电话给我，我答应与李多谈谈。即使你站在李多身后也并不一定能知道他进入的是哪种类型的网站。他的速度太快，一张网页在眼前一闪便过去了。

我们担心的倒不是通常孩子家长所焦虑的：七岁的孩子对沉迷色情网站还太小。但各种奇怪的现代宗教、激进政党在网络上比比皆是。李多很聪明，可他毕竟还只是个孩子，又生活在这种特殊的封闭条件下。

“是你把监控程序上的列表删掉的？”我问他。

计算机屏幕上四五个窗口此起彼伏地打开消失。我只能勉强看出他在与人聊天，内容却根本看不清。

“他有什么权利偷看我的上网记录！”一个恼火的表情。

我没上当：“得了，别装任性了。昨天你上了什么网站？”

孩子想了想：“我可以告诉你。别跟他们说就行。”

屏幕速度放慢了。在搜索关键词“Lamin A 基因”下，是上千条医学资讯。我懂了。他是在找关于早衰症的资料。

“他们知道后又要瞎猜,其实我只是想了解一下罢了。”

我想起一个老笑话:在你没得关节炎之前,对它一无所知。一旦你得了关节炎,就什么都知道了。“我会和你爸说的,让他别再监视你的上网记录了。”我说。

“对,这样做会伤孩子的自尊心的。”他冲我眨眨眼,“我也保证,以后删完列表后补充一份‘无害’的。”

以后的半年里,李多向我透露了一些他通过网络做的事:开办了一个聊天论坛,偷进社区管理中心的计算机溜达了一圈儿,诸如此类。

其中一件是:他开始挣钱了。

如果不是他想动我账户的脑筋,可能连我也不会知道,更别提他的父母了。

他挣钱的方式是玩网络赛车、射击类的速度反应游戏。当然横扫天下无敌手。赢来的网络游戏币值等于星元。一元兑一元。我只听说过用星元买游戏积分卡,没听说过有谁能用赢来的积分换成现钞的。

我有办法。他说,显然不愿和我说详情。

问题在于他不可能用自己的身份去银行开户,他只有四岁半,所以要借我的户头一用。

我把账户和密码告诉了李多。拒绝他没有用,只是逼着他去学会搞虚拟黑户的流程。至少现在他还信任我。我坐回办公桌后,眼前屏幕上的对话框变灰了。李多下线。近来我已不常去他家,多通过网络联系。

利用游戏赢钱算不算作弊?我苦笑。有些人的反应能力天生就比别人快,李多只是这种情形下的一个极端吗?他这么需要钱干什么?还只是出于一种孩子气的“我能挣钱了”的骄傲?

几天后,我查询自己的账户,有笔钱存入又移走了。数目远比我想象中要大。

再次去他家时,我发现了李多的变化:一辆新轮椅。除了由两只轮子和一把座椅构成基本结构外,这种新式轮椅和我们观念中的代步工具毫无共同之处,它更像一架没有前盖的跑车。李多的大多数附件:语音转录、播音系统、遥控键盘、计算机等等,全或挂或嵌,堆在了“蜂鸟号”上。

“是他自己攒的。”李建拍着轮椅高高的背架,自豪地向我宣布。

你知道他凭什么挣来的吗?我看了李多一眼,他窝在大堆电子器械中,显得更小了。他冲我吐吐舌头。

“是吗？真不错。”我赞许道。“蜂鸟”这行轮胎外壳上的字下，是“自助”的商标。一家为残疾人制造辅助器械的专业公司。难怪他需要钱。我松了口气。

“小小年纪就能靠网站广告挣钱，很不容易。”李建说，“我年轻时也搞过个小网站，啊，那个流量少得就别提了……他一开始还瞒着我们哩。”他笑道。林良也一直在笑。这家人很少这么高兴。“以后他可以自己到处走了……”

自己到处走，只是个开头。我的户头上款子来了又走。李多的“蜂鸟”上添了原本用于精密仪器加工的机械臂、更快的计算机系统，一些连他父亲都看不懂的古怪东西。李建告诉我，凭了这些玩意，孩子甚至能在母亲做晚饭时搭一把手了。我感到欣慰。有时“李多可能不仅仅靠游戏挣钱”的念头在我脑子里闪过，但结果是好的。反正孩子长大了，让他自己把握吧。

8

*我希望能绝对确定他的时间感保持在与正常时间一比六上的数值上
否则说明T剂有缺陷*

2284年春天，一系列的麻烦接踵而至。首先是李多的蜂鸟速度越来越快，引起了附近居民的不安。他的活动范围早超出了家中的四间房。度过相对自闭的儿童期后，他开始以引起别人的注目为乐：一个驾驶超酷赛车的小怪物——此时他高不足一米，后来也没超出这个高度。自从谢顶愈发严重后索性理了个光头，加上满脸青筋，他的外表不令人愉快。

十七岁的男孩鲜有不喜欢摩托车的。李多在他的代步工具后加装了四个大功率引擎并非不能理解。他也是个值得信赖的机械专家。靠网络赛车搞钱的日子早已一去不复返。现在他是几项虽小却极实用的工程专利所有人。在专利局文件上的登记人是他父亲。他有了自己稳定的收入。

但以上事实却不能使近邻们看到一辆鲜红的“跑车”以骇人听闻的高速窜过眼前时不会惊慌，尤其是社区主路上常有孩子玩耍。

“我已经够慢了，”他说，“他们有什么可担心的？你走路时会来不及避开一只蜗牛而撞上它吗？”

我无言以对。他当然不会失误撞上任何东西，甚至连这个念头都令他感到可笑。

交通员找不到合适的理由劝李多减速。西泠交通法规的制定者们做梦也想不到会有一辆时速过二百六十千米的轮椅的出现。事情最后闹到了社区仲裁法庭，一份有很多人签名的抗议书将李多和他的“蜂鸟”告了。

最终裁决是李多必须遵守机动车的限速标准。从限制令下达到他离开西泠，李多几乎没再上过街。“没有意义，跟蜗牛爬似的。”他对我说，将拆下的四台赛车引擎卖给了附近高中的飞车族们。

这件事也使李多一家与四邻关系搞得很僵。李建长年在外工作，李多满不在乎，承受这份代价的更多是他的母亲林良。有次在超级市场我碰见她，孤零零地推着购物车。平时和她在一起的几个同事妻子在另一条走道上。她们肯定互相看见了，却没打招呼。

第二件事是李多要求搬出去独住。李建给我打来电话，问我会不会有问题。从他声音里我听到一场争吵后的残余火药味。我告诉他从医学角度来说李多独立生活是有可能的。他因早衰症而服用的药物早已固定，不会出现突然的并发症。而且一套随身携带的身体监控系统可以在意外发生时第一时间通知救护站。随后我小心地说，像李多这样——的孩子有独立生活的愿望是很正常的。毕竟他快成年了——

电话那头沉静了很长时间。

“医生，他看上去他妈的只有五岁。”他的父亲挂断了电话。

李多的新居离我供职的医务站不远。这是他父母作为允许他独居所提出的条件之一。我过去看他，地板和墙壁全是光秃秃的，满屋子牵牵拉拉的全是光缆、电源线。他正埋头于计算机屏幕前。“医生。”他招呼我，声音流畅自然，甚至带点变声期男孩的沙哑。我吃了一惊。

“我更换了发音合成软件，那东西快成老古董了。”他说。

“你干什么呢？”

“一家公司委托我做的工程设计。”

“你怎么和他们联系上的？”——实际上我想问的是：你以什么身份出现的？网上交易对身份验证的要求很严，他不可能再用他父亲的身份了。最近我借给他的账户上也没有资金出入。

“我有张网上虚拟身份证。想看看吗？”他听出我的意思，调出一张证件正面图像。上面的照片是个二十出头的男性，细眉长眼，隐隐有他父母的面部特征。“能通过国家身份库的认证吗？”

“当然。还能在银行开户，登记驾照，申请保险，甚至登记竞选总统都没问题。医生，想要一张吗？五分钟的事。”他咧嘴一笑。

我说不用啦，谢谢。我没问他从哪里学来的，反正都一样。他正通过非正常的手段来得到一个正常年轻人应有的生活。没理由责备他。

离开他的新居时，我注意到门口贴着张快递单子，送货方似乎是个化学药品公司。当时我没想太多。

每隔两个月，我都让李多来医务站做次内在时间感测试。他三岁时服用的药物作用是终生的，但我希望能绝对确定他的时间感保持在与正常时间一比六上的数值上，否则说明T剂有缺陷。

2280年10月，测试结果出来后我没让他走。

“有什么问题吗？”他问。多亏了新型软件的效果，我听出了他语气里的焦虑不安。

“想看看你的结果图表吗？”我将长长一列打印纸推向他。

“1∶6——”他说，“校点计时，结果没什么不对啊。”

“就是太正确了。”我说，“你每个按键间的时间间隔都是等时的。精确到了小数点后六位。你以为自己真是台计算机？”

坐在对面的人晃着头。近两月来，他将“蜂鸟”从张扬的红色喷回了黑色，增加了个全密封型空气罩。一幅全息激光投影图反射到罩面上。从外部看，轮椅里坐的是个面目温和的年轻人，双膝上搭着毛毯。图像有些不自然。他说他自己正改善程序。我问他为何不以真面目示人了。他回答：医生，这才是我原来的样子啊。

“你究竟在干什么？”

“医生，我还不够快。”他说，“我想要更多T剂。”

门口快递单上的药品名录。“你会毁掉你自己的。你以为仅仅是服用一片药这么简单的事？你同时必须——”

“加快脑神经中枢的传播速率，调节海马体的记忆模式。”李多替我接下去，“我这两年在自学生物化学。医生，我知道自己在干什么。六倍不够。你能想象一下我的生活吗？我不能专注地干一件与他人有关的事，比如说交谈。在待你作出反应的时间里我能断断续续地读一本小说。我不想在自己房间里窝一辈子。如果我能以更高的速率生活，比如说十倍，我就能在处理‘正常’事务时，同时做两到三件事。否则我的余生就是一堆零乱的碎片。我想要更多整块的时间。我需要T剂。”

“十倍？”我说，“你会死得更早。”

他笑了：“在哪种时间里？我的还是他人的？”

过了几分钟后我站起身来：“我去给你拿T剂的方程式。别自己乱试了。”

“其实我可以确定自己的分子式是对的。”他说，“不过对比一下也好。”他伸出机械臂翻看文件，动作迅速得像蜂鸟掠翅。

“那你现在的内在时间比是多少？”我问。

“算是1:8吧。”他说。

我怎么知道他说的是实话呢？他躲在全息像后，只要他愿意，他能使测试得出任何他想要的结果。

“别这么沮丧，医生。”他说，“我只不过完善一下了你的弗兰肯斯坦罢了。”

“弗兰肯斯坦指的是那个科学家，而不是怪物。”我说。

“我知道。但当人们用文学典故时，应该按约定俗成的规则使用。”他说，“当然，像我们这样熟悉经典文学的两个人碰到一块的情况是很罕见的。”

我被逗笑了，但这个比喻像粘在鞋底的口香糖一样，我没法忘掉。

9

康佳总部向“李建”提供了一个顾问工程师职位
他们以前购买过他的专利使用权

两周后，百佳总部向“李建”提供了一个顾问工程师职位。他们以前购买过他的专利使用权。工作点是新柳州，一个位于南联中心地区的直辖定居点。李多接受了。

他离开了西泠。

1

最后一组导致早衰症的基因被定位了
早衰症成了可以治愈的疾病

李建告诉我，他的妻子又怀孕了。

自从李多离开后，时间又过去了一年。他不时与我保持着联系。大城市的生活显然很合他的口味：高速的生活节奏，人与人之间恰当的距离感，超音速地下公路使他心醉神迷。在百佳内部，他近于神奇的工作速度得到了升迁与同事们的嫉恨。我问他以什么理由解释自己必须得终日待在全密闭式轮椅里。"我有先天性免疫力缺失症。"

这种病的患者对一切东西都过敏，他们必须生活在无菌条件下，另一种罕见的遗传病。"用一种疾病掩盖另一种？"我问他这么做的意义。

"彼此彼此。你也用'时间感错位症'来治疗早衰症。"他笑，然后发送来一张上个世纪早衰症儿童的新闻照片，两个手拉手的干巴巴小老头。"你觉得我手下的四百名工程师看到老板长成这副样子后会有什么反应？人有以貌取人的老习惯，医生。他们会以为我只有十岁的智力，不足以开除他们。"

我想，他在百佳的管理风格肯定有罗伯斯庇尔的遗风。

当他从我这里得知他将有个小弟弟或小妹妹后，没表示出高兴或沮丧的情绪。下午银行通知我，我的户头上多了一笔钱。附言为：让他们去阿西特克作检查。

我把支票转交给李建夫妇。他们神情有几分尴尬。我猛地意识到他们有多年轻：李建三十二岁，林良二十九岁。而今天早上与我在计算机上交谈的儿子，已年近不惑。再过上几个月，他们会比"孩子"更年轻，而且是越来越年轻。过去几年里，他们尽全部努力学着去做一个病孩、一个少年、一个青年的父母。

这八年来他们的生活如同被一场飓风袭击。

"我们会的。"李建说，支票在手里攥成一团。

他的手腕上留有两道白痕。那只疯狂走动的电子表被摘下了。欢迎来到正常时间，我在心里对他俩说。忽然觉得有点儿滑稽，也有些悲哀。

2283年春。我得知最后一组导致早衰症的基因被定位了，是在对阿兹海默氏症研究中的附带收获。在理论上，早衰症成了可以治愈的疾病。

我想李多对这方面的进展比我关注得多，他应该早知道了，但我还是企图联系他。李多对自己的疾病抱有一种奇怪的幽默感。比如在新柳州第一次看到人工降雪时，他说："真美啊。纷纷扬扬，无穷无尽——就像我脑袋里的淀粉蛋白沉淀物。"淀粉蛋白过量堆积是早衰症病理现象之一，最终会使他的大脑百孔千疮，失去智力。还有2282年大堵车时，李多被卡在车流中长达二十八个小时。近于正常人的一周。"医生，告诉你一个秘密。外星人早在1975年就光临过地球。但飞碟盘旋数天，没找到停车位，又飞走了。"

我对他说，小心别变得愤世嫉俗。

医生，这很困难。他回答。

百佳公司回复，我们公司没这个人。我反应过来，李多用的是假身份。就是那个先天性免疫力患者，坐轮椅的。他们告诉我，他在两周前辞职离开了。

刊有早衰症消息的医学期刊是在两周前出版的。西泠是个小镇，送到这里已经晚了。

我放下电话。2277年，李建说我们替他冒险做出决定，是为了他好。完善了一下你的弗兰肯斯坦。

窗外有孩子的嬉闹声隐隐传来。

很久以后，李多告诉我他在那段失踪的时间里干了什么：四处游逛，从一个定居点到另一个定居点。他在中心广场上表演特殊杂技：接住一个盛满水的杯子，连抛三十多个小球。一些与速度有关的玩意。"来看的人很多，"他说，"给钱的人很少。"

我说你别冒充流浪艺人了，专利收益你一直在领。

李多做了个鬼脸。我也没详细问下去，只知道他那段时间里的确心里大大不平衡了一番。

2285年初，一个名为FN的家族公司同时收购了索尔、瑞得立和联合大学生物部。我之所以关注这件事是因为在候诊室里人人都在谈论FN，它飞涨的股票。五月，一队穿着FN标志蓝制服的技师来到了西泠，免费帮我们替换了学校、社区中心以及医务站的计算机和网络设备。区长是"天下没有免费的午餐"格言的信徒，冷眼相观。“喂,早晚要你们付钱的。”

面带微笑的技师们走后,我们全都爱上了这些新设备。它们太快了,太稳定了,操作计算机不再有呆坐等待的时间。我不再能忍受家里那台破电脑。但FN的产品贵得惊人,不过电子产品的降价幅度和速度有目共睹,我希望明年这只王谢堂前燕就能飞进我家。

2

如果不吃掉一堆T剂,你不会理解什么是时间
13秒足以将你与世界拉开13米

八月。我收到世界神经医学大会的邀请函。会议地点在地球冷泉港,路费由会议组织方提供。

天上掉馅饼的事总算让我遇着了一回。我自嘲,肯定是同名同姓搞错了。我只是个三级医官,甚至连博士学位都没有。我打长途到地球的大会中心去,他们信誓旦旦地保证:没错,就是你,ML先生。要不要我们派专人来接你?

我收拾好行李,搭上下次航班,但他们还是在换乘机场截住了我,坐上反方向航天飞机,将我带去了地球。你瞧,只要军方想要你,你就是篮子里的菜了。无论你有没有嗅出陷阱的味道,有没有自动往里跳。

在冷泉港,我见到了几乎每个三十六年前的同事。没出席的人都是实在抽不出空:尽管现代人的平均寿命是一百二十岁,还是有人想提前退场。

我们这些人被军方用纳税人的钱集中到一块,要讨论的问题只有一个:T剂。

会议厅长桌尽头军方的发言人嘴巴一开一合,离得太远,我看不清他肩章上有几条杆。他的每句话都像地球绕日一样盘旋在一个主题上——根据可靠情报,“他们”也拥有了T剂。

对冷战时期的美国人来说,“他们”是指苏联。对二战时的中国人来说,“他们”是日本鬼子。而对我们这些南联人,“他们”当然是指万恶的西联人。至于什么是联盟,学者们争论了几十年,并用旧时期的国家、联合国、独联体、欧盟组织来作对比,还是没解释清这种大宇航时代的产物。简单地说,西泠属于南方联盟,你在西泠要买西联的产品只有通过两个途径:一,付高得离谱的关税;二,黑市。总之,我们是敌对的两方。政论家们总预言着一场南北大战。仗总是要打的,他们发狠誓,就是不知道在哪一天。

我们当年研究T剂时的假想敌人就是西联，但我不明白为什么军方对一种没什么实际效果的药物大为紧张。T剂研究从来没进展到人体定量实验的地步,它只能使瑞典大白鼠神经兮兮一阵。

会后军方将我们放进冷泉港分子生物中心的餐室里。年轻时这里是我心目中的圣殿。一些不修边幅的青年人边往嘴里填快餐边在纸巾上写写画画。这三十多年来我一直在和感冒和消化不良斗争,偶尔翻翻医学期刊。我已经听不懂他们在说什么了。

有人拍我。他说他叫汪远。见我没反应,补充道:“以前我是T组组长。”

我才想起他就是那个在无菌台上煮面条的家伙，我过去的顶头上司。我们握手。

“没时间去种头发。”他笑着摸摸闪亮的头顶,“你在哪儿混,小伙子？”

我告诉他我在一个三级定居点当常驻医官。他吹了声口哨,“小镇生活,怪不得胖成这样。”

对。我笑着环视四周。我们都有了三层下巴,松松垮垮的大肚子,秃头和轻度高血压,并很有信心活到三百年后。“你知道这里到底是怎么回事？”

他拉我到靠墙的一张桌子坐下,“小伙子,我记得你是2264年走的？”

我点头。

“啊。那有很多事情你都不知道。”他揉揉鼻子,“我跟他们都谈过了。果子狸,陈,KAREN,还有扎西达杰。他们都参加了第三期。”他提到的那些人我也认识,刚才在会议碰过头。“你结婚了没有？”他突然问。

我摇头。

“为什么？”

“没找到合适的。工作——”我笑着摊摊手。

“T剂的确会导致遗传性改变。”他说,“这是第三期项目研究的内容之一。我们——”他环顾四周,果子狸和陈冲我们这桌举杯示意,“都没孩子。”

我没说话。

“你服的T剂量不多,所以你能通过测试。”汪远直视我,“他们不该放你走,ML。”

白鼠实验的进程令我感到绝望。在虚拟加速环境中成长的幼鼠们不久即死于运动过量:它们的身体是为正常时间速率中活动需求来进化的。专业运动员的损伤成倍出现在它们身上。还有神经信号紊乱问题、记忆损失……牵一发而动全身。我每天每夜都将自己想象成一只服了T剂的老鼠，考虑每个细节……直到我厌倦至极。按我的体重称量出的一份T剂看上去白白的一大堆。一部分消失在胃液里，一部分在肾脏中解构，还有被血液滞留的。最终只有百分之二的化学物质会抵达脑部产生作用。我安慰自己，将时间放慢半拍有何害处？等于活得更长……我像吃炒米粉一样吃掉了那堆T剂，用可口可乐冲掉满嘴怪味。当然也可以选择静脉注射，但万一有不良反应难以对付。我随时准备喝下催吐剂来中止这个没有任何安全网的人体实验。

两天后，正常时间内的一分钟在我眼里拉长成七十三秒。两周后，我脱掉白色实验服，在供销部买了两副纸牌。果子狸他们十分欢迎我的加入，他们只花半天就赢掉了我今后四周的伙食券。

西泠镇区长的座右铭是：天下没有免费的午餐。我百分百同意这句话。理解某件事同样需要付出代价。如果不拍摄数千张照片，你不会理解什么是光。如果不吃掉一堆T剂，你不会理解什么是时间。十三秒足以将你与世界拉开十三米。一切都变得古怪，不可思议、令人恶心。人们说话的声音，走动的样子，每件东西的颜色都加深了，浊重不堪。（这件事的原理我到现在都没想明白）。我站起身砰的一头绊倒在桌角，血流满面。血液流过皮肤的缓慢令人想尖叫。我花了好几个小时说服自己，用这种频率呼吸不会使人窒息。身体像件潮湿的橡胶衣一样裹住我的每个动作。我以为这种状态会持续一生，吓得浑身发抖。好在十三秒是道可以重新愈合的伤口。不适渐渐消失。

但谁能忘掉这种该死的经历吗？谁有了这种经历还会继续研究T剂呢？想以后将它包上彩色玻璃纸发给幼儿园孩子吗？

难怪T组的人会在无菌台上煮面条，玩纵横字谜游戏。

他们再聪明不过了。

"想听听第三期项目里我们都干了些什么吗？"汪远问。

"你们全留下了？"

"出去后还能干什么呢？"他咧嘴一笑，"第三期的研究对象是首期实验留下的人体实验对象。"

我的胃像被人狠狠打了一拳。

"他们在R-23。一个隶属海军的空中基地上。"汪远说，"2280年，R-23被当废旧物资卖给了西联。上面的工作人员全体撤回，但他们之中没有人体实验者。一个都没有。”

“你们现在才发现？”我觉得不可思议。

“T剂项目早停了。”

“那么说西联得到了实验者，但又有什么意义？”我问。如果药物注射是在四十年前进行的，他们的体液里中早已经没有T剂的游离分子了。

“如果西联没有关于T剂的任何资料，这批人对他们来说毫无意义。”汪远做了个手势，“要是他们也在进行T剂的相关项目，这些人就很有价值，值得扣留。而他们真的失踪了。这种行为要冒风险。”

我耸耸肩，“我看不出这又有什么关系。T剂不可能被当做武器用。就算它等于一颗原子弹，当初每个大国都有原子弹，最后也不是没派上用场？除了每年拿出来吓唬一下对方。”

“谁说它不能作为武器？”汪远眯起眼，“别小看了我们。”

“你们解决了那些问题？”T剂如果要用在人体上存在许多几乎不可能翻越的障碍。我曾让我的白鼠们在虚拟环境里活过了完美的两周。但老鼠不是人，两周不是一生。

“你有没有注意过FN？”汪远没回答，扯到了我想不到的方面。我说他们的计算机真棒。

“不止是计算机，他们还为西联基建部供应光缆更新。基建部的人估算过，每铺一公里光缆，FN就得自己贴八块六毛钱。”

“他们为什么这样做？”

“他们在合同上写的是2.0型光纤，可用的蓝K型线材。最新的型号，信息传输量达到每秒亿比特。他们在做亏本生意，还不想让人看出来。”

“FN近几年收购的企业只有三类：生物制药和电子机械以及计算机。”汪远说，“你想到了什么？”

“有人想卖T剂？”我说。心里蹦出一个人。李多。

3

李多想使自己被治愈吗
我问自己这个乍看起来十足荒谬的问题

冷泉港会议后我没回西冷。汪远给了我一张星际全能信用卡。以后我每一次出行，去了哪里，在哪个麦当劳连锁店买了个汉堡，都会进入军方档案。

汪远的军衔是三级科学官。我是最后一个知道这个事实的人。"找到李多。"他拍了拍我的肩，语气像和老朋友要支烟一样随便亲切。

我原本没打算说出李多。谁会主动招供出自己将军方试验药物给了一个绝症儿童？但我们离开冷泉港时有个测谎过程。你过去的三十年里与T剂有过任何形式的关联吗？

我的运气没退役时好——当年我是唯一能离开的。现在我留在了最后。

至少比被当成向西联出卖T剂的间谍要强。我是前T剂研究组中仅有的非军方人员，要泄密的话他们很乐意相信没有出内奸。他们将我留在一间空屋子里。几小时后，汪远叫醒我，我趴在桌子上睡着了。"去找到你所说的那孩子，确定他和FN的关系。"他说，递还我钱包，里面的证件还在，原先的信用卡全没了，替代它们是张全能卡。

我问他，我会不会上军事法庭。

"以后再说吧。"他说，皱着眉，挥挥手像赶走只微不足道的苍蝇。

我看出来了，他也像那些大人物一样，以为自己看到了世界大战的阴云。

找到李多。

汪远给我提供了一个电话号码"A"，说有计算机方面的问题就去找他。我自始至终没见过"他"或"她"的真面目，只知道我想要的资料一小时后便会出现在我所在房间的传真机上。也许那是个属于军方的黑客小组。

首先我要的是自从李多接触计算机后的所有浏览记录。早年的网络痕迹他并没想到要去掩盖，我很容易搞到了一份网络登陆清单：大量关于计算机、电子机械方面的论文访问、生物医学，某些聊天室的十多个用户名。他显然终于找到了恰当的对话者：不是某个特定的人，而是一群人。2280年左右，记录开始出现大段大段空白。他懂得隐藏自己的活动轨迹了。我打电话给A，稍后送来的资料令人哭笑不得，只是些青年男孩通常忍不住瞟上两眼的成人网站罢了。

专利局中用李多父亲名字登记的发明有五六项。我搜索邻近相类申请，一个名字引起了注意：FN.Li.有些归属于他名下的专利除了用在李多的"蜂鸟"改装上别无他用。我找了个工程师，来看这些对我而言无异于天书的图纸。"风格类似。"他说，"工程设计和绘画一样，每个人有每个人的风格。这些是同一个人做出来的。我敢打包票。"

FN.Li 的作品截止到 2283 年 7 月。专利局再没出现过同类型的设计。如果他在这一时期加盟了某个公司(如 FN),他的新技术成果将被作为商业机密加以保护,而不是作为人人可查阅的专利注册。我在记事本上记下了这个日子。

在百佳的两年里，李多的身份是他父亲的名字，显然是为了和专利书保持一致。他在“李建”前加了个“小”前缀。百佳是前美洲企业,没看出来这种命名方式在中国传统里不存在。

李多自从离开百佳后去了哪里?我企图查那几天离开新柳州的旅行者名单。新柳州是个大港,这种排查毫无意义。线头断了。我不是个专业侦探,我不知道他去了哪里,他和 T 剂有没有关系。

我母亲教过我寻找失物的一个老法子:在房间里转来转去,将你几小时来做过的事在心里重复一遍。叮咚,它就在这里,你去开门时顺手放在那里了。

现在我要找到的是李多。他没有正式身份文件,是个计算机高手,能轻易修改出入境记录和银行账户。他八成还有隐蔽身份所需的足够的钱。循正常方法是找不到他的——军方也没闲着，李多父母在西泠的住所已被监视得连细菌都不能随意出入了。我坐在一个名为大西洲的航空中转站休息室里,用报纸遮住脸,想象一下我就是李多。

2282 年时,我的生活基本上达到了平衡:我能和正常人一样随意行动,在工程设计上的才能得到了承认,还带来了一份工作、丰厚的收入。有了网络之后,我甚至不比一个网虫更缺少社交。

直到某天传来消息,早衰是可以治愈的。

李多想使自己被治愈吗？我问自己这个乍看起来十足荒谬的问题。

他六岁时曾惴惴不安过,“等我长大了,我会不会变得和你们一样慢？”从小他就习惯了自己比旁人动作迅捷、思维敏锐。在我们眼里他为此付出代价:他被禁锢在床上,只能通过机器和世界接触,他将在正常人的少年时代即死去,但李多可能并没有体会到那种所谓的“代价”。他为自己的速度感到骄傲。我曾问:“你怎么看待我们这些正常人？”因为我发现他正读尼采,纸版书被翻得哗哗生风。

“放心,医生,我没自以为是超人。”他没停下阅读。过了一会儿,他补充道,“说到底,你们也有自己的乐趣,不是吗？”

我忍不住笑了:“对,我们慢吞吞的乐趣。”

瞧，他对他的生活很满意，对我们表示同情。

但平衡是建立在一个事实上的：早衰症不可治愈。没有 T 剂，他很难活到十五岁。

他是否偶尔也有冲动做个“正常人”？尤其是意识到的确有这种可能性之后？我走到休息室服务处，租了台计算机终端，进入网络。2283 年 7 月，对医学资源中心关于早衰症相关词的搜索达到了十五万，与阿兹海默氏症有关的任何进展都是重大新闻。我拨通了 A 的电话，“排除有阿兹海默氏症相关历史检索记录的用户。”

五分钟后回复来了，“剩下二十三个。”

我要他们把名单传真过来。勾掉几个明显在为论文收集材料的学生，划去医学记者、奇闻专栏写手，留下两个用户。

李多应该就是其中之一。

“到地球的 7-11 号航班即将起飞。”

我回到休息厅，提起留在座位下的旅行袋。我从来不怕丢失行李，有对面两个军方特工替我看着，他们也替军方看着我。

冷泉港。

4

决定他生存状态的不是早衰症
而是 T 剂

克里克-沃森楼的接待员将我送到一个白大褂面前。他的笑脸像张印刷品：“早衰症的治愈？当然，有可能。实际上现在只是个纯技术问题了。”我让他谈谈所谓技术问题的细节。是的，只要一个私立基因实验室工作半年。花费？五亿到六亿吧。现在还没人在做这个项目，没几个病人。以前有没有人咨询过？有。一个坐轮椅的。他打听是的先天免疫力缺陷，顺便问了问。那几天我们这儿人挤人，全是记者。他们以为找到一个基因就万事大吉了……外行。

我离开了地球。五亿到六亿对 FN 来说甚至算不上九牛一毛。如果李多愿意，他现在也许已经是个靠自己双腿行走的中年人，顶着满头黑发。我隐隐感觉到这种想象有种不对头的东西。非常不对劲。我走向两个便衣，“能直接和汪远通话吗？”我问。

他们真算得上训练有素，连尴尬的样子都没装一下。其中一个掏出手机，拨完号后递给我。

“你上次说过。第一期 T 剂的人体实验对象安置在哪里？”

“R–23 基地。你想干什么？”

“我要去那里看一看。”

“不可能。”

“为什么？”

“我说过，现在它卖给西联了。西联用拖船把它运回左旋臂地区，现在它不在对外开放地区目录上。”

“我要签证。”

“李多在那里？”

我没回答。过了一会儿，汪远说待在原地，明天派人送签证来。

“你们要跟我去西联了。”我告诉两个便衣，将电话还给他。

他们的铁板脸上露出的表情让我感到恶作剧的快乐。

去 R–23 需要在南联道府灵丘转机。我花半天在市区转了转，感觉上与在家乡一般无二。同样的连锁商店、大型超市、2284 流行款的别克车将公路塞得严严实实。女人同样好看。唯一的区别是人群中带亚洲特征的面孔比例更高一些。街上的行人没有注意到我是个来自南联的人，或者说根本看不出来。

FN 的宣传画在这里也随处可见。我接过一张传单，新款 F5 计算机的价格与我在南联得到的报价一样。FN 是在哪儿注册的？我提醒自己要留意一下。

两个便衣在人流中跟踪得很辛苦。最后他们挤到我身边：“先生，我们得到的指示是，在这里目标一有潜逃的企图，立刻击毙。”

我吓了一跳。好在登机时间马上要到了，我们仨紧挨在一辆出租车里回了机场。

R–23 基地原先是艘退役的航空母舰。现在左侧改成了军人俱乐部，右侧挤进了一家非传统疗法医院。我很惊讶地发现来迎接的人是果子狸。

他有个长得不合乎比例的长鼻子。花三十年工夫总算把唇上的几根胡须养成了密密的一大丛，结果更像头果子狸了。他带我穿过 R–23 的中央走道，两边房间里漏出的音乐、球戏的碰击声和草药味混成一团。他说退役后我去了医学院，而他跑去学了顺势疗法。我问他有什么不同。

“你是你们班上年龄最大的学生。”他说,“而我是我们班上年纪最小的。”

走到他的办公室前,他侧身让我进去,顺手把两个便衣挡在门外。

我紧张了一下。“没关系。”他说,“这里我们说的话他们都听得到。”

“说说,你怎么来了我这儿,还跟上了这么两条尾巴?”

我把能说的都说了。

“好啊。我们本来以为你是唯一逃出去的。”他摇了摇头,“可你居然还拉进来一个,给一个孩子吃T剂。亏你想得出来。”

“我想知道第三期的内容。”我说,现在不是对当年的决定做伦理分析的好时候。

“自己去看吧。”他说,“走廊对面的那些人就是了。”

我回到走道上,每扇门上都有个小小的观察窗。房里几乎空无一物。一个成年人正摆弄着一只粉色音乐盒子。他朝我转过身。我对这种空洞的面孔并不陌生。西泠我送走过几个精神分裂症患者。某扇门里传来砰砰撞击声。他们不是在玩球,是头和墙的碰击。

“他们都疯了。”我问果子狸,“我们怎么没事?你也服用过T剂。”

“问题在于他们只服用了T剂。其他方面没跟上。”他用指关节敲敲脑袋示意。我知道他指的是神经传递加速之类。“大部分实验者很快就死了,他们根本来不及调节自己的运动机能。早期的录像都在,你可以看看。”

我下意识地摸了摸额角的伤痕。

“我们根本不知道一期的人体实验结果。他们把数据套到老鼠模型上给我们。”果子狸笑,“轮到你偷尝禁果时,T剂已经被我们改良到基本无害了。”

我苦笑,基本无害:“如果一个正常的成年人,服用T剂将主观时间加速到十倍……”

“他马上会死翘翘。”他立刻接上,“人的身体承受不了。”

我明白了。李多根本不可能摆脱掉轮椅、感应式键盘和高速计算机。决定他生存状态的不是早衰症,而是T剂。

“你就一直待在这里?”

“2270年的时候一切项目都停下来了。军方对我们很失望,除了一大堆疯子外我们什么都没造出来。我们讨论过几种将T剂作为常规武器的方法——”我和他一起笑了。当时在打扑克的休息时,我们总爱拿T剂打趣。T剂武器。方法之一:用一把枪指着西联士兵的头,让他吃T剂吃得消化不良。这样他就会被送回国就医,西联士兵少了一个！方法之二……

“总得有人来守着破烂。现在这里除了我还有十多个人。他们全都以为在为一个疗养院干活。T剂的事完了。”

果子狸的斗室里弥漫着印度香。桌面文件堆里露出个塑料佛像的脑袋。他见我打量这些东西，“在上顺势疗法课时，我认识了很多东方文化爱好者。我并不真的相信那套东西，但你知不知道——”他似乎有点不好意思，“在他们的观念里，时间是个很有弹性的概念。”

“你的加速率是多少？”我问。

“一比二点五。”他回答，“我已经一百二十多岁了，想想多可怕。”

“西联没人来过？”临走时我问。汪远说西联买下R–24是要利用其中的T剂资料，但从这个死气沉沉的地方根本看不到这种迹象。

“西联？”果子狸耸起眉毛，“我们跟西联有什么关系？”

“那这里的开销——”我指指四周。

“听说军部把我们转给一个公司了，叫什么N之类。谁搞得清其中的关系。”他摇头，满不在乎。

我猜如果告诉他正身处西联境内，他会大吃一惊的。没准不会，一百三十岁的人思考方式和我们是不同的。

5

我起身走出了房间，背后的皮肤一阵阵紧抽
他们没有开枪，也没追出来

回到旅店，我邀请两位便衣到我房间里坐坐。

他们推门而入时，我刚好写完最后一行分子式。“您有什么事？”便衣之一问。他俩长着一张毫无特征的面孔，也许是整容手术的结果。几周来的形影不离都没能使我分辨出他们的不同。

“从现在起，我需要十二小时的活动时间。”我说。

“抱歉，我们接到的命令是——”

“关于你们的任务你们知道些什么？”

“我们没有义务回答你的问题。”

“至少知道是关于一种化学药物的吧？”

他俩面无表情。我接着说下去。

“现在我们身处西联境内。你们如果发现我是个西联间谍，当然可以击毙我。枪在你们手里嘛，但想想你们怎么回去呢？我的入境护照是外交证件，你们俩是作为我的陪同人员得到签证的。没有我，你们不可能通过正常途径回南联，而瞧瞧这个——”我将一张书写纸给便衣之一。他皱着眉头扫了一眼，传给另一个。另一个也看了。

好，够了。

“刚才你们看到的是T剂的关键方程式组。”我说，“打死我之后，南联军方即使肯安排你们偷渡回国，你们也通不过测谎检查了。你们看过了方程式。你们不能背出它，但它储存在你们的视觉记忆里，深度催眠可以诱导出它。”

我往沙发后一靠，“现在你们和我一样，都有叛国的可能性了，而我要求的仅仅是十二小时的活动时间。我会回来的，我要处理的事与你们的任务无关。这事就当没发生过。你们考虑一下。”

他们面面相觑。

我起身走出了房间，背后的皮肤一阵阵紧抽。他们没有开枪，也没追出来。

当电梯从七十二层开始下降时，我深呼一口气，腿直发软。

免费旅行的日子结束了。我将全能金卡一折二，确定里面的芯片已经损毁将它扔进了垃圾桶。我不傻。这张卡里肯定有信号发射装置。

但我必须有钱。

我的确有些钱。在一个不受军方控制的账户里。以前李多为我搞的，一个网络虚拟黑户。“你在任何时间，任何ATM机里都能提款，不用提供身份证明，只是一个密码。”他的口气里充满骄傲，像个刚捅过马蜂窝而没伤到一根头发的小家伙。做这种事的确需要高超的技术来绕过银行系统的层层障碍。他将这个账户送给我，意义相当于一个坏孩子送另一个坏孩子的礼物。那时他十五岁。我接受了，并象征性地往里面存了点钱。我并没想过有朝一日会动用到它，当时只是为了照顾到他的自尊心。

ATM机里弹出一张张粉红色南联纸币。我摸着这些厚实精致的纸张，又想起那时李多疯狂地迷上了车库摇滚。他还逼着我听他自己写的歌，那声音足以使蝙蝠从天上掉下来死掉。好在少年的热情来得快去得也快。回想起来恍如隔世，可屈指一算，才过了四年。

我穿过市区,在城郊一个按小时计价的旅店里租了个房间。只有我逃出的星级套房的厕所大,但四壁涂满了我想要找的东西:电话号码,私人游船的。

打过几通电话后,我订下了一艘小船。他们愿以合理的价格送我去 R-23 基地。船老大口音很重,我们在可视屏前比划了半天才搞懂对方的意思。我这才有了身处异地的荒凉感。在市区,满耳朵听到的全是标准语。

离出发时间还有四小时。我蜷在地下的床垫上,企图睡一会儿。楼板很薄,外面上下脚步声总令我惊怕。似乎两个便衣或西联警察随时随地会闯进来把我这个小镇医生带走。后来总算睡着了,却做了个很糟糕的梦:我只穿着件单白褂行走在及膝的雪地里。头顶狂风夹着雪片呼啸,天际没有太阳,积雪的反光亮得刺眼。我怀着莫名的恐惧和急切寻找着某件东西,某个人。即使在梦里,我也知道自己是陷进了儿时看过的电影《弗兰肯斯坦》的场景里。我所制造的怪物出现了,它看上去一点儿也不可怕,它是个孩子,有双千年老人的深黑眼睛。“我想要的东西你带来了没有?”我伸出双手,一块儿童用的小黑板掉到雪地上。“我想要的不是这个。”它说,猛然扑到我身上,细小的爪子死死抠住我的衣袖,“给我! 给我! ——”

我惊醒了。黑暗中我睁大了眼睛,一身冷汗。弗兰肯斯坦想要的只是一个与它相配的女人。李多要求的更多:他想让整个世界都跟上他飞速转动的时针。

在玛丽·雪莱的故事里,最终科学家杀死了自己的造物。我抱住自己的肩膀,感到自己在发抖。可视电话亮了,“先生。我们在楼下。”

船来了。

6

T剂碰到的最大障碍是人的身体结构不适于以几倍高速运动
本来它的设计目的就不是这个

李多问我:“你怎么知道我在这里,医生?”

我坐在果子狸送来的椅子上,不急着回答,细细打量这个房间。它原先应该是航母主计算机房的一部分,现在四壁嵌满了标有 FN 标志的水冷式大型机箱,液体循环所产生的咕咕声响成一片。地板上电缆无数,还有半完工的机械模型、纸版书、旧式唱片。

“你过着霍华德·休斯的隐居生活。”我说,弯腰捡起一本老书,《二十世纪化工手册》。

“别把我和那个偏执狂相提并论。”李多说，并不恼怒。他看上去有五十多岁了。即使深陷在一把明代团椅里，也显得身形高大，肩背宽厚。我看不出他是以谁为原型合成了他的全息影像，逼真得令人震惊。当他开口说话时，脸部肌肉的细微变化也十分细腻。在2282年世博会上展出的全息人像远没达到这个水平。他又领先了一大步。

“你为什么要住在这种地方？”我问。

“微重力环境对我有好处，医生。”他说，挥手示意四周，“我有晚期关节炎和心脏病。而且我想要的东西这里都有。”

“你不必忍受老年病，早衰症是可以治疗的。”

“没错。我也动过这个念头。但我不想活上一千岁。”他冲门口做了个鬼脸，“瞧瞧你早年的那位同事，他对一百三十岁已经很厌倦。”

李多指的是果子狸。“老而不死是为贼。”他引了句中国古谚。

“南联在找你。”我说。

“我知道。昨天跟你来的那两个人是南联军部的？”他得到我的肯定回答后直摇头，“隔八百米就能闻到那股鬼鬼祟祟的气味！西联的也是一路货色。我跟他们真是搞烦了！”

“他们怀疑你通过FN出售T剂。”我说。

李多用指节敲着下巴，“是汪远对你说的？”他哈哈一笑，“咱们从头说起，医生。2280年我离开西泠时，时间感觉还是一比六。我骗了你。”

我看他。

“你认为我很聪明。我不用谦虚，在工程学上我的确干得不赖，但在生化上我充其量只不过是个读了很多资料的门外汉。我想要进一步加强自己的时间速率，但稍一深入我就明白了，这件事凭我一个人干不了。我偷偷进入了你的计算机。医生，你对应该好好保存的东西太随便了。”

我苦笑。我从来没想过有人会对我电脑里的东西感兴趣到了窃之而后快的地步。

“我复制了关于T剂的资料，并开始收集关于军方T剂研究的过程资料。2270年左右他们就停止了T剂项目，认为它没有发展前景。我当时很沮丧。因为T剂的副作用，人体所能承受的最高剂量是一比六点七加速，而我想要的更多。”

我一惊。当年我们的确太幸运了。我们差点毒死他。

“T剂碰到的最大障碍是人的身体结构不适于以几倍高速运动。本来它的设计目的就不是这个。如果当时项目组里有些电子机械工程师，也许情况会有所改变，但你们的思路完全局限在通过化学反应改造人体本身。人再怎么改造也只不过是堆骨头和肉，材质不行。”李多摊摊手，“我知道要使南联T剂项目重新启动，只有一个办法。”

“让西联也加入赛跑？”我说。

“不知道汪远是怎么对你说的。”李多说，“他们一直都知道西联的T剂项目组进展，早在60年代他们也就在搞了。当然，我也对他们透露了点消息。”

“你到底属于——”

“两边我都得看着点儿。我不时替他们的科学家传递数据。搞科学的人在不涉及专利申报的时候是很乐意合作的。重复劳动毕竟很累人。”

“现在T剂怎么样了？”

“第五代产品出来了。更温和，对海马体的改变更准确，稳定，与神经传递加强药物的配合更好。还有几种调节记忆速度的辅助药物。人体实验的结果不错。”

“你想怎么办？以后每卖出一台FN电脑就附赠一份T剂？”我问他。

李多愣了愣，随即大笑：“FN不是我的。”

我摇头。

“好吧。”他承认，“我在里面有16%的技术股。是我提出了第一代高速计算机的模型，那时我还在康佳。他们想买断它，我当然不干，他们出的价太低了。我了解自己做出的东西。它和视窗系统一样，以后将人手一份。我雇了个企划小组，他们拉来了资金，招聘了十二个执行董事，让股票上市。哗啦啦，一觉醒来，我发现自己的图纸正变成实物，从生产线上走下来。”他笑得无可奈何，又带几分得意。

“别把自己撇得一干二净。”我说，“你肯定向西联或南联的军方提供过关于高速计算机的设想，并说服他们重新开动T剂项目。FN在西联和南联都属于本国企业。”

李多注视了我一阵。我知道自己猜对了。“他们两方都想通过生产更好的T剂来控制对方的市场。”

我一愣，随即笑出了眼泪。李多也大笑。

“我们都是服过T剂的人。”他说，“你能看出这里面有多荒谬。”

“你怎么知道的？”我感到意外。

“我和旁人的对话是通过计算机转译实现的，程序收集完一句话后加速传给我。每个人语速不同，但时间差是固定的。只有你和别人不一样。我当时不明白，后来和军方高层某些人的交谈中也出现了这种情况。他们都是T剂服用者。”他冲我微笑，“我回忆起小时候的许多细节。我的父母对我的许多感受根本不明白，你可以。这不能怪他们。因为你也是T剂服用者。你可以维持正常人的生活，所以我想你加速的幅度不会太大。是多少？”

“一分钟等于七十三秒。”我说。我想起了果子狸，陈，KAREN，还有扎西达杰……我认识的人们。汪远说我们都没有结婚。我甚至没有亲密的朋友。13秒使我和所有人的脚步都错开了。T剂意味着疏离，而隔绝在自己时间内的尽头的结果就在R-23上，在橡胶房里以头撞墙的疯子们。

“所以我们能理解。一旦有了T剂，西联和南联的分野根本微不足道了。”李多说。

“你当时根本没想到会是这个结果。”我说。

“谁能控制得了呢。FN招来的工程人员里比我更能干的人多得是。记得爱迪生发明灯泡吗？有很多人同时在干。灯泡出现在1879年是早晚的事。谁第一个发明了它只是种机遇，重要的是所有条件都成熟了。高速计算机也是。没有我它迟早也会出现的。计算机的速度迫使人求助于T剂或其他的东西。黑市上现在有不少种类似T剂的药物在卖。拿经济学家的话来说，市场有这个需求。”

我找不到话说。他在为自己辩护，但他的确控制不了。如同我当年控制不了那个孩子的行为。我们都是在冬山里喊了一嗓子的人，一转身却面对滚滚而来的雪崩。

“你设想过T剂在连锁药店里能买到的时代吗？”李多问我。

“是不是得等每个人到了十八岁才决定要不要服用T剂？”我想起了出示身份证买啤酒的日子。

“别忘了，T剂造成的大脑改变具有遗传性。”李多竖起一根手指，“不过我想人们会争先恐后地给自己的孩子服用T剂。看看现在会使用计算机和电脑盲的收入、社会地位的差别，以后就成了高速电脑加T剂。”

“改变不止这些。”

“对。两个同步加速者之间对话用不着这些劳什子。”李多指指拖在耳边的电线，“服用T剂的人会形成自己的社会阶层。他们会有自己的语言，也许他们会实行内部通婚制。我认为能承受更高剂量T剂的加速者会成为新的精英分子，可能会有几次回归自然时间运动的游行,反对新出现的歧视,不过……”

我们相对无语。我也曾模模糊糊地看到过一个接一个T剂服用者如同多米诺骨牌般扩散的未来,但我没想到会来得这么快。

“你为什么要待在这里。”我重新提出这个问题。从他的叙述中,我得出的印象是他一直和两边保持着联系。为什么他要消失,肯定害得两边的高层好几晚上睡不着觉。

“和你交换一个问题,医生。你是怎么知道我在这里?”

“果子狸不可能不知道R–23被南联收购了。我想汪远对我说的话都不能信。他只是要我把你找出来罢了。”我从口袋里掏出一张传真纸,展开,“加上你访问医学数据库的账户,我以前见过。是你父亲当前申请的。我调出了它的登陆地址。”

“你能记住几十年前的——对不起,是几年前,看过一眼的数字?”

“数字的最后几位正巧是我在中学里的学号。”我说,“人对与自己有关的事总记得特别牢。不是吗?”

李多点头,笑了:“医生,你真该去当个密探。我之所以躲起来是因为我已经很老了。我不想死在外面,早衰症患者的尸体可不漂亮。”

我盯着他:“不是个好借口。你用不着突然失踪。”

“南联想要高速芯片的军用使用权,西联和FN当然不想把专利给他们,我在当中受的是夹板气。”他终于承认,“我消失一阵会比较好。让FN和西联自己去扯吧。”

这就是我被从西泠诊所拎出来,冒着背后吃冷枪的风险所干涉的事务。不是拯救人类,而是该死的商业扯皮。李多保证再过几天事情就过去了。他也保证我的安全。我不敢相信他:从他十五岁开始,他就是个滑头小子,但我没别的选择。

一周后我回到西联。汪远交还了我的证件和旧信用卡,拍拍我的肩说谢谢。我想问问那两个便衣的下落。他顾左右而言他,显然不愿正面回答我。

2285年,李多出任了FN的一任执行董事。我从自己FN新电脑的新闻视屏里看到他接受采访。

他谈到了T剂,说它的确能提高人的工作效率。他演示了操作计算机的过程,快得令人羡慕,但我知道他其实在大大克制速度,否则造成的印象会是诡异和恐惧。FN正在推出T剂,当然不希望有这种宣传效果。

2289年，李多出现在我办公室里。我让我的秘书兼新婚妻子出去一下，她是个三级T剂服用者。西泠现在已成为三级T剂社区。拒绝改变的人都搬去了高平县。南联解体后他们对移民来者不拒。

“销毁我的尸体对你来说并不难，医生。”他说。

我摇头。

“我是T剂最早的‘形象代言人’之一，想看看我现在的样子吗？”

我眼前一花，老者的全息投影消失了，坐在轮椅里的人看上去像从噩梦里走出来的。他身高可能不足一米，皮肤像古老的羊皮纸，没有头发、眉毛。他是个从火堆里抢救出来的洋娃娃残骸。最令人惊讶的可能是他居然还活着，有双奇大无比的眼睛，在层层皱纹的包围下向我望来，“他们会以为是T剂造成的。我不想引起恐慌。对外界的解释我全准备好了。一架航空飞机正从汾阳起航，它永远不会到达目的地，一场意外。”

“那我得杀死你？”话一出口我才发现让步已经做出了。

“你同意了。”老小孩笑了，他没有牙齿。“不用麻烦你，我进来之前已经死了，和你对话的是一段程序。不要担心我身上发生的事，我只能这样做，以后别人会找到避免的方法的。”

第二层投影撤去。我看到了他的尸体。

我戴上医用手套，将他从座位里抱出来，轻得几乎感觉不到分量。医用污物处理炉完全能一次性烧毁他的尸体。

但我锁上门，先作了解剖。我得搞清楚他最后那句话，“不要担心我身上发生的事。”我、我妻子、我们未来的孩子全是T剂服用者。

现在我知道了李多为什么会在R-23那座阴郁的疯人院躲藏。他有比暂时从军方与公司的纠纷中脱身更重要的理由。

李多对人类身体的脆弱嗤之以鼻。他求助于机械、合成钢铁、计算机来弥补缺陷，但大脑本身同样也只不过堆蛋白质。他以高于常人十倍的速度思考、生存的过程中，这堆蛋白质的承受能力达到了极限。你不可能连续工作十天，再睡上十夜。

李多找到的解决方法是分区交替工作，和海豚一样。海豚是永不入睡也永不清醒的动物。它们左右两脑交替工作、休息。李多的大脑由人造胶体分隔成五个区。我不知道是谁为他动的手术，也许是果子狸。在沉进神秘主义之前，他是个很高明的外科医生。

但同时李多必须应付心智分裂的问题。从他的血样里我找到了大量 Zyprexa，通常是用来治疗精神分裂症的。还有大量没通过药品安全局检验的地下化学制剂。他和 R-23 的疯子们比邻而居，他最后几年里在和自己的分裂倾向搏斗，作出不惜代价的尝试，否则他不至于死得这么早。从他第一次服用 T 剂算起，他只活了十年。

李多、我、所有人和疯狂之间离得有多远？一堵墙？一层纸？

李多说将来会有人找出其他方法的。我希望如此。现在投在 T 剂研究上的人力物力比历史上钻研永动机的人加起来还多。也许他只是在安慰自己，也许这是个天然屏障，阻止我们以更疯狂的速度毁掉自己。欲速则不达，中国人古老的智慧总有些道理。

8

雪崩已经开始
我相信我会看到事情的结局

我要保持住乐观来观望。因为我还要在这个 T 剂的世界上活个新历二百五十年，或更久。雪崩已经开始，我相信我会看到事情的结局。

太空诊所里的一天

TAI KONG ZHEN SUO LI DE YI TIAN

“博士,你确定他的再生能力等级是五级?”我的手术刀悬停在半空中。

“数据来源是官方医疗网站,你就大胆地切下去吧。”博士对我的婆婆妈妈相当不耐烦,“要我把断层扫描图投影出来吗?”

“好。谢谢。”其实没啥必要。克拉姆利星人身体结构像八只脚的大海星,基本没有要避开的骨骼。我又检查了一遍病人的生命特征指数,尚稳定。于是动手将他在车祸中被碾碎的腕足截下,修出一个干净的创面,再用无菌膜包扎起来。既然他的再生能力等级如此之高,那么十小时后从麻醉状态中醒来,利利姆先生将看到一只新腕足。

我请博士把病人送到术后病房,二级监控,如果有异常情况就通知我。电动轮床载着足有一吨重的利利姆先生从门口滑了出去。在克拉姆利星上,他还算是苗条的。

刚倒到床上想放松一下,警报大作。我立刻跳起来冲到诊所港口,两个急救员正从救护飞船上抬下堆微微蠕动的“毛毯”。

“喂,你们不能这样!”我气急败坏地抗议,因为只需一眼,就能看出这位又是“编外”病人。好在他沉浸在紧急镇静剂赋予的睡眠里,听不到我们的对话。“今天我们已经收了两个编外伤员了,你们是不是想让我们关门大吉?”

“好啦。黑猫号和一颗小行星对撞,附近所有医院都爆满。你知道的,他们优先收编内病人。人都拉到这儿了,总不能待在外面享受真空吧。”急救员摆出一副可怜的神情,“也别抱怨了,反正你们有津贴拿。”

我哼了一声,要博士搞辆电动轮床来。救护飞船卸下重负,一溜烟跑了。

应该是烧伤,只伤到真皮层,但受伤面积很大。这种外星人的形态极富想象力:小身子,配上对大得不成比例的皮膜质翅膀,完全展平后可以当毯子盖。他身上覆着黑白相间的厚厚皮毛,原本应该非常漂亮,现在却被燎得百孔千疮。

在走廊上我逮到了戈帕尔:“嘿,跟着他去扫描,让博士查查资料。如果只是表皮烧伤,就清洗后敷上杀菌材料,有其他情况再叫我。”

赶在戈帕尔发作前我连忙说:“我知道你是民俗学家兼生物学家兼外星心理学家,但看在我已经三十小时没睡的分上帮帮忙,而且这点小事也难不倒你的。”

戈帕尔摇摇头跟着轮床走了。真是个好人哪。

但我还不能马上爬上床大睡一场，还得去病房巡视一圈。琼太太和她的孩子看上去都不错。他们也是黑猫号事故的受害者，送过来时对琼先生已回天乏术，他的夫人在脑震荡的昏迷状态中产下了——抱歉，我说不出数目——装满了半个育儿箱的卵。我估计他们的种族是由某种昆虫进化而来，所以才会如此多子多孙。

育儿箱就安放在琼太太的病床边，只要她一醒，便能看见自己的小宝宝们，但愿这能安慰她失去丈夫的痛苦。

回到办公室，我把自己扔上折叠床，感觉骨头都散架了。

如果你也是学医的，我便是活生生的前车之鉴：千万别当“马医”。风险大，收入少，整天忙着处理大医院医生做梦都想不到的奇怪问题。拿我做例子：25岁从医学院毕业，东拼西凑买下条二手飞船和一堆私立医院淘汰下的、稍稍过时的医疗器械，剩下的钱全花在了“博士”身上，他是当年我能负担得起的最好的医疗型计算机系统。我为他申请了使用星际联盟医学资源库的账号和密码。即时信息对一个“马医”的重要性是不言而喻的：当一个没见过的外星病人被推进急诊室时，没有关于他的种族的资料，你很可能会把他的呼吸孔当伤口缝起来。

在官方医学资料库里没有记载或信息不全的外星种族被我们称作“编外”病人。他们通常是来自边远地区的游客，一旦得了急症，大医院不敢收，烫手山芋便扔给了“马医”。我们的外号就是这样来的：“死马当活马医。”不是我们喜欢在刀尖上跳舞，“编外”病人是小诊所收入的重要来源……

一想到钱的事，我忙闭上眼睛勒令自己入睡，不去想贷款，也不想燃料费……

2

传统医生形象中不可缺的听诊器也束之高阁
我的病人少有恰好长了一个心脏的

博士把我叫醒时，我还觉得自己刚入睡。“怎么了？”一看表，已经过了九个小时。

“利利姆先生吵着一定要见你。”博士幸灾乐祸。

我瞪他一眼爬起来穿工作服：“他的腕足再生情况怎么样？”

“完全恢复了。别的生命特征指数也还好。戈帕尔在呼我。你动作快点，这位的脾气真叫人受不了。”博士在墙上的电子屏上耸耸肩消失了。

我挣扎着拽上背后的拉链。别把我的工作服想象成白大褂。刚开业时也穿过几个月，直到一个才被救醒的外星病人看见我就用生硬的星际语大喊：“我还活着！我还活着！”戈帕尔和他谈话后跟我解释：在他所属的文化里，白大褂是焚尸工的行头。我和戈帕尔讨论了很久，决定将星际托拉斯航空公司的乘务员制服作为工作装，胸前加上红十字标志。后来果然没再发生过误会。至于传统医生形象中不可缺的听诊器也束之高阁：我的病人少有恰好长了一个心脏的。

戈帕尔在病房门外拦住我：“等会儿去看看嘘拓谷掩巴。他的情况有点奇怪。”

我更奇怪：“嘘拓——什么巴？是谁？”

“噢，就是那个表皮烧伤的奶牛蝙蝠。他的名字我找不到更接近的发音了。不，不是伤口感染。只是……你自己去看一下就知道了。”

戈帕尔沿着走廊摇摇晃晃地走了。他是个肤色雪白的印度人，拿了三个不同学科的学士学位：民俗学，生物学，外星心理学。若是专攻一门，现在早是某个大学里高薪的教授。五年前跑到我这个小诊所里要求合伙。“你不是学医的。”当时我拒绝了。开张两个月，我前倨后恭地邀他入伙：一个主收不同族外星病人的马医诊所若没有外星文化专家坐镇，垮得比没装医用计算机还快。

“喂，那个医生死到哪里去了？”隔着门我都能听到震撼全船的怒吼。

等里面的袅袅余音平息了，我才推门进去。

“利利姆先生，我是您的主治医生。”

“就是你给我截的肢？”他转过身来，四只安在蓝灰色长柄上的眼睛“上下”打量我。

我走到他床边：“是的。在当时的情况下这是最恰当的治疗方案。”

新长成的腕足果然像博士所说的，和其他肢体大小相当，只是颜色稍浅。

“我知道您的再生能力可以很快使断肢再生，所以做了截肢的决定。现在您的新足活动能力怎么样？”

利利姆先生啪地抬起新足挥了挥：“没问题。我关心的不是这个。它很好，没问题。”

他忽然放低了声音，紧张得连体表的颜色都转绿了：“旧足是怎么处理的？”

我没反应过来：“什么？”

“就是被截掉的——”

“哦，先生，那条腕足已经被伤得，嗯，失去功能了。”我见过病人想要拔下的牙齿当纪念，但对断肢感兴趣的还是第一回碰到。

“不。我不是那个意思。我想知道的只是——它是不是被焚毁了？”利利姆的表皮绿得发亮。

“当然，这是处理医学垃圾的惯例。”话一出口，我才意识到将曾经是别人身体的一部分称作“垃圾”太不礼貌。

好在利利姆并不介意：“烧掉就好，烧掉就好，我就放心了。”

他往床头一靠，呼了口长气：“你可以走了。我需要休息。”

3

斗室里没有扑出平日的臭味
有机物都被快速发育中的利利姆2号吸收了

为什么“烧掉就好”？大概是他们的某种宗教习惯吧。我让博士叫戈帕尔和利利姆谈谈，以防万一。其实我也讨厌自己的过分谨慎，但医疗事故的后果实在吓人。

对了，要去看看“嘘拓——什么巴”。想起戈帕尔对他的形容——“奶牛”，我不禁微笑。他一身黑白相间的斑块的确很像早已灭绝的地球动物奶牛。

一进“奶牛”的病房我就笑不出来了：监控屏幕上的读数一片红，说明心跳、体温、呼吸等重要生命指数都不在正常范围内。

“博士？”我敲敲墙呼叫，“他的镇静剂是什么时候注射的？药量是多少？”

“你是指他的昏迷状态？我做了血液检查，镇静剂成分的含量早下降了。”博士亚里士多德般的面孔上显出少有的疑惑。

我检查了“奶牛”的伤口，戈帕尔的包扎工作做得相当仔细，烧伤创面不再往外渗液，也没有红肿、感染的迹象。只是黑白两色的皮毛脱落得更厉害了。

要不就是“嘘拓——什么巴”患有其他疾病。对于外星人的慢性病，我们都是送他们回自己星球治疗。但以他现在的身体状况，恐怕经不起长途颠簸。

博士把前十小时的自动医疗纪录打印出来好让我带走研究。我刚看了头几页便发现不对劲，“博士，这个房间的温度调节没问题吧？怎么半小时内从十五摄氏度升到三十六摄氏度，又立刻降回十九摄氏度？”

“我是根据病人的体温调节的。”博士委屈。

我明白了，是患者的身体控温系统出了毛病。但轻度烧伤和控温有什么联系呢？免疫系统在生物体受伤时让体温上升一些是正常的，可也不至于——

我正抱着“奶牛”的医疗纪录坐在办公室里冥思苦想，被戈帕尔破门而入一把抓住,“我们的医疗废料隔几小时焚烧一次?”

“二十四小时啊。”我莫名其妙,“你怎么关心起这个来了?”

“完了。我刚刚和利利姆聊了聊,你记得他有五级的再生能力,所以被切下的断肢也有同样的能力。只要环境不太恶劣,七小时后一条腕足就能长成一个完整的克拉姆利人。”戈帕尔跌坐在椅子上。

我忽然意识到诊所的垃圾贮藏室里现在多了个新生命:“那会发生什么事?”

“按克拉姆利人的法律,由断肢或身体其他部分长成的个体在各方面都是相同的,所以享有同等的身份权和财产权。没人能忍受这样的局面,他们的惯例是来场决斗,由胜利的一个接管一切。”戈帕尔耸耸肩,“看来我们的诊所要出演法国式决斗了。”

“天啊。”我扔下打印纸冲向飞船尾部的垃圾贮藏室,拉开门,斗室里没有扑出平日的臭味:有机物都被快速发育中的利利姆 2 号吸收了。

“他不在这里。”我转过头,能感到自己脸色惨白,戈帕尔站在走廊另一头挥手,“那快去病房看看。”

不会惨剧已经发生了吧?我轻轻推门,应手而开。利利姆坐在床上,一看到我们便大声说:“医生,你们是不是把他带来了?”

“不。”我环视四周,毫无异状。利利姆的肤色较深,应该还是原版,“没有,当然没有。你已经知道了?”

“咳,你们不说,计算机是不会撒谎的。已经过了十二个钟头,他肯定会随时出现在我面前。”

博士在墙面上苦笑。

“决斗?”我小心翼翼地试探。

利利姆用四条腕足把自己撑得笔直,“是的。一场公平的决斗。发生这种情况很不幸,但事情已经发生了。我们会为了生存下去的权利而战斗。”他慷慨激昂,我都快不认识他了,“到时候要请你们两位做见证人。无论是谁赢了,他就是利利姆,享有我的一切权利,承担我的一切义务。”

我刚想开口说生命是可贵的,有话好好说之类的,戈帕尔立马将我推出了房间。

“在门口安个电眼,让博士二十四小时监视。只要他一出现,我们——”我语无伦次。

戈帕尔慢慢摇头。

“你就眼睁睁看着他们自相残杀？”我急了。

“亏你做了几年外星医生，要尊重别人的文化习俗。利利姆接受了决斗，我们没有权利去干涉他们之间的事务。”

我被教导得哑口无言。

诊所飞船说大不大，说小不小，利利姆2号能藏在哪儿呢？我将锋利的、可以造成伤害的医疗器械都锁进柜子。尽管理论上戈帕尔是对的，但我还是希望别在医院里发生流血事件。

办公室的外线电话嘟嘟叫起来，是某个太阳能收集板公司的推销员。他吹嘘只要在飞船表面安装他们的产品，并让船体环绕C–6级的恒星运动，产生的电流足以使我不再收到供电局的账单。

我说我们暂时不需要，然后直接挂断。

地下四处是散落的医疗纪录纸，我蹲下身一张张收拾，一边幻想哪天有钱了雇个漂亮的女秘书……

“戈帕尔要你马上到六号病室。琼太太。”博士在屏幕上一晃又不见了。

4

蝗族发展的文明是非技术扩展型的
注定了他们必须控制人口

“怎么回事？”我俯身看监控仪上的读数，她小巧的三角脑袋深陷在枕头里，额顶的复眼还是呆滞无神，正处于昏睡状态。“让她接着睡，对脑震荡的恢复有好处。”

“我指的不是她。看看育儿箱。”博士说。

用来安放卵的育儿箱是诊所里最大的一个：2米×1米×1米。谁都想不到琼太太瘦小的身体里能孕育这么多生命的种子。刚离开母体时，它们只是笔尖般的小点，经过十多个小时，卵膨胀开来，变得半透明。

“它们快要孵化了？”我吓了一大跳，照顾异星婴儿可不是急救诊所能担当的事。

“根据我的计算，再过三个小时，头一批婴儿会破卵而出。”博士表情严肃，“问题在于：你想过他们的数量吗？”

“数量？你能数得清？”

“育儿箱的容积是二立方米。现在膨胀开的卵已经快漫到箱沿了。我计算了一立方厘米的卵数目,是十五个。当然,是取平均值以后。"

那就是——三千万!我傻了,这个数字足以和某些小国家的全部人口媲美。"快查查他们的生长速度!"

博士摊开手摇头:"搜索无结果。戈帕尔去找当地习俗的文献了。"

当地习俗?我呻吟一声,习俗有什么用?

"喂!"戈帕尔站在门口压低了声音叫我,"出来一下,快!"

我走出去顺手把门带上:"什么事?神神秘秘的。"

"她还有多少时间会恢复意识?"

"镇静剂的效力应该已经过去了。她处在自然睡眠状态。"

"那就是说她随时会醒?快,快去给她补一针。"戈帕尔急得直推我。

我不解:"为什么?"

"等你打完镇静剂再说,万一现在她醒了——相信我!"

我仔细看了看戈帕尔的脸,他的确是认真的,于是回去给琼太太注射。掰断一次性针头时,我瞥见戈帕尔正设定育儿箱的动力控制系统。

"喂,你要把它弄到哪里去?"育儿箱伸出底部滚轮,开始行驶。

戈帕尔跟着育儿箱朝门外走去,"边走边说。"

"我在万维网上找到了关于蝗族,也就是琼的种族的记载。他们的星球很贫瘠,自然资源只能供养大约五千万人口。而且蝗族发展的文明是非技术扩展型的,注定了他们必须控制人口。"

"五千万?但是——"我指指面前装得满满当当的育儿箱。

"在他们进化的初期,自然淘汰能只留下适当数量的后代。但进入文明阶段后,只能靠习俗来抑制人口增长。"戈帕尔停了停,"他们实行的也是一夫一妻制。在妻子生产后,丈夫必须立刻吃掉绝大部分卵,只留下三个孵化。"

"吃掉?"我简直难以置信。

"别以为这是什么惨绝人寰的事。在他们的信仰体系中,被父亲吞吃的孩子会升入天堂,过幸福的日子,将来和父母姐妹团聚。"戈帕尔拐进电梯,按下"-1"。

"可琼的丈夫已经死了。"我开始意识到事情的严重,"我们去底舱干什么?"

电梯重重一顿,育儿箱自己滑了出去。

底舱是诊所绝不欢迎病人参观的地方:停尸房。

琼先生的遗体遮着白布躺在解剖台上,今天太忙,尸检没来得及做。好在他的身体大部分是甲壳质,短时期内不用防腐。

小行星擦破黑猫号舱壁时，他不幸正坐在灾难发生的一侧。伤口的大量失液使他刚送到诊所就死去了。

“我们必须做一件事。”戈帕尔说，毫无表情。

我明白过来，本能地双手直摇：“不行。它们是生命，我们没有权利去——”

“你想看到三千万个蝗族人诞生在这里吗？几天内他们就会饿死。我们根本不能提供蝗族婴儿的食物！到时候他们就会有痛苦了。”戈帕尔像在开导不开窍的学生。

“可我是医生。”和以往的争论一样，我预感自己又要理屈词穷，“我的责任是拯救生命……”

“正因为你是个医生。记得希波克拉底誓言吗？最初的版本还不准为孕妇堕胎呢。我们所要做的是避免痛苦，而不是去捍卫地球的某个道德观。”戈帕尔把手搭在我肩上，“再过几个小时他们就要孵化了。你难道想让琼太太自己选择吗？”

最后那句话击中了我。琼太太从急救担架上抬下来的时候已经完全失去知觉了，但她的六条手臂都紧紧聚拢护住腹部。她是个母亲，让她面对三千万个孩子实在太残忍。而我，不舒服的只是抽象的原则而已。

“你确定它们现在没有知觉吗？”我轻轻问。

戈帕尔没回答，只是将育儿箱推到焚化炉边。

我们将大把卵子放进火炉里，这个世界不欢迎它们的到来。

出了底舱，我们都无语。只剩有三个卵的育儿箱轻快地驶回了琼太太的病房。

办公室里电话铃响个不停，又是太阳能电池板推销员。我正憋了一肚子火，用彬彬有礼的口吻和他探讨了一下推销员的职业道德问题。搁下被愤怒地挂断的电话，我有点后悔，平日里还自诩是个知识分子哩，怎么可以把气撒在别人头上……

太阳能电池板，黑乎乎的玩意……我拿起一张“奶牛”的病历，忽然油然而生那种使阿基米德跳出澡盆的狂喜，答案会是这么简单吗？

我冲进“奶牛”的病房，取了一些他身上的皮毛样本后，又急奔扫描室。

“博士，放大，再放大！”

扩大五百倍后的全息图像投影在半空中旋转，我恨不得马上打电话订购成吨的太阳能电池板以表谢意：“奶牛”身上长的并不是我们概念中的皮毛，而是一种共生植物，黑色的植株吸收光热，白色植株反射。黑白植株数量比的变化使“奶牛”的体温在不同环境温度下保持恒定。

需要验证一下。

“博士，提高室内温度！”我眼看着黑色草叶萎缩消失，而白色丛林长高了，还伸出了繁殖茎。

“再降低温度！”

“你抽什么风哪？”博士瞪着我手舞足蹈。变化过程果然逆向进行：黑色植株的孢子纷纷发芽，白色植株奄奄一息。

怪不得。我跑回病房，开始揭下“奶牛”身上的包扎物。治疗烧伤的杀菌药物破坏了共生植物生长的化学环境。地下堆起了药棉和纱布，我环抱双臂松了口气。

应该用不了多久，他就能恢复健康了。

5

外表凌厉的人内心往往脆弱
推到外星人身上也适用

两天后，我们在港口和嘘拓谷掩巴——“奶牛”道别。

“两位什么时候来我的家乡看看，”他的眼睛充满真诚，“那金色的、像蜜糖一样的阳光呀。可以乘着气流自由飞翔。我和我的家人都欢迎你们。”

我和戈帕尔都点头如鸡啄米，尽管知道要赴约不太可能。这是一个马医最骄傲的时刻。

出租飞船在外面等得不耐烦了，喇叭长鸣。

嘘拓谷掩巴和我们“拥抱”了一下——他用翅膀，我们用胳膊——笨拙地爬进了出租飞船进口。他在地面行动时要顾忌到巨大的肉翼，等回到母星，才能如鱼得水。

琼太太半躺在床上，三个小淘气赖在妈妈肩膀上不走。

“嘿，不要让妈妈太累了。”我伸手抱起一个，他实在是可爱：小脸上圆圆的黑眼睛，光亮得像宝石。包裹在透明膜里的身子要经过蜕皮才会解放。不过现在的两只前爪已经够厉害的了，另一个小鬼夹住了想和他套近乎的戈帕尔的手指，有往嘴里送的企图。

“让他们吃点东西就不闹了。”琼太太微笑，从肩头撕下一片甲壳，嚼烂后开始喂孩子。

回到办公室我伸了个懒腰，“都解决了。你要把卵处理掉是对的，万一留下三千万孩子，我的天，琼太太还不把自己剁碎了？”

戈帕尔苦笑，“也是没有办法，一辈子我也不想再碰上这种事了。”电话铃响，他顺手接了，“找诊所负责人？稍等。”

我拿过话筒：“喂？”

“我是刚刚从你们那里接人的出租飞船司机，你们好不地道！说好只上一个人，却混上两个！载重费怎么算？那个家伙还特别重！八条腿把我的后备箱都撑满了……”

戈帕尔一把从我手里夺过电话：“对不起，对不起。车费我们会照付的，请把那位乘客送到他想去的地方。是我们工作失误。”他收线。

我把大张的嘴合上：“利利姆2号？”我马上高兴起来，“事情圆满结束！他走了，不会再有决斗了！”

戈帕尔拉住我：“别嚷嚷，由我去告诉利利姆。你别插话。”

利利姆这两天让房门大开，随时欢迎决斗者的光临，所以我们长驱直入。我很乖地默立一旁，让戈帕尔来宣布喜讯。

“利利姆先生，”戈帕尔温和地说，“他离开了。”

“什么？怎么可能！他怎么能走！”利利姆的八条腕足都激动地飞舞起来，我们不得不后退。

“也许他是主动退出了，利利姆先生。他尊重您的生命，同时也——”戈帕尔的声音越加柔和。

“不。你们不用劝我了。”他瘫下来，长足软软地垂在床沿。“我自己心里清楚。他就是我呀。他心里的想法我一清二楚。”

四只腕足慢慢抬起来捂住了眼睛。“他害怕了，逃走了。他就是我呀。”大颗绿色的眼泪从足缝里漏出流下，“我，我一直不知道自己是个，是个胆小鬼。

把利利姆好说歹说哄睡后，我在走廊上一把扭住戈帕尔，“老实说，你是不是早猜到了？”

“80%吧。根据我对利利姆的印象，他应该不会有勇气和自己决斗。”

我想起他惊天动地的大吼：医生死到哪里去了！“我怎么看不出来？”

“我的心理学第一定律：外表凌厉的人内心往往脆弱。推到外星人身上也适用。”戈帕尔得意非凡。

捕捉 K 兽

BU ZHUO K SHOU

2089年7月9日

这次捕兽一开始就不顺利。

飞船切入拉模星轨道后,我和老刘放下了大气探测器和语言收集装置。发回的数据表明人类可以不用辅助器械呼吸,当地人是百分百的素食者,社会形态刚刚发展到母系氏族部落。于是我们戴上外星语言催眠学习耳机爬进睡袋,让自动驾驶仪完成降落。

结果飞船冒着黑烟一头栽在拉模星人村庄的中心广场上,是一伙当地居民把我们从制动降落伞里解救了出来,领头的名叫喀卡,在族人中的地位相当于地球上的酋长。他们还请我们吃了一顿压惊餐,再次证明了"素食民族本性善良"的宇宙定律。老刘吓得脸色惨白,我也好不到哪里去。

问题出在飞船推力矢量喷管上,所幸的是海夏公司的产品都由标准可替换配件组成,修理不是件难事。

但着陆时的震荡损坏了不少小型电子设备。翻译器因此报废,催眠耳机也闹罢工。糟糕的是我们利用催眠耳机学来的拉模语在"非正常着陆"的震荡中丢光了,潜意识灌输法在学习者受到过度惊吓的情况下会失效。我们不得不像古代人类学家一样从头学起。

我从出了校门后就没再学过任何一种外语,这次重学拉模话搞得我头疼无比。老刘似乎远比我有语言天赋,这几天已经能和当地人连说带比划地交流了。

希望能将K兽早日捕到手,然后回地球老家去。别人都说开始不顺利的旅程结果也不会好。我这人还是有点迷信。

2089年7月19日

果然,事情的进展很糟糕。

按买方的描述,K兽是一种有预知未来12分钟内发生事件能力的动物。作为一个干了几年的星际捕兽人,稀奇古怪的外星生物我见多了,当时也没觉得有什么了不起,却没想到,这意味着它能预知到我们的捕捉行动。

"你说他们要K兽干什么？放在动物园里？它长得难道像玛丽莲·梦露？"老刘在翻看了第一百个空空的捕兽笼后大发牢骚。

"一种可以预知未来十二分钟发生的事的动物,用处大着呢。"我趟过草丛,收起另一个陷阱。大群拉模星蚊子被惊动起来,看着它们小轰炸机似的体型,我庆幸自己的血液不合外星吸血族的口味,“举个例子,你可以把它带在身边当保镖,有人在暗处朝你开枪前它肯定会尖叫。还有,像巴甫洛夫一样训练训练它,让它预感到股票下跌时就流口水。”

“那我们偷偷扣下一只,就发大了。”

“前提是我们要抓住头K兽才行,伙计。动动脑筋,想个办法出来,离交货日期不远了。”

原先我们的设想很简单,只要用十二分钟后起效的麻醉药摆下盛宴,就能手到擒来。但它们吃下诱饵后变得异常警惕,全躲到隐蔽处呼呼大睡。K兽对伪装、陷阱和麻醉枪同样不屑一顾。作为专业星际捕兽人,我们逮住过泰星长毛象;和人几乎一样聪明的地下狼;成功端走了整窝金星黄蜂,它们的毒液能与眼镜蛇媲美。但在可以知道未来任何危险的K兽面前,所有诡计都失效了。

我真有点黔驴技穷的感觉。

我们扛着陷阱从蓝色的蕨类植物林中穿过,大串透明果实从枝头垂下。一小队拉模人提着小筐迎面走来,领头的是喀卡。我们已经混得很熟了。

“辛勤工作的人是可敬的。来一个吗?”喀卡递来他筐子里最大的蕨果。

“谢谢,谢谢。神保佑终日劳作的人。”我结结巴巴回答,并按拉模人的规矩行礼,大口啃完蕨果,向喀卡展示干干净净的果核。他满意地抖动触须,和我们告别。

收割队消失在蕨林里,传来隐隐约约的歌声。

“快走。我要回船上吃止泻药。下次轮到你。”我咬牙切齿地加快了步子。老刘在后面幸灾乐祸,“要尊重异星文化的习俗,不能伤害原生居民的感情——”

“闭嘴。”

脖子上一凉,又下雨了。

而老刘很快学会了当地人的语言,整天乐于泡在拉模人村子广场上,参加他们的宗教仪式,录下他们小鸟鸣叫似的对话。他每天回到船上狂打喷嚏,因为拉模人把淋雨看成绝妙的享受,独自打伞不礼貌,而近来降水越来越频繁。

我有点怀疑他现在对拉模人的兴趣远远超过了完成我们的任务。他以前是个星际民俗学者,“学术热情”偶尔冒出的时候谁也管不住他。

当然,在我建议他多跟我去钻钻林子,更有可能逮到K兽时,他有很好的理由解释自己的行为。

“学会拉模语有什么用？我们要抓的是K兽。”我说，“等他们发展到和地球有贸易往来高薪聘你当翻译时，你孙子的孙子都该领退休金了。”

“当地人对本地生物往往有最深刻的了解，”老刘教导道，“我希望能从他们口中得到关于卡西业多斯的摄食习性、生态位……”

“卡西业多斯？”

“就是我们所说的K兽，它的拉模语名称意为通晓未来之兽。嘿，你想得到吗，拉模语中所有的动物名词都加不同的前缀来区分植食性和肉食性，就和法语中分阴性阳性一样——”

我叹了口气，“那K兽呢？我用不用戴上防咬手套去捉它？”

老刘笑，“放心，‘卡’开头的兽类都是素食主义者。”

而我只学会了三句拉模话：“神保佑终日劳作的人。”“大地接纳每一滴雨。”“永不碰面。”相当于地球语中的你好，谢谢，万事如意。

这还是在老刘的威逼下死背出来的，为的是在与喀卡他们碰面时显得像个地球绅士。

“第一句很好理解，劳动光荣。第二句大概因为多下雨有利于植物生长，可以增加收成。但最后一句你不觉得奇怪？永不碰面，简直像绝交时说的，可它却是高级问候语。”老刘帮我纠正发音后议论道。

唉，看来要捉到K兽还有段日子。

2089年8月1日

今天好容易是个晴天，我搬出了工具修船。老刘靠在船尾帮我递工具。不过和往常一样，他还是分不清十字和一字改锥之间的区别。

“关键是，要知道K兽是怎么预知的。”他企图在拉模星稀薄潮湿的大气里点烟。

“预知就是预知呗，有什么关系。”我半个身子钻进了飞船前盖，“喂，给我那个三极管，红色的。”

“不，区别很大。它们是晚上睡觉时梦到第二天的事，还是危险来临时有一种本能反应？也许是在眼前闪过一系列未来的画面？”

我头都大了。

“你想想,K兽的脑容量不会超过一百毫升,如果未来有无限种可能性,它还处理得过来吗?”

“嗯。”我打着手电筒左右看,“第四个螺丝钉上哪去了?”

“那么人的自由选择岂不是一句空话——未来是固定的。或者,”老刘使劲吸烟,眼睛都鼓了出来,火星还是灭了,“未来依然有无数分岔,而K兽只是提前十二分钟知道它会固定在哪条路上?”

我退出飞船修理口:“省省吧,大师。人家付的定金不是叫你作哲学思辨的。”

老刘把烟头塞回衬衫口袋:“记得我们做过的计时陷阱吗?我有主意了。”

计时陷阱很简单,设定好电子计时器,一到点,笼子就自动锁上。K兽和荷兰兔差不多大,你对它不心怀歹意的时候,在蕨林里走路都能绊到一只。所以我们在林子里布满了这种成本低廉的小陷阱。拉模星人对我们的捕捉行动既不好奇也没有反感,他们对K兽的态度颇有些像地球人看待苍蝇:太多了讨厌,只有几个就随它去吧。

第二天查看陷阱时,电子计时器设定在十二分钟以下的,笼子都没有被动过。K兽好奇地探索过时间设定为十二分钟以上的笼子内部,留下了它们随时排泄的蓝色粪便。

为了证实这点,我重新布置陷阱。微型摄像头正对笼门悄悄工作。果然,所有闯进陷阱的K兽在出口关闭前十二分钟猛然跳出笼子,扭头发出“我看破你的阴谋”的愤怒尖叫后离去。

以上算是两周工作的唯一收获。用其他捕捉方法连K兽的影子都见不到。拉模星人很乐意帮忙,但在老刘问起K兽的行为摄食习惯时,他们会垂下触角走开——相当于地球人的摇头耸肩。

回到飞船上,我试了试启动程序,一切正常。

“你有什么主意?”

“前天你拿着麻醉枪进林子时,K兽为什么会及时躲开?它们并没有看见自己被打翻捉住。如果未来是无可改变的,提前知道命运对K兽没有益处。它们只是知道有可能,记住,是有可能遇到危险。K兽避开了A未来,趋向B未来。”

“那和普通生物的推测能力有什么不同?我们都是趋利避害的动物。”

“但K兽是‘知道’。我们只要给未来一个很大的不确定性,让它无法‘知道’。让我想想,你练过气功吗?”

“哎哟,都什么年代了,难怪都叫你老刘。”我乐。其实他和我一样,才三十出头。

“练气功的基本功是心无杂念，等于心中没有任何计划。连我们自己都不知道笼门什么时候关上，K兽看到的未来也处于一片模糊中。”

“然后在心无杂念的情况下灵光一闪，把陷阱关了？”我笑得人仰马翻。

也许是个好主意。

一架随机数字发生器代替了老刘心目中的禅宗高僧。我看着摄像头传回的图像解释：“只要K兽进入笼子——它没有理由害怕，现在的陷阱没有关闭时限——我会启动数字发生器，当生成的数字同时满足大于一千又是偶数时，笼门合上。怎么样？”

老刘点头：“很好。每次开合陷阱的决定都是万分之一秒内产生的独立事件，我倒不相信K兽的反应有那么快。”

剩下是等待。

2089年8月3日

拉模星的质量比地球小，导致雨点特别大，打在船壳上噼噼啪啪像子弹扫射。

“你这两天和拉模人都聊些什么？”我把脚搁上驾驶台。九个显示屏上蕨叶在摇摆，河水越涨越高，拉模人的村庄传来祭神颂歌。

“他们正在为雨季的来临作准备。”

“储存食物？”

“还有下一代的出生。”老刘冲我眨眨眼，“雨季是拉模人的繁殖季节。你难道没有感觉这几天村子里充满了爱情的气息？”

我模模糊糊想起见到过好几对拉模年轻人打得头破血流。情场决斗？

“对了，告诉你一件事。知道他们怎么看我们那天的飞船着陆吗？”老刘笑，“黑烟是恶魔的象征，所以每次和我们相遇都要请你吃蕨果。那是从祭坛上拿来的，可以驱逐魔鬼。”

“你整天泡在他们村子里，被塞了多少那东西？”

“很奇怪，他们从来不让我吃。”老刘更加快乐，“可能由于我经常参加祭神仪式的关系。”

我哼了一声：“奇怪？我只觉得不公平。”

雨声嘀嗒，显示屏始终毫无动静。我的脑袋越来越沉……

“嘿，捉到了！”老刘猛推我一把，朝外冲去。我抬头一看，几乎每个陷阱里都关着吱吱大叫的K兽。成功了！

2089年8月4日

“它们还是不吃东西。”我告诉老刘。

但他似乎没心思听我说话，一头钻进厕所。

昨天的行动为船上的兽栏添了十四位房客。我们检查陷阱时发现，有些陷阱逮到了不止一只K兽，几乎是个奇迹。作为饲料，我们弄来了大堆蕨果——在偷拍下的野外录像片中，它们的确把蕨果作为主食。可到目前为止，没有一只K兽碰过食物。

“今天他们硬拉我吃了整整一堆那玩意。”老刘提着裤子从厕所出来，哭丧着脸说。

我装出同情的样子：“拉模人就这样告别他们的地球朋友？你们抱头痛哭了吗？”

“别提了。不过你得承认，他们是很可爱的外星人，热情又善良。”他走到兽栏前，“野生动物刚开始不吃东西算正常情况。它们精神很好。”

“不如说是暴躁。”我同意道，甩甩被咬过的手指头，“马上要回去了，如果在失重状态下它们拒绝进食，我担心它们会饿死。”

老刘想了想：“你能让它们进入人工冬眠吗？”

“没把握。我们不知道K兽的生理特点。”我摇头，“或者再过几天，等K兽能正常进食了再走？”

“必须今天出发。拉模人告诉我，从明天起将正式进入雨季，飓风会不停息地刮上四个月。”

我吓了一跳：“这几天的狂风暴雨还不够？”

“到了真正的雨季，连拉模人都要进屋躲避。”老刘打了个喷嚏，“他们平时把淋雨看成洗桑拿。”

我看看外面难得一见的阳光：“好。收拾一下东西，今天出发。”

“进入二级发射倒计时，1200，1199，1198……”

“真搞不明白为什么要二十分钟开始倒计时。”老刘发牢骚道。我们被安全带绑在座位上，像两具木乃伊。

“如果你觉得无聊的话,可以听听催眠耳机,我昨天把它修好了。”我说。

“多么健康有益的娱乐。”他挣出一条手臂去够耳机,“能调出语言收集装置在我们降落前采集的原始录音吗?”

“按蓝色键。”

他闭上眼睛不出声了。

“720,719,718……”

K兽突然狂暴地尖叫起来,爪子摩擦金属兽栏发出的吱吱声刮得我头痛。十二分钟,看来它们不喜欢起飞。

“685,684,683……”

我也拽过耳机戴上,K兽越闹越厉害,很难想象它们的小身体能发出如此大的噪声。

海滩男孩乐队的歌声淹没了K兽的嘶叫。

“21,20,19,18……”

“取消点火!快!”我的耳机一下被人拉掉了,K兽近于疯狂的鸣叫在计算机平静的计数声中回荡。“13,12,11……”

老刘猛烈地摇晃我:“来不及了,快中止飞行程序!!!”

“怎么了?”我努力想挣脱开安全带。

他转向驾驶台:“哪个按键?”

“9,8,7……”

“哪个按键?!”他似乎快哭了。

“右边,绿色长条的。”我回答,“到底——”

“4,3,2——程序紧急中止。重复,程序紧急中止。”

老刘一屁股坐到地板上,发了一会儿呆,哈哈大笑起来:“天啊,只差一秒。你知不知道,只差一秒。”

我总算从安全带里钻出来,觉得莫名其妙:“到底怎么了?”

“我们捡回一条命。”他已笑得泪流满面。

“我的老天爷。”从飞船排气管里抠出十多枚蕨果后,我感叹道,“堵得严严实实的。你还认为他们热情又善良吗？”

“也许是太善良了。”老刘摇头，“我听到录音里称K兽为毛西业多斯就明白了。”

“抱歉，劳驾用人类语言解释一下好吗？”我翻翻眼睛。

“我们降落时，拉模星正处在第一个雨季的末端，他们的交谈里充满了阴性和阳性词汇。但我在这两周和他们的谈话中，这些前缀都消失了，只留下光秃秃的词根。”

“你刚才说，雨季是拉模人的繁殖季节？”我有点明白了。

“不仅是拉模人的繁殖季节，也是K兽的。而K兽的雨季名称为毛西业多斯，‘毛’代表食腐动物。”

“食腐动物？”我感到一阵厌恶，“吃尸体的？”

“动物在繁殖季节里改变摄食习惯是常有的事，”老刘又从衬衫口袋里找出半截烟，“但它们同时具有预知能力。我重新考虑过关于十二分钟时限的问题，K兽可以知道十二分钟后自己会知道什么，这等于把预知范围推到了无限，但它所能看到的未来会越来越不确定。”

我有点迷糊，什么叫“可以知道十二分钟后自己会知道什么”？

“想象一下，你举着个望远镜对准十二公里外的山顶，可以清晰地看见一切。而山顶上也架了一座望远镜，你能通过它看到二十四公里外的景色。以此类推。只是图像质量会持续下降。”他掰掉香烟的前段，“怎么搞的，全湿了。或者说可以用传话游戏举例子。”

“不用不用，尽管例子很糟糕，我还是懂了。”我忙表示。

“现在我知道那句‘永不碰面’的含义了。拉模人在雨季碰到一只K兽，意味着他很快会死去。K兽对于他们是最不吉利的东西，死亡使者，所以平时连提都不愿提起。”老刘咧嘴一笑，“而我们整天忙着捉这些动物，在他们眼里是鬼迷心窍。”

“塞住排气管也是驱魔仪式的一种？”我哭笑不得。

“谁叫我们降落时冒出那么多黑烟？拉模人肯定以为魔鬼住在排气管里。”他耸耸肩。

我绕着船走了一圈，“应该没什么问题了吧？他们不可能在电路板上画咒语图案。”

“让计算机再倒计时一次，一千二百秒时K兽没过激反应就说明安全了。”老刘从舷窗探出头。

我顺着他的目光看去,天边乌云层积。

“1200,1199,1198……”

K兽们像睡着了一样安静。

我松了口气,突然灵光一闪:“老刘!”

“怎么了?”

“随机计数器根本不是捉到K兽的原因!它们是自投罗网的,因为知道我们要死了!”

“你才想到啊。”

尽管被带子绑得动弹不得,我还是能感觉到他那副得意的嘴脸。

“拉模人因为我们捉到K兽而堵住排气管,让我们差点死掉。而K兽因为我们快死了自动钻进陷阱被捉住。喂,到底哪个是原因,哪个是结果?”

“省省吧,大师。人家付的定金不是叫你作哲学思辨的。”结果是老刘得到一次讽刺我的好机会。

“78,76,75……3,2,1,点火。”

舷窗外,拉模星退成了群星中的一点。

“等等,”我又冒出个问题,“既然K兽预知到飞船会爆炸,为什么要自寻死路?”

“你不如问问大马哈鱼为什么要洄游?”老刘松开带子飘浮起来,从冰箱里找了块人造鸡肉投进兽栏,K兽们顿时开战,“K兽为了繁殖后代,不顾一切想接近食物源——你和我。”他冲我眨眼,“伟大的母爱嘛。”

爱情故事

AI QING GU SHI

“二十岁的时候，我相信爱情就是两个人互相坠入情网，然后永远在一起。到了三十岁——”

“得了，你一开始装女中学生就是喝多了。”他说，双手旋转着纸杯，从桌对面望向她。当时已经是午夜，NMRI 室里除了他俩空无一人。

白天挤在这儿的移民局特工和医生都已经离开，他们甚至把在混乱中损坏的桌椅都换新完毕。走廊上的咖啡机里出人意料地还有些存货。她等事情结束后和他溜到大学城附近的酒吧喝了几杯，问题在于她现在记不清“几杯”到底是个位数还是十位数。谁在乎，她唯一想知道的是他是否还在生气。

“再说你哪儿来三十岁，”他笑笑，“除非你的脸在说谎。”

她板起面孔看着对方：“我没喝多少。至少没有多到……”她放下已经捏扁的杯子胡乱打了个手势，又忍不住乐了，“那个程度。”

“哪个程度？”他双手一撑离开桌子站了起来，“我们可以看一看。”

她微笑着向后仰倒在椅背上，看着他走进隔壁的控制室。几分钟后墙面变得透明，她能看见他站在计算机台后面。

“酒精是作用于大脑的哪个区域的，医生？”他问，拿腔拿调。通过播音系统这声音显得可笑极了，她咯咯笑出了声。大脑里有个声音说你今天真是喝多了。

一种轻微的嗡嗡声响了起来，是 NMRI 系统充电启动的声音。

“哦。”他盯着屏幕，沉默了一会儿，然后走出控制室重新坐到她对面。

“我的结果和你的一样，”他说，“我测过自己的。”

你也测试过我，自从三周前开始。从每天一次到每有机会就测一次，就像我偷偷测试过你一样。我翻看过记录，如果我这将近三十年没活到狗上去，相信你也一样。这个大玩具是每个人都挡不住的诱惑。

如果没有那该死的 NMRI 爱情测试，也许现在我们已经在接吻了，而不是互怀歉疚地隔桌相望。

“谁会这么晚还在这里。”他突然开口说。走廊里有脚步声。

她松了口气甚至有点隐隐的感激。“我们出去看看。也许应该先通知保安？”她悄声说，心里却实在紧张不起来。

事情已经结束了。

他摇头，示意她留在室内，推门出去。

半分钟后传来猛烈的金属撞击声。等他奔回大房间，她倒在地上，脑后枕着一大摊血，头上有个洞，还活着。

她一向喜欢大学,特别是天气晴好的日子里。Jenna 压下变速杆,减速通过校门检查哨。看过证件后,两个军服警卫挥手放行。她重新加大油门,随手把烟头掐灭在车载 CD 盒里。反正她没在车上听音乐的习惯。

几个年轻人窜过路面,根据其移动速度判断,他们脚下必定绑着喷气滑轮。这些年来他们又搞出了多少花样,她摇头换回低速自动挡。也好,能让她在正式进入战场前多几分钟时间。

电话是一周前直接打到她床头来的。

“Jenna,我们碰到麻烦了。”

“我记得已经换过号码了。”她说。退役半年,时间并没长到装出忘掉前顶头上司的声音,也没长到他们忘掉她。新搬公寓的电话号码甚至没有登在电话簿上。

“别介意,Jenna。我知道你已经不干了,但我们实在找不到别人来干,你有医学背景,其他人不行。再说这事跟移民局有关,我想你关心这个。”

她直起身,短促轻笑一声:“现在什么事都能跟移民有关。”同时把听筒夹到肩膀与脖子之间,空出手来套上长裤。

“新星移民候选人的档案资料在不断泄露,Jenna。他们有的收到书面或电话威胁,有的报告被跟踪,我们现在不能确定泄密范围有多大——”

她侧头夹着话筒,在半黑暗的客厅里来回走了二十分钟,不时往线圈便笺本上做些摘记。多年的老习惯回来得顺理成章。

他们也不能确定泄密的环节到底在哪里。移民计划的摊子铺得太大,全球十多个国家政府,三百多所大学或私立研究机构,不计其数的工厂制造业。电子文档通过万维网飞来飞去,加密密钥一日三变,但如果真有人决心截取——她耸耸肩,差点把话筒摔了。奇怪的倒是事情现在才发生。移民局把此事的解决期限定在八月五日之前,第一艘载人模拟船发射升空之前。

“那么移民的首批名单是已经确定了?”感觉对方差不多讲完时,Jenna 插上一句。

“初步名单吧,可以这么说。”

“所有第一批跟飞船走的?”

沉默一阵，她站在落地窗前，想象利安——她的前老板——因为不爽而扭曲的下巴。暴雨啪啪敲击的白痕遍布视野。就算大晴天，从北半球也看不到他们打算送人上去的新星，地理位置不对。

南半球也不行，光污染太严重。

“当然也不是不能有变动。”

“确保我在上面。”她说，“明天我就在你办公室里。”

电话那头咯嗒一声。

“你得把烟戒了，Jenna。”

她哈哈笑起来：“我明白，我会戒的。新星政府还不需要抽烟花税。”

第二天她去了局里。利安的办公室还老样子，地毯换过了。

“咖啡机呢？”她问。

“搬走了，除了你没人喝那鬼玩意儿。”

他们在一周内和最优秀的黑客小组一起工作，检查易受攻击的节点，给整整一个排的局级以上官员做测谎实验。追踪威吓电话，对移民中的重要技术人员采取反跟踪保护，检查他们房子里的食品和药物。她拿到数册和电话黄页一样厚厚的、对反移民激进分子的突击审讯记录，没看完前十页就睡着了。

睁开眼睛她去找利安：“我觉得这不像是专业恐怖分子干的。”

“为什么？”

“看看你们已经泄露出去的名单。如果现在干掉飞船驾驶员和后备人员，或炸掉哪个重要设备的供应厂，移民发射都得推迟个三年五载。下届政府还有没有兴趣照样支持也得打问号，但现在的情况是：他们有了总控计算机系统工程师的地址，却没对他的电脑产生兴趣。所以这些移民计划的关键人物和准备当繁殖基因仓库使用的普通船客受到的待遇是一样的，”利安为她的用词皱了皱眉，她摆摆手说下去，“只收到了封措词毫无针对性的恐吓信件。他们原本能利用这些名单走得更远。”

“你的意思是？”

“重点查外围，那些能接触到名单保密级别又不高的项目组。他们资料不全，知道哪些人是移民候选人，但不明确这些人的确切身份。”

排查的结果就是这里。Jenna驶过一大片缀着喷泉的草地，前头有幢看上去有些年头的极简风格建筑，而侧翼伸展出一列新近添加的平房。RPI大学神经生理学研究中心，她能马上说出这些新加建筑的奠基日期：全是移民局拨的钱。

她把车停在大楼左侧的一小片临时停车场上。可以看出为了改建工程将原来十余棵枫树移走了，几辆车都避开地下的积水树坑七七八八勉强停着。一辆甲壳虫，一辆灰色小型福特，还有辆可能是二手的大众，后盖用粉色喷漆画了个大脑简笔画。走近一看下面还有行小字：核桃仁——2021 刻板印象研究小组。

她不由笑出声来。无论这里工作的人是不是在出卖移民名单，他或她都没把钱花在用在上班的车上。

2

不断亮起的兴奋区域集中在左侧海马区
接连不断的短暂闪光像林地中将要熄灭的野火

大厅里冷气袭人，正值暑假没有学生，显得空荡而寂静。她能听到隔壁附属医院的轮床滑过地板的吱吱声。

负责接待的是个面孔带亚裔特征的中年男人，白色实验罩袍，动作相当精神利落，“Jenna·Anderson？”

他们握手，“梅德韦杰夫，叫我杰夫就行，这个项目的负责人。我带你去实验室。”他说。

他们通过安检登上电梯直上三楼，“二楼和四楼是设备层，我们把检测室做成一个普通房间的样子，核磁装备全藏在夹层里。你已经知道我们在做项目的内容了？”

她点头，“我看过你们给 XYM 的报告。”

实际上她和利安都为移民计划中居然包括“爱情测试”项目感到哭笑不得。当然在申报资金的文件上名称更为正式：关于爱情行为的奖赏、动机和情感系统研究。

她在万维网上花了几个小时，研究了几乎所有能搞到手的相关资料，从正式提交 SCI 的论文到万维网上标题为“你大脑化学物质的浓度决定是否陷入热恋”的小道新闻。不过这次除了技术细节外，小道新闻把握住了问题的实质。

他们正是在干这个。给大批受试者看伴侣的图片或回答有关的问题调查，经扫描，受试者大脑的腹侧被盖区(VTA)和背侧尾状核进入激活状态。而且，受测试者在回答问卷时所描述的爱情体验越强烈，CT 图像上大脑相关视域的活动性也越强。设计得很精巧的实验，使用签了合同的志愿者，得出了一些有趣的观察结果，比如说10%的恋人会在二十年后依然保持热恋激情。真是些神话般的幸运儿。还有些社会学意义上的讨论,比如说与离婚率、性犯罪率的联系。总而言之,一个学院式的、少有功利意味的小课题。

在移民局将之纳入行为控制计划以前是这样。

“移民局想通过这种研究得到什么？”

“鬼知道。移民局还赞助过一个类人猿心灵感应的项目,他们不缺这点闲钱。”利安耸耸肩,“总之这个项目组的性质符合你的预期，而且他们接触名单的日期也和资料泄露的时间相符。轮到你上了。注意别打草惊蛇,我们时间不多了。”

电梯外是条光线明亮的走廊。杰夫要求她进入“大房间”前,拿掉身上所有的金属配饰。他解释说:“我想你已经知道了,这就是我们的NMRI——核磁共振室。如果你——”

她扬扬眉毛,“我明白。我以前也是医生。”

如果你身上有什么金属零件走进个大磁场,它会移动起来,路径有时横穿你的身体,非常痛苦的过程。2023年磁芯改良后能得到更清晰的图像,但这种金属活动效应却增强到可怕的地步。动了八年开颅手术,NMRI对她来说早已不是什么新鲜玩具了。

她摘下手表,从包里拿出钥匙、手机和皮夹,放进走廊外侧整排储物柜中的一格。

“换上这个。”他说。

是拖鞋。她心里暗叹一声,脱下有金属扣的中跟鞋。我的确还不习惯走进一台伪装成房间的NMRI里。“你们是怎样向被测试者解释这些手续的？”她问。据她所知当时实验在双盲阶段。

“他们直接从体检中心过来。”他语调开始生硬,推开房门。她在想象中耸耸肩,现在参与实验的已经全部换成从新星移民候选人中抽取来的样本，这帮学院自治主义者肯定有所不满。

进入控制区,窄小的空间里塞了一列计算机操作台和几把椅子。透过落地单向玻璃,可以看到隔壁屋里一个女人正坐在塑胶椅子上接受测试。

两个同样穿着白色医用外套的人坐在台前，其中一个有着引人注目的及腰金色长发，要走近看才能发现她已经不再年轻了。她冲他们抬起头做了个微笑的表情,注意力随即又回到计算机屏幕上。另一个是二十出头的小伙子,手里铅笔头转得飞快。可能是个研究助理,硕士生。她更加热情地向他们露出笑容。杰夫替他们做了简短的介绍。

那个金发中年女人叫丽卡，男孩叫阿平。她注意到丽卡伸来相握的手上没有结婚指环。他们都是神经生理学方面的研究者。欢迎你，以后合作愉快。

“小组里的另一个成员在那边，珊迪。”杰夫指了指玻璃墙另一边。受试者果然还穿着体检中心淋浴室的纸质长袍和软鞋，头发因为潮湿而粘成一缕缕。她一只手撑着下巴，另一只随便搁在桌面上，目光平视不躲闪，显得相当放松自然。同样穿白袍的提问者背对他们而坐，她只能从背影看出这是个与阿平年龄相仿的女孩，身形苗条挺拔。从这个角度也看不清提问者出示的画片内容。

“表面上我们正在做一个人像辨认与自由联想测试。”杰夫说，“碰上有心理学背景的受试者就换另一套备用的说辞。那套画片中有一张是她丈夫的照片。看这个。”

他拍拍研究生的肩，两个人低声交谈几句，随即侧身让出位置：“这里。”

屏幕上是一幅不断更新的大脑截面扫描图像，不断亮起的兴奋区域集中在左侧海马区，接连不断的短暂闪光像林地中将要熄灭的野火。

“代表了什么？”她问。

“她不再爱她的丈夫了。”他说，咧嘴一笑。

她张开嘴上下摇动脑袋，做出“真神奇”的典型表情。杰夫，丽卡，阿平，加上还在观测室里的那个女孩，一共四个。

凭第一印象，她看谁都不像会是出卖档案情报的人。第一印象从不可靠，她提醒自己。

3

一旦呼吸系统改造完毕后他们甚至不能在地球大气中生存
他们是适应太空种植温室的特种人

“听着，这给我的感觉就像闯进普通人家里强行抽血做 DNA 亲子鉴定，然后再召集个家族聚会把结果告诉他们。”杰夫说。

“你的类比不恰当。”她说，“第一，他们全是成年志愿者，在加入移民计划时就签了合同。第二，他们有权利选择要不要知道测试结果。我们会单独为每对夫妇或情侣提供详尽的、针对这个测试的科学解释。你们测试的只是大脑中某种化学物质浓度的高低，这跟爱与不爱或他们的婚姻状况没有直接的线性联系。”

他歪着脸笑笑,重复:“志愿者。”

他们坐在大学城中心的餐厅里，处处可以看到穿着新星移民宣传广告衫的大学生和研究员。壁挂式电视播放着有关模拟载人飞船筹备上天的新闻。有些人脖子上绑着绷带,还有穿着其大无比裤子的,这些人小心翼翼地端着他们各自的特殊饮食穿过人流。

“他们当志愿者时就知道自己要被安上一根尾巴?”杰夫用筷子指点一个站着用餐的男人说。他特制的裤子后头不停颤动,活像关了只猫。四周不断有人看他,冲他竖大拇指。男人也不时停下吃饭微笑回应。

“等神经系统整合完成后这条尾巴可以和手臂一样灵活。在星际零重力环境下非常有用。”她说,“是的,他们知道要进行身体改造,有不同限度的改造合同。那边,”她侧头示意几个从下颚到腰部都埋藏在层层包裹物里的人,“一旦呼吸系统改造完毕后他们甚至不能在地球大气中生存。他们是适应太空种植温室的特种人。”

“如果下届政府不再支持移民计划了,他们是不是得带着尾巴或戴个特种气体呼吸面罩回家?”他说,笑着扒拉盆里的水培蔬菜块,“你有没有听说过,用于移民到新星的钱都够让全世界人民吃饱一年了。”

他在继续挑衅。她想,他不会真的把这些随处可见的稚气反移民理由当回事。

她原以为自己差不多已经被他们接受了，看来友善的前提是别触及学院与政府、移民局扯皮的那条红线。

共同的医学背景使她和项目组成员之间的共同语言不难找,再说她擅长这个:在交谈中让人放松戒备。她的娃娃脸和看似爽朗的性格都是这种天赋的一部分,而且那天偶尔撞破的小秘密也让她和珊迪迅速拉近了关系。

她发现他们之间互相以测试VTA值为乐。扫描方向很容易覆盖测试人员与被试者两者。值班时她发现珊迪在测试阿平的数值。

Jenna早看出他们两个年轻研究生之间也有些别别扭扭。金发丽卡第一印象是冷淡的,试下来反是最容易撬开的蚌壳。她从丽卡那里得知阿平和珊迪原先是情侣关系,后来不知何故分开了。

“你知道我们以前是一对吧,我跟他。”珊迪眨眨眼睛,“丽卡肯定跟你八卦过了,她是个大嘴巴。”

Jenna笑而不答。屏幕上脑截面图像不断刷新,Jenna凭几周的经验也能看出阿平在“热恋中”。

“他数值没我高。尽管我以前也明白我喜欢他胜过他喜欢我,但真的拿实实在在的数据一衡量我就受不了。”珊迪鼓起脸做个鬼脸，“觉得不公平。进这个项目组做NMRI没几天我们就崩了，不过我还是想偶尔偷偷看一眼他的数值。”她拉开抽屉找纸巾。

Jenna拍拍她消瘦的肩膀。

“对了我也要八卦丽卡一下。”珊迪抽抽鼻子恢复正常嗓音，笑了，“以前我跟阿平一起偷偷测过她一回。她VTA值高得离谱，不知在跟谁约会。”

经过这件事后，轮到她当测试员与受试者一起坐在大房间里，她总有点不自在。

处于她的地位，能搜集到的任何信息都是有用的。从“大嘴”丽卡那里的确能套出不少信息，比如某天她不经意地说其实杰夫也交了移民志愿者申请表，不过一直没有回音。

也许他现在的愤怒是由于他的项目组被列入理论研究部分，他只能留在地球上以科研人员的身份参与。他可能是妒忌那些即将飞向新世界的探路者们。

可以成为某种报复式的动机。她半心半意地将这条记下。

移民候选人们依然不断收到信件，其中一名喷气实验室工程师的汽车上发现有炸弹，不过还不能确定是否是独立事件。如果与名单泄密事件有关，证明“他们”已经开始学会如何利用到手的资料，令人不安。

利安抱怨她的调查进展缓慢。你不会把宝全押在我一个人身上的，她回答，我待在这里花不了纳税人几个钱。

“至于我为什么约你到这里吃午饭，”他换了个话题，“我们之间谈过了。他们希望我跟你谈谈。”他从餐盆里抬起眼睛瞟了她一眼，她明白“我们”指的是除她之外的人，“我们不喜欢有心理学家参与进来找实验者谈他们的实验结果。”

“为什么？”

“再跟我解释一遍，为什么你们移民局非得在这个项目里插上一脚。”

“他们希望能用一种科学的方式确定首批移民里的性别比例。”她说，大学城公共餐厅的喧闹使她有点疲倦了，不断扮演一个移民局计划的辩护者也让她觉得累。“还有就是带上已婚夫妇还是未婚的，各带多少。他们想要至少在一代里非常稳定的社会关系，如果全部由感情稳定的夫妇或伴侣组成，这是理想情况。”

“他们指望我们找出那些生理特征对应着稳定长期的婚姻或伴侣关系？”他耸耸肩，好像听到了个笑话。

“所以必须有心理学家的加入，他们会建立每对实验者的生活史。”

“生活史？你们会把事情搞糟的。”他摇头。

“我知道有些事不知道比知道好。”她犹豫了几秒钟，“来这里以前，我在遗传病筛检部门负责门诊接待。”

“那么我们没什么可说的了。既然你们知道会发生些什么事，而你是处理这些麻烦事的专业人士。”他说。

他们沉默着吃了一会儿。

一个表面上看不出哪儿动过手术的准移民晕倒在餐厅门口，大群人火速围上去并开始大声嚷嚷找医生。

“你是医生。”他说。

“他身上的监护系统已经通知医疗中心了。”她说，继续用餐，“他的生理系统跟我们不一样，通常的急救程序反而可能有害。会马上有人来的，一个特种移民值十多万呢。”

“你们对移民的婚姻状况也保持这样的不懂就别干涉态度该多好。”他说，望着两个保安赶开围观者，将移民抬上几乎立刻出现的救护车。

她装作没听到。昨天晚上得到这次进餐邀请时的那种愉快心情已经烟消云散。她原本指望着能谈点别的，某些八小时工作以外的事。

对一个有25%犯有间谍罪(在这种非常时期甚至能成为叛国罪)的男人产生好感，这不在她的计划内。

但VTA值不在她能控制的范围内。

4

有内部消息已婚且夫妻双方都为第一批报名者的情况下被选入移民名单的几率将大大提高

事态的发展没杰夫想象中那么糟糕。

心理学家们的工作室跟他们隔了好几个校区，而移民们的受测试程序是先来“大房间”接受扫描，根据结果再去心理学家的躺椅上倾谈。这样即使他们有要吐露的内容，也绝大部分由心理学家们承受了。除了几个关于“这测试到底准不准？”的情绪激动的半夜电话外，项目组的成员没遇到什么麻烦。而心理学家组的人果然如杰夫所预料的，叫苦连天。

“他们拿工资就是干这事儿的。”杰夫说。

根据谈话整理出的生活史档案会转回 NMRI 中心。半个月后测试顺序调换，先进行个人生活资料的搜集，再将受试人送来做扫描。她看出这批受试人背景与前一期实验对象不同，不再是作为普通移民的技术人员或低级军官。等级明显增高了，她试探着暗示杰夫要加强资料的保密性，杰夫重重点头说明白，Jenna 发现他后来没动真格采取什么措施。

空闲时他们开始以阅读生活史档案和猜测那些夫妇或情侣间的“爱情指数”为乐，甚至会赌上一杯咖啡或可乐的钱。

“记得那对在生存培训班认识的夫妻吗，我们上星期看过档案的。”阿平轻声说。她点点头拉把椅子在控制台边坐下，透过单向玻璃能看到一个中年男人正在接受测试。“这个就是那位男主角。”

“噢。”Jenna 有印象。夫妻双方都是移民候选人，最先报名的一批积极分子。男方是太空建筑水循环系统专家，女方是数学教授，两人都未有过正式婚姻史。在移民局为候选人开办的紧急情况应对训练课上相识，数月后登记结婚。给他们留下深刻印象的是夫妻双方在对结婚理由的陈述上惊人一致：有内部消息已婚且夫妻双方都为第一批报名者的情况下，被选入移民名单的几率将大大提高。

“我记得你赌的是双方 VTA 值都不高。”阿平说。

“杰夫也是。丽卡赌其实他们都深爱对方不过为结婚找个看似理性的借口。”Jenna 说。

“丽卡一直是爱情至上主义者。我跟珊迪都赌一方 VTA 值超过平均线，一方没有。”阿平用铅笔头敲敲屏幕，“上午他妻子来过了。”

“谁赢了？”

“你跟杰夫。晚上的三明治我们请客。”阿平吐吐舌头笑了。

“还有一对呢，我记得我们也下过注。”Jenna 翻看测试名录。

“就是那对丈夫是空军预备役，妻子是还没毕业大学生的那对。她自述在没确定丈夫不会抛弃她前不会跟他去新星移民生孩子。”阿平点头，“我记得。我们好像都下注她的 VTA 值比她丈夫高。”

“只有杰夫赌他们相爱。”Jenna 笑起来。

“结果谁都没赢。”阿平敲敲键盘调出记录，“看。”

她 VTA 在线下，她丈夫远超标。

Jenna 侧头仔细想了想，笑着摇头，果然世事难料。

“不过我们终于碰上了一对结婚超过二十年的、夫妻双方都深爱对方的例子。

就在昨天,杰夫和我值班的时候。”阿平拍拍玻璃,示意测试室里该换人了,“丈夫是移民局航天发射基地官员,妻子在大学里认识的,典型的郊区家庭主妇。证明还是传统的社会结构稳定啊。”他站起身来穿实验罩袍准备换班,“对了,这些人都分在‘被告之实验结果’那组里。我们倒还能为他们知道测试结果后的反应下个注,赌注是谁整理实验报告好吗?”

Jenna一愣。

“利安,事情再不结束就要失控了。”

“怎么了?”

“一团糟。如果那个泄露情报的人真的是这个实验组的成员的话,按以前的实验程序,他们只能知道哪些人是移民。现在心理学组的加入使他们什么都知道了,职位,在哪个部门工作,跟妻子或丈夫的关系怎么样,想不想去新星,对飞船点火那一刻紧张到什么程度。刚才我们就围在一起拿这些东西当《读者文摘》消遣。下一步他们还得把测试结果告之当事人并追踪结果,这样连移民的对应住址都保不住了。”她又想抽烟,喉咙直痒痒,“我想这里发生的事我们至少得有个优先权。先让移民局别管那些可笑的挑选和睦百年夫妻上新星的事了,让心理学组的人走开。”

“上次那个喷气实验室的炸弹的来源查出来了。”

“嗯?”她停止在外套的每个口袋搜索。

“跟威吓信有关系。具体的细节不能在这里说,这条线路的保密级别不够。总之局里同意你的假设成立的可能性非常高。”

“就在这四个人里?”她无声叹了口气。天台上阳光明媚,没有风,一片寂静。从楼顶高空俯视校园是一片片交织的绿色。她还能听到脚底下设备运行传来的轻微嗡嗡声与震动感。接触几周后,你就很难把他们当成嫌疑人ABCD了,就像你很难对自己的熟人下刀做手术。

她也就干这最后一次。

“至少和项目组的人有关系。”

“现在送来的受测试人都是什么身份?”应该早点想到的,她感觉自己迟钝了。资料泄露案当然比某个行为控制项目重要。这几天来NMRI的人可能都是经验老到的特工,双向玻璃墙两边不知道是谁观察谁。

“都在控制范围内,Jenna。”利安说,声音嘶哑,“他们已经派出一个行动小组待命了。你可以参加。”

5

她的目光跟随着数值曲线一路上升
这时行动小组冲进来了

第二天大房间的日程安排是给“模范夫妇”中的丈夫做扫描。她很晚才到，进控制室时其他三人都已经坐下了。丽卡不在，杰夫说她去拿备用电源：计算机某个插座有点小问题。

昨夜她整理了这几周来的工作成果。不是扫描一对对移民以证明爱情的存在与否，而是一堆窃听磁带，通过银行查到的项目组成员的信用卡账目信息，上网记录，林林总总全都打包成文件。既然打算下手抓人，这些资料估计利安也不会看重，但总得证明自己工作过了吧。她无奈地笑笑，希望他们出动时别惊吓到两个学生，几乎还是孩子呢。

“拿来了，后勤处明明有两个不给我们领，说要留给附属医院。”丽卡回来了，手里晃着一只电源盒。他们开动了机器。

十点差五分时局里的人马到了楼下。Jenna 借故出 NMRI 室与利安通话。

“他们要上来了，直接冲进去。人全在里面吧？”

“全在。”她说，“还有个受测试人也在。他不是你们的人吧？”

“什么？”利安捂住话筒与人交谈了几句，“当然不是。我们会注意的，我们带的全是麻醉类枪械。”

“枪？”她失笑，“NMRI 室里不能出现金属物体，那个屋子其实是个核磁扫描筒，你们只能空手进来。”

电话那头沉寂了一阵。“你熟悉程序，如果突然断电中断扫描会不会引起——”

“这里的设备很值钱，他们有断电保护系统。”

“好吧。你回去，照常工作，我们一会儿进来时配合一下。”

她回到 NMRI，正赶上对“模范丈夫”的扫描开始。人都在，丽卡在玻璃幕墙那边为受试人出题。

杰夫给她让出屏幕前的位置：“看看爱情的奇迹。心理学组的人坚持要我们重复做一次，他们想把这对作为典范来重点分析。”

她的目光跟随着数值曲线一路上升，这时行动小组冲进来了。

事情结束得非常快，他们果然没有带枪，几分钟后“模范丈夫”就被按在地下，上的是隐形拇指铐，衣袖一拉下来就看不见了。移民局出了内奸还是得保留点面子。塑料桌椅在混乱中发出“咣”一声巨响，不知谁踢的。不过有裂缝的桌椅马上由局里的人换新了。

丽卡捂着嘴一直靠墙站着，吓呆了。其余三个等冲突结束后才拧开观察室的门跑进NMRI室，眼睁睁看着一队人把受试人押走。杰夫上前想说什么，利安拿出证件低声说了几句，他茫然看到Jenna跟着警察头子走出去了。

“你们早就知道。”她说，“你们就是要找一个顺理成章让他身上没有武器的时间地点。他是什么人物？”走廊前头走着行动小组，中间是还穿着白袍光脚的犯人。她没几分钟了。

“反移民激进组织的炸弹专家，有内线情报说他身上永远自杀性炸弹不离身，模拟飞船上有他的作品。我们一直在怀疑他，直到两天前确定了他的身份，得抓活的。那你是什么时候知道的？”利安摸出烟，递给她一支。

“你打给我的第一个电话。你说要找一个有医学背景的人，当时你们应该对这个实验室什么也不知道，我就明白有事不对劲了。”她挥挥手，烟自燃起来，香得她快掉泪了，她真想狠狠吸一口，一直吸到肺叶深处，“为什么连我都瞒？”

“你知道局里做事原则的。你要管的是抓这里的内线。”

她无奈地笑：“是啊，我没必要知道。”

利安竖起一根手指：“还差最后一步，我们的交易成交。模拟船发射成功后会公布第一批移民名单。”

她掐灭烟，笑起来：“我已经六周没有抽烟了。”

6

你们的实验有个致命弱点
只能测出谁在热恋状态，测不出爱的到底是谁

睁开眼睛是明亮的光。她伸手摸到床侧的升降按键，让自己半坐起身。头沉甸甸的，伸手摸摸是包扎得严严实实的纱布，没有疼感。他们把头发全剃光了，这她倒不在乎，只希望头上的这个洞在移民飞船起飞前愈合好。

她知道自己不会死，即使在NMRI冰凉的地板上感觉血和脑组织往外流的时候就知道。当了八年每周都做开颅手术的神经外科医生，对伤势的这点判断力总是有的，更何况附属医院就在隔壁。

第一个来看她的是利安。杰夫一直等到他离开后才进来。

“我问过医生,你不会有事的。下周就可以出院了。”他在床边坐下。

“谢谢你来。”她注意到床头柜上的花和卡片,“花很漂亮。”

两个人沉默了一会儿。

“那个金属片是计算机电源上的一个零件。不知怎么会跑到大房间里去的。应该是个意外,我们打算以后搞一个金属物预警装置——”

“让丽卡不用担心。”她打断他,“她不会有事的。”

杰夫的脸白了。

“我是安全局的人,你已经知道了。或者说以前是,我两个月前退役了,这次他们只是让我临时回来帮个忙。”她提醒自己注意语速,钟就挂在对面墙上,“这几周来我窃听了你们的电话,你们的 E-mail 我先看过,还有很多诸如此类的事,为了查出移民名单是从谁那儿泄露出去的。”

“他已经被捕了。”

“那位模范丈夫。是,他是航天发射基地的中将。他和他妻子的 VTA 值很高,丽卡的 VTA 值也很高。你的也很高。看,”她将一只手举到面前,像孩子数数一样挨个弯下手指,“你爱丽卡,丽卡爱的是那位中将,中将爱的是他的妻子。丽卡一直以为中将爱的是她,所以配合将在项目组实验中接触到的名单泄露给他。你们的实验有个致命弱点,只能测出谁在热恋状态,测不出爱的到底是谁。这种局面一直维持到第一批移民者的名单正式下来,丽卡发现她的名字不在上面。中将和他妻子的在上面,中将对名单有影响力,而他最终决定还是带她走。于是丽卡出于怨愤带着一个金属片进了 NMRI,可能是借故拿备用电源时带进来的,想趁检测时干掉中将。没料到机器没开动几分钟,行动小组就冲进来逮捕了他。

“她在混乱中将金属片落在实验室里。这天剩下的时间我们都没再开动机器,直到我们打算玩个调情小游戏。”她指指头上的包扎物,“我头上的这个洞的确是意外。”

杰夫搓着手,若有所思的样子,“你跟刚才出去的那个老头儿都说了?他是警察。”

“都说了,丽卡可以没事。”她说,又瞟了一眼时间,“只要你说出模拟飞船上的炸弹在哪里。还有五十分钟,应该足够拆弹了。”

他一下站起来,她直视他,“你跟中将和丽卡一个月中通了一百六十分钟电话,用的是保密线路。我还保存着你们之间的邮件。你也是他们的人。利安就在门外头,告诉他炸弹在哪儿,你们都会没事的。”

“你凭什么想保住我们俩。”

“我的 VTA 值很高,该死的,我喜欢你。”她毫无笑意。

他在窄窄的病房里转了几圈:“我能相信你们吗？我怎么知道不是一说出来之后照样被捕。”

“利安欠我一个情。我退役是因为一件事故,他保住了职位,我担了所有责任提前退役。接受这笔交易算他清了债。”她说,“再说你也只能试一试。”

他愣了一会儿后猛然推门出去了。她闭上眼睛靠到枕头上。

等他回来,她会告诉他说,他现在也上了第一批移民的名单,丽卡没有。这也包括在与利安的交易中。她会担任船医,登陆新星后她会开一个小诊所,需要一个有医学背景的助手,他非常合适。Jenna 知道他喜欢她,虽然没有对丽卡的感觉般强烈。他们以后会相处得不错的。

昨夜的那句话她没有机会说完:二十岁的时候,她相信爱情是两个人互相坠入情网,然后永远在一起。到了三十岁,她相信爱情就是占有。

火烧上海

HUO SHAO SHANG HAI

奇点科幻丛书｜第一纪

1

在可以预见的很长很长一段时间内
这座城市都不会有人开车了

他从来没有想到过,混凝土也可以燃烧。

李路站在五角场立交桥下仰面朝天,黄色夹杂蓝色的火焰围绕桥柱一路上升,黑烟与气流卷起无数细小的垃圾碎片又立即点燃了它们,一群闪闪发亮的火昆虫。桥体像浸过水的饼干一样缓缓变软下垂。他注视着不远处的桥面砸到下层路基上,路上停滞了数周的汽车终于移动起来,像滑行的彩色糖果,掉进路面裂口。沉闷的一声巨响似乎过了很久才传过来。

他感到风扑打着脸,身后的烫伤隐隐作痛。站在十二车道的市中心,至少眼下可以不用担心有车冲过横道线来撞他。在可以预见的很长很长一段时间内,这座城市都不会有人开车了。

如果天黑前他没能马上找到上海仅剩的另一个活人——温世东——前 FD 大学深受学生喜爱的选修课教授,李路想,也许这些街道上永远不会再重现车流了。

火焰吞噬一切。

2

主建筑物果然已经烧得只剩个空壳子
楼梯口和窗户都像张张熏黑的大嘴

数周前。

李路的车开到衡山路靠近第一食品店的那个三岔口就被拦下了, 一群围观的人站在警用黄线前叽叽喳喳一脸兴奋。他钻下车拿证件给路警看,得到的回答是:“人可以过去,车不行。”

他摇头,回车上拿了些装备。

“哥们,是不是美国总领馆烧了?”有人拍拍他车前盖大声问。

李路没搭理,背上书包碰上车门顺着衡山路不紧不慢走了。

下个十字路口已经能看到辆消防车火红的屁股, 一转弯更是半条街都停满了水罐车。这地段正修地铁,地下供水系统不正常,只能靠附近调水救火。李路估计如果起火时间是午夜,现在天都大亮该烧的也烧得差不多了。迎着风口可以闻到些微微的煤焦味儿，再往前走开始热闹起来，警车和消防车满满当当塞了一路，人来人往。他这个没穿任何制服也不像披头散发瑟瑟发抖刚从火场里救出来的人显得分外扎眼。

平时紧闭的大门今天总算开了，李路靠证件和一句“找老刘头！”顺顺当当进了总领馆。他记得这是幢漂亮的老式洋房。曾经是，现在花园绿地全被消防泵压痕和脚印糟蹋得不成样子，四面漫着水和烟灰。主建筑物果然已经烧得只剩个空壳子，楼梯口和窗户都像张张熏黑的大嘴。

消防员还没走完，一些穿着橘色石棉防火服的正提着便携式灭火器到处游走扑灭隐火。李路站在那儿看了几分钟，肩被人拍了下：“喂。”

是老刘头。“怎么才来？”

“美国人才是人命啊，刚从黄浦新城赶过来。别提了死了十来个，全是烟逼上顶层闷死的。要是剩下还有家属可以告物业锁天台门了。”他耸耸肩，“这儿有伤亡没有。”

“人倒是全没事，全跑出来了，现在统一住在对口医院里观察。他们火警感应装置及时响应，自动报警。不过等到消防赶过来已经控制不住了。”

他们边说边往现场走，老刘头跟个从臂章上看出是消防队长的说了几句，对方刚从火场退出来还戴着头盔，挥挥手做了个手势。

李路知道这是“想进去看就看吧，不过小心”的意思，也扬手摆摆示意明白了。老刘头腰上铃声直响。“你去吧不用跟着我，”李路推他走，“这儿建筑质量总算世界发达水平了吧，真金不怕火炼！”老头儿就出去了，背影摇摇晃晃显出近七十的年纪。

一楼原本是大厅，大理石地板上的烟黑被消防用水一冲显出一道道的白痕。墙壁表面的装饰材料大多熔成黑胶状的一团团。李路打开刚才老刘头塞过来的建筑图纸，(真不知他哪儿这么快就搞到手的。)搔着下巴琢磨了下，朝备用楼梯间走去。

楼梯看上去还结实，他看了看墙和地面，这块儿火烧的温度还没达到让混凝土变性的程度，于是放心地踏了上去。刚才黄浦的情况就比这里糟得多，新城那片儿的房子大多是一间大套间划成十多个小间租给刚毕业的大学生或打临工的，相当于统统塞满了易燃物。消防车一小时后才赶到，这点李路倒不怪它，最近一周上海的失火率跟抽了风一样。救火用的水是直接从附近一道死水景观河道泵上来的，总算冲走了大量由塑料板燃烧而起的毒烟，留下的气味也不好闻。他在一堆堆烧得不知所以的杂物中翻找了半天，这时段他心知肚明指望不上排进实验室化验的名单了。

最后看出来火源是个没拔插座的电热毯。他站在一摊污水里，鞋子是潮的，袜子也是潮的，物证袋也是潮的，封口左拧右搓都搞不开。他就提着截半焦的电源线冲外面大骂了句滚你娘的。

跑火场十多年死人不是没见过，不过顶层挤着的那十四个人平均年纪不到二十五吧，算进“8.23”特殊火灾受害者还能多赔点儿。他扔掉手里的东西往外下爬，是二房东在两隔层之间自己搭的小梯子，结果平时顶住梯尾的柜子救火时被挪走了，他差不多两天两夜没睡稀里糊涂也没留意到，结果砰一声摔得他几乎直接回老家。

这时老刘头的催命电话来了，美国总领馆出事，速来。

到了二楼光线一下明亮了许多，因为建筑的前半部分经不住火势已经塌了。站在二楼楼板上直接可以看到下面花园里正在撤退的消防队和越来越多的警车。他仔细观察承重墙和梁的毁损情况：刚才一下已经够受了，他不想升级到2.0版。从大致损毁程度一下判断不出和底楼有何区别，如果是人为纵火起火点可能不止一个。他上下扫视家具、地板和斑驳的墙面，随着碳化程度慢慢往前走。自动灭火系统起过作用，每个喷头都启动过，这里大量纸张等易燃物堆积也不少，李路不时停下冲“V”字形烟迹或倒塌的家具拍快照。昨夜的风向是东南，判断起火点从来不是件一目了然的事，他知道这次出结论更得慎重。

前面传来“啪”一声响动。李路吓一跳，可能是火场里刚才还撑得住的某面墙现在要倒了。考虑到现在情况的特殊性，更糟的可能性是：某个被消防队遗漏的幸存者，或纵火犯回来观赏现场——犯罪心理学教材上这事很常见，李路也真碰上过两回。

一时间他把手按在腰上，硬邦邦的只是手机而已，又摇摇头尽量不出声地向前走去——现在就把警队招上来未免太小题大做了点，八成是又倒了件家具，但此时他也心里着实后悔没问老刘头要警用装备。

绕过曾经的某堵装饰性的隔墙，他确定了刚才制造出响动的原因，一时间不知该如何反应，一个小个子男人抱着左脚靠在墙上，嘴里骂骂咧咧，对他的出现也只是翻了翻白眼。

“什么人？”李路喝一声。

小个子伸手摸兜，让他紧张了一下，掏出来的是个皮面证件："我是复旦的，教语言学。刘老知道我在这儿。你能不能过来帮我把这该死的椅子挪开？"

3

火灾以这种速率发展下去
上海不出一周就会烧成一片焦土

把一堆采样瓶和物证袋交给老刘头后李路就脱身了。老刘头没和往常一样跟他讨论分析几句起火的可能性，八成是当场人多口杂不好说。后头的事就由化验室接手。老头儿告诉他给十二小时假，回家补个觉吧。这还是李路亮了后背早上摔出的一大片淤青加一张苦瓜脸换来的。

温世东在交通封锁线的那头等他，他开的居然是辆拉风的吉普，在当下非常时期有点像军用的，而非文科教授的自备车，招来不少闲人围着看。见来人又呼啦一下散了。前窗上有俩刚喷上去的大字：烧光。锃亮的车门上也多了数个鞋印。温世东耸耸肩，好像见怪不怪了。俩人开出一段路找了个小馆子坐下。

"你跟老刘头怎么认识的。"李路问，端上来的菜软趴趴地摊在盆里。重点路段禁止明火的后果，微波炉菜系。

"以前来学校给学生办消防培训的时候。你呢，你看样子不是警队的。"温世东夹起一筷子打量再三又放下了，李路不管他吃得稀里哗啦，鬼知道一出现场下次能吃饭的机会在哪里。

"以前是，我火场鉴证是刘头带出来的，后来辞职了帮保险公司调查火灾骗赔。这段时间调查组人手不够，我算回来帮忙的。"他解释完瞟对方一眼：该您了吧。

"我就是对这阵子火灾群发现象比较好奇的——观察者。"

这词超脱得李路差点喷出来。现象，观察？真该让教授先生去看看黄浦新城顶楼那十多个死人。

"那您对现象观察出什么结果来了？"李路问，一面想老刘头是出了什么毛病允许他在火场里乱跑，尤其是如此重要的火场。

"这次的火灾突然增多是种奇特的现象。"对方拉开讲课的架势，"首先，你得承认这段时间，本市突然增加的火灾都是非常的。按照往年的统计，八月的火灾发生率在三百四十起左右浮动，即使算上今年夏天降水不多以及台风过境的影响——"

李路打断他："行了我这几天听的报告会开头全是你这样的，直接上重点吧。"

“异常之处在于,几乎所有起火时间全都接近午夜零时。说接近因为从起火到被人发现报告之间有个时间差，可能有些郊区没有造成重大损失的火灾在早期都漏报了。我这里有个时间表。”温世东从一直背在身后的学生式书包里拿出个文件夹。

“等等,你是从哪儿搞来的数据？”

“新闻。还有现在网上有个民间的火情互报系统,即使排除了正常失火以及有人趁机纵火吸引注意力之外,数据的走向也是相当明显的。”他打开文件夹。

李路尽管觉得这种民间爱好者式研究有点滑稽,还是忍不住伸头去看:图表从火灾发生时间、地点、造成损失大小等方面汇成了一幅三维曲线图。

不用高深的数学模型知识,他也能看出,火灾的数量逐日增加,且范围一直扩大。黑点均匀地布满了浦江两岸,大致集中在市区,在上海市行政区线外戛然而止。图表最下端一列数字是目前为止每日火灾统计数,让他吃惊的是有今天的,还是清早。他知道局里的统计都没出来呢,算是预测？

“引起我兴趣的其实是一个数率上的巧合,”温世东说,脸上都亮了,“你知道我的专业是现代语言学——”

此时李路腰间的手机鬼嚎起来,他一低头立即骂出了声:“十二小时个屁。”三下两下扒完碗里剩下的饭扔下筷子,“又要出现场先走一步。”

“喂,留我个电话,我可能有些事要——”

李路犹豫一下写下了自己的工作电话。

当天夜里他庆幸自己与那位古怪的学者保持了联系，因为回到指挥所墙上新贴了张他分外眼熟的统计图表，并且局长敲着桌子宣布：火灾以这种速率发展下去,上海不出一周就会烧成一片焦土。

到局里点过卯后的一整天，他只能放弃了自己开车，挤在消防车上追着火场跑。路段封锁得越来越多,短播新闻里说已经从邻近几省调拨消防车及人员赶赴上海,医院烧伤科病床一直摆到大厅里。网上传闻也开始乱飞,说是有个连环纵火集团正在作案,还有说是某方面在试验最新式武器的。

晚上七点,他回火情控制指挥所补充装备,一进门就看到最新的统计数字:成灾一千二百五十八起。

他一下就蒙了。

温世东的数字是一千二百四十五起。

“丫的震撼了吧。”温世东说。

“震撼。我第一反应是报警,你就是那个连环纵火的。”李路说,跨过一块焦木,“后来想想你再分身也忙不过来放火。”

他们正在远郊检查一片烧过的废弃厂房。这里平时只是用来堆些农用工具,火势起得快也熄得快,只烧掉点不值钱的板子和化肥袋子。已经是一天前的事了。当地人看到新闻说不明起因火灾上报有奖,才打了电话。他昨夜饱饱地睡了一觉,火情升级后他经过老刘担保的政审就不够格了,被降到只能处理些外围小案子。老刘头担心他闹情绪还打个电话通知,李路倒不在乎,每日津贴照领就行。他饶有兴趣地打听温世东的事。老刘头说他也是被前一天温对成灾数的预测震惊了,同意他进入火场以验证什么“汽夫理论”。李路知道他八成听岔了。

那温世东到底是什么身份。李路问, 老刘头承认他们已经对之展开了背景调查,单纯的学者型人物,平时言行先锋派,挺受学生欢迎的。你明天起就留意着他,老刘头说。

知道。李路应了声,夜色里传来远远近近的警报声。

“看那里!”温世东指向原来墙面所在处的一团焦黑,“是不是从那儿烧起来的?”

李路扬扬眉毛:一般外行人看到烧得最黑最破烂的地方就会以为是起火点,而这有时也是对的。不过现代建材里大量会造成闪燃和爆炸的物质使判断变得不可靠起来。

“唔。对了,那个汽夫理论是怎么回事。”

“有个美国语言学家乔治·金斯利·齐夫,他在上世纪40年代提出一项理论:在英语、汉语这样的语言里,最常用的词最短,单词的长度与它的使用频率成反比。”温世东解释说,自己朝墙角处深一脚浅一脚地走过去,李路留了只眼看着他,同时在内心觉得这事是个人都知道还用得着语言学家来再说一遍。

“我们管这个叫最省俭原则。人都是懒鬼,越常用的词,就尽可能扔掉这些词汇中多余的部分,只留下足够的区别性成分。”温世东蹲下冲墙角看了一会儿招手让李路过去。他注意到教授先生自己没动手碰过火场的东西,“以前有人做过英语的这方面统计，得出过单词长度和词频的对应参数关系。我觉得这个概念相当有意思，中文的参数还没人做过。我业余用辞海词条的数据库搞了个初步的统计软件，结果目前搞出中文普通话的最省俭原则参数在1.56到1.57之间浮动。”

李路读书时的数学成绩离天才怎么说也是有段距离的，但这几天对某些数据实在灌了满耳朵，不敏感都不行：“你就靠这个拿出昨天的一千二百四十五起？”

温世东耸耸肩，示意李路看他所指的地方：一团黏在墙上的灰状物。李路用镊子拨开表层已经碳化的部分，心说这次他撞上了。是个化油器，已经变形了，但看了半晌他觉得背后直冒冷气，然后拿来个证物袋将之装起来。

“你现在肯定不信，我刚开始也不信。这几天火灾数量上升时我怎么都想不到其中会有联系，直到网上开始出现统计数字我才觉出这事挺奇怪的。反正我上课的北配楼失火暂时调课我有时间，就开始四处逛火场找人打听，找些城市火灾的资料看看。我的假设是，物体正按‘最省俭原则’参数自燃。”温世东还在说，李路已经心不在焉了。

化油器起火不是件新鲜事，在他的“车辆起火十大常见原因”列表上，但手里这个喉管部件整个显金属熔融状态不常见。他对车辆部件相当熟，有业务需要也有自己有兴趣在内。这种化油器型号很老了，可能是哪里淘汰下来就当成了改装农用机的零件。记着要实验室查下它的物理性能参数。

“是不是都像自燃的？”温世东一句话差点儿让李路吓得跳脚。自燃，特别是人体自燃之类的现象算是他听得最麻木的传说。为了追查近阶段火灾的密集式发生，各种各样的假设全提出来了，都在问老刘头要证据。不过他们不得不承认大部分火灾没能找出原因。像美领事馆的起火点是一口文件柜，黄浦新城的是一条电线：看似正常但用脚指头想想也明白，八月天谁会用电热毯。能找出原因的全是波及蔓延到的。自燃这个词开始越来越多出现在口头，他不知道离正式出现在官方文件上还有多久，以及谁能接受这种解释。

现在手里的东西似乎又是件不可以常理解释的东西：要把合金材料搞成一团面糊糊状简直像刚从宝钢炉子里掏出来的一样，哪儿来的高温？

“走吧，咱回城。”李路不置可否。回城一路上无话，车载广播里要求某队赶往哪里哪里的调度报告互相重叠。他把开始走火场以来的记录册子扔给温世东。肯定是违反纪律了，不过他现在觉得无所谓。这些火灾是哪儿冒出来的他也一遍遍在想，他明白每个人都在想，只是工作时有纪律管着嘴罢了。

现在已经是人心惶惶。在火车站与机场值勤的熟人说那里已经是一团混乱，而他也见过一些居民开始停工停学拿着灭火器守在家里。紧急办起来的防火与救生训练没人去，因为都怕一离开家也许就烧起来了，而救火车早已供不应求。因为某些重要地区的禁明火令，包装食品和水开始脱销。有内部消息说水和电力供应已经撑不住了，大型制造企业全部停产以供应民用。不停有消息说纵火分子已被逮捕并枪决，更离谱的谣言是关于午夜装载着燃烧弹的幽灵轰炸机的。

词语自燃这种事听上去的荒谬程度至少差不多。李路耸耸肩。

他老家来过电话让他回去避避，消息尽管严格控制也都传出去了。

靠近城区路堵得严严实实。他爬上车顶一望，到高速路收费处还有数公里。他打电话回总局找一个熟人："沪宁高速路口那段发生什么事了。"

"你卡那里了？"

"堵了有一百多辆。我得回去。"

"得，要不走回来，凭局里的证件过检查处，回城再找辆车进市区；要不就回头马上找地儿住下明天再说。今天是没指望了。"

"到底出啥事儿了。"

"几千辆车烧在马路上。听说港区那儿也出了问题。今天乱得一塌糊涂，武警都出动了。"对方压低了声音，"有传言说是要封锁。你考虑下暂时要不要回来。"

他挂断电话愣了愣，回头碰上温世东从记录册里刚抬起的眼睛，居然满是兴奋的笑意。

他真想一把掐死他。

5

如果能找到每天自燃词之间的联系也许能推测出下一个自燃词
唯一的规律是每天的自燃名词都在缩短

老刘头的电话不通，他也闹不清是卫星通讯已经不能正常维持了还是事情有何变动。从城区方向飘来的风里有股焦味，他觉得同时看到了几线烟柱消散在空中。被挡在收费站外面的司机多数在情绪激动地打手机，一小群人围在玻璃亭外头，隔得太远李路听不见他们在争什么。不过想想也知道。如果没有武警过来可能局势早失控了。

"你手机还能上网吗。"他问温世东。

"试试。行。"

“看看到底出什么事了。”

温世东低头捣鼓一阵:“情况不妙。很少有人更新火灾信息,也找不到多少新闻图片。”

李路知道这不代表火情减缓,而是烧得他们已经顾不上了。他们把头凑在一起看了几条简讯，某条街上十多辆车焦黑的残骸，其中一辆冲入路边一家店面落地窗,地下碎玻璃闪闪发亮。看不到有没有人员伤亡。让李路寒意阵阵的是画面里既没有救护车也没有警车。

这时李路手机响了,接起一听是老刘头,“你在哪里。”

“沪宁高速路外头——”

“待在原地别动,会有人来接。注意温世东。”

结果他们老老实实待在车里直等到接应来。外头暮色四降,大多数司机发泄完情绪后也回到了各自车里,有些调头往苏杭方向开走了。剩下的待在原地像搁浅的死鱼,城里方向的夜空一片黑色。李路觉得异样,愣了愣想明白八成是升起的烟灰挡住了平时暗红色的光污染。他突然觉得至今为止,或者说至昨天为止(他们今早出城后就对信息隔绝了)，像水力发电这些重点机构还没遭到破坏真是天大的幸运。

如果真像温世东所说的,按词语顺序挨个烧起来。这位语言学教授继续研究着记录册,他在寂静中又反复琢磨了下这个念头,不寒而栗。

来接应的人是便衣,李路好说也当过兵,一眼看出来人大热天长衣长裤的都是藏着重型家伙的。短暂亮过证件后他们立刻把温世东包在中间,李路也明白了,价值重要的是温。

他们步行走过收费站,上海市内那头的公路上也停着一眼望不到头的车,大多里面黑黑的也看不清有没有人在。夜风很大,把几扇没关严的车门吹得咣咣直响,车主似乎已经弃车而去。

在一段支路上他们上了车,不过开一段就得下来步行。便衣中的头儿解释拖车出去清理路面太引人注目。李路心想这路况拖车能不能开出来还是个未知数呢。到处是奇形怪状的金属堆，十多小时前它们都还是汽车。夜间供电似乎只能勉强维持,民宅很少有亮的灯光。空气潮湿,下午可能有过一场雨,把燃烧造成的烟尘压了下去。李路印象中上海市区从来没这么安静过,人都不知跑哪里去了。一路上经过的超市和便利店都门户大开，货架上的东西一直散落到街上，李路注意了一下，被丢下的全是些日用品。食物和水是抢手货。夜色中街角路边有些阴影，他认为是死人。至少现在没有臭味。

领头的接到某个电话后领他们迅速拐上了另一条小路，警卫们拔出枪来将他们俩围在中间靠墙站着，要求噤声。隔了几条街，也能听到混乱的人群经过发出的惊人声音，还有火光。他们还在放火，李路想，也明白了看似消失的人都去了哪里。

指挥所在某个不起眼的小楼里，李路觉得四周眼熟，想起几天前美总领馆失火时自己来过附近。情报研究所，当他看到被拆下的牌子背面冲外搁在走廊上时，终于认出来了，这可能是市内光纤网络最牢靠的地方。

老刘头坐在会议室里等他们，窗户都封上了。室内灯光明亮得李路一时睁不开眼，等适应后发现房间里还有几个人，都不认识，不是前几天火情控制指挥部的。老刘头看上去九天九夜没合过眼了，脸色像随时可以心脏病发作倒地死掉。

他们一进来门便被关上。

“温先生，你对换城方案怎么看。”长桌另一端有人开口问。李路望向老刘头，发现他也正盯着温世东，没有为双方做个介绍的意思。他们原先就都认识，他明白过来。

“我不知道。”温世东犹豫几秒钟后说，“理论上语言对现实的作用是通过人来实现的。也许会有用，但我们不知道现在状况其中的机制。”

“今天的自燃词段是1997，圳鼎，自动化设备有限公司，HIN C76AUJb，化油器。也许还有‘二手’。调查很难进行，市里的情况你们刚才进城都看到了。我们没办法证明数字与英语字母的字段是如何计算的。”发问者说，“我们不知道还有多少时间。”

“如果能找到每天自燃词之间的联系也许能推测出下一个自燃词。”温世东说。

“目前为止都是工业型号专有名词，计算机也找不到任何相关联系。”

“已经把工厂相关人员都隔离了。”一人出声说。李路看得出他也是公安系统的，“查不到他们之间有什么联系。”

“唯一的规律是每天的自燃名词都在缩短。”温世东说，“如果缩短成四字词或三字词，比如说‘荧光灯管’或‘矿泉水’就完了。我们甚至不知道这些词缩短的速度。”

“如果要疏散，午夜一过就必须开始。”另一人说。他不断接电话，听完一个一声知道了再接下一个。

李路想了想，至少得知道明天烧的是什么，才能动手把烧剩下的东西抢救走。从刚才街上的所见所闻来看，他对这座城市眼下的消防能力很没信心。

6

所有的街灯与灯箱广告都在熊熊燃烧
橱窗依次向外爆开，像喷出一团团雪花

十二点快到了。

他们待在离疏散出口不远的地方，被要求脱下身上所有的衣服。警卫们也把枪支弹药放在远处。尽管是盛夏，李路还是感到寒意阵阵。现在不是担心感冒的时候，流鼻涕总比等会儿午夜钟一响时变成一团火球好。天知道下一个自然词是不是“含棉量65%以上的白色涤纶短袖衬衣”或“奥地利 AUG SS109 子弹”。李路记得自己配枪时领的就是这种，一晃好几年了也不知道标准装备改了没有。

他发现自己的思维总晃到某些不重要的事情上去，比如说警卫们的子弹型号啊，裸体的公安局长肚腩比其他人大得多……他知道他在避免去想“词语自燃”这回事。

那么说是真的了。

真的。

他试着接受这个“现象”，就像那个语言学教授的用词一样，“现象”。他以前没见过的但却真实存在的“现象”多了去了，比如说前阵子报纸上登得沸沸扬扬的一千年前的莲子还会发芽之类的。

温世东和对面指挥中心的人小声交谈一阵后回来站在他身边：“你真的相信这回事吗。”

“还有十分钟到十二点。”李路说，“很难接受，不过——”他说了下千年莲子的事，“什么事都有可能不是吗。”

“莲子的事是假新闻。”

“嗯。”李路耸耸肩，“不过他们都信了肯定是有证据的。”他示意对面贴墙站着的一队人，像正排队进澡堂的。刚才那个不停接电话的不肯或不能放下手机，他离人群一段距离单独站着，仍旧不时一句知道了。

“他们从一开始就知道密集火灾不是寻常原因造成的。”温世东低声说，“热力场卫星图。”

李路愣了下恍然大悟。从卫星图上一下就能看出火情起始时的特殊性以及分布:“那什么是换城方案?”

“你管这个叫什么。”温世东指指天花板。

“灯。”

“英文里叫 LAMP,德语里叫 Glühlampe。不管你叫它什么它都是吊在我们头顶上的那玩意儿。拿我们的话来说是所指能指之间关系是任意的。现在如果自燃词针对的是中国普通话中的‘灯’,而所有的人都管它叫 LAMP,也许那种攻击就失效了,也许不会。”

“他们准备和哪个城市换?所有人不懂汉语的?”李路想问“谁在攻击?什么攻击?”,话到喉咙口一转又回去了。

“现在必须先确定这种假设有效, 就是说必须要把所有说普通话的人全撤出去。”

李路摇头。很多人一辈子的家当全在这里——这时午夜到了。

玻璃。当头顶的 LAMP 或 Glühlampe 或他妈的灯爆开时李路一把拖住温世东把他往出口推,然后回头找老刘头。着了火的玻璃碎片落到他赤裸的背上,疼得要死。在最初的惊慌后他们有序地往外撤离,走道上的易燃物已经事先清除干净,火势没立即蔓延开。警卫把他们的衣服抱出来,但一时谁都没有动作。

大街上火势冲天,比白天更明亮。有机玻璃,李路修正了下原先的判断。所有的街灯与灯箱广告都在熊熊燃烧,橱窗依次向外爆开,像喷出一团团雪花。街那头一团火焰炸开,一下照亮了半条街,每个窗口都没有人脸。疯狂晃动的树影在墙面上乱飘。汽车尾灯罩引燃了油箱,这下几乎所有的车都完了。李路想,紧挨着的公车车窗烧得像长了一排通红狂怒的眼睛, 随即引燃了内部, 整辆车如同透亮的纸壳灯笼。李路感到热浪扑面而来,转眼已是满脸油汗。一些建筑物开始冒出黑烟,太多卫浴设施与家用小玩意用到有机玻璃。闪燃与爆炸的声音充满了整个空间, 远远近近。人开始出现了,他们在火影中穿过大街,四散奔逃,无处可去。李路确定自己看到几个黑影从高层建筑窗口跳出,掉到地面便没动静了。

他们飞快地穿上衣服。

“有撤离路线。”老刘头说,“跟着走。”

“你们走。”李路说,“我去找温世东。”

所有人面面相觑。温世东果然不见了。刚才的注意力全被火景吸引住,没人发现他是何时离开的。

“我去找他。”李路重复。

“如果明天晚上八点前还没找到他，你要立即出城。我们马上准备撤离所有人。”电话不断的那个人说。他右脸上一片红黑烫伤，刚才手机屏爆了。“一旦找到他马上跟我们联系。”他递给李路一部同样屏幕爆裂的手机，“还能用，信号不会断。我们会开放所有出入口供撤离用，你们一旦离开城区一定要通知我们。”

李路点头，老刘头拍拍他的肩。一行人迅速离开。

7

当风吹开厚重的烟尘
他看到不少起火点仍然冒出细细的烟柱

他回到了指挥部楼里。不出所料，这里还没有明显的火势，他们肯定将防火措施做到了最好。李路上楼找到些瓶装饮用水和压缩食品装到背包里。地图，手电，简易防毒面具，他掂量下背包的重量，只要支持到明天下午就行，多带东西只会白白消耗体力。老刘头分别前塞给他的东西沉甸甸地挂在腰间，好几年不摸枪，他以为自己已经忘掉了怎么对待这东西，但就像学会游泳和自行车一样，那种本能自然而然回来了。他以前射击成绩很不错。

闪出后门他观察了下风向和火势，往徐家汇方向快步走去。温度现在已经高得惊人了，他感到汗水正浸透后背的衣服，刚才烧伤的地方刺疼不已。温世东肯定是自己离开的，当时有一打警卫在场，如果有人胁迫，稍弄出点响动就能引起注意，而且他的衣服和鞋也不见了。

他沿着墙根走，这带火势零星，大部分花园别墅早已人去楼空。夜色映出不远处的熊熊火光和浓烟，而声音已经隔得若有若无。温为什么要离开，李路提醒自己将事实从头整理起：如果上头在词语自燃现象头几天便注意到这不是通常意义上的人为灾难的话，温世东认识老刘头，他有便捷的通道推销出他的“最省俭理论”。他肯定跟着不少火场调查员跑过现场寻找能支持他理论的证据。李路也开始明白美国总领馆的火灾为何没有成为重大新闻及外交事件，卫星每个国家都有，九成领事及重要人物早撤出去了。

现在温世东的名词自燃现象被证实了，他成为重要的决策核心必须咨询的人物。明天大撤退将开始，他和李路一样，家人不在上海，他没什么要——李路突然明白了温会在哪里。

他回 FD 大学了。

撤退计划的速度让李路感叹不已。不到一小时，仅存的广播系统便开始反复广播数个标志性集中地方，宣布将有部队来接市民出城，以及可供出城的紧急出口，城外有接应。非常时期请勿带过多随身财物，政府会提供安置。不过从一路上被砸得最狠的金店来看，这个提醒并没让人牢记心中。

李路混在渐渐汇集的人流中向徐家汇中心绿地方向走去。衡量了风险后他把身上带的水和食品分给了几个陌生孩子和女人，枪也偷偷扔掉了。

在广场待了不到半小时，果然有直升机过来。天还黑着，李路躲到隐蔽处打了几个电话将手机也扔了，电池板折下碾碎。武警维持秩序，一批批人上机走了，昏暗中他也看不清直升机上的标志。

一千七百多万人啊，他想道。

天渐渐亮了。他第一次近距离清晰地看到身边那些人的面孔，苍白，惊恐，筋疲力尽。他自己也累得直想倒下大睡一场。

终于有人接他上机，在震耳欲聋的气流声中离开。依然在排队等待的人对他投以阴郁愤恨的目光。

“在哪里把你放下？”

“FD 大学。”李路犹豫一下，“不，五角场附近就行。”

从高空看下去，上海似乎还是原样。灰暗的建筑物如蚁穴遍布大地，纤细得像玻璃模型的新楼和旧工房区交相杂处。当风吹开厚重的烟尘，他看到不少起火点仍然冒出细细的烟柱。黄浦江上船只密密麻麻来往有序，他仔细分辨发现全是军用的。临岸有些奇怪的楔形物体，四周拉着浮标，是翻覆的巨大货轮。

除此之外，这座城市像是死了。江边的繁忙活动只能让人想起从一具温热尸体中流出的最后一道血液。

他闭上眼睛。

8

第一束火苗蹿出时李路终于相信了眼前的事实
混凝土正在燃烧

在离FD 大学两三千米处李路下了直升机。

五角场附近至少没有明火。曾经繁华的商业区如今只剩下废墟,不时一些建材往下自由落体砸到街上。世贸中心还闷烧了一百多天呢,李路自然不会相信这平静的表象下是安全的,他尽量往开阔地走,路上也碰到一些人,他为他们指了最近的集散地点。有几个背着沉重的大包,向他打听完路线后却往摇摇欲倒的前高档商场里钻。李路耸耸肩,知道劝不住,也便自赶自的路。

这时他听到头上响起尖锐的空气嘶鸣声，一抬头高架路基的边缘呈现出一条暗黄色,随即转成砖红,整条桥面像条通了电的巨型电阻丝。他感到一种热力的重压直盖在身上。第一束火苗蹿出时李路终于相信了眼前的事实:混凝土正在燃烧。某种配方比的特定混凝土,否则真完蛋了。他自我纠正道,迅速远离正变成一支巨大火炬的立交桥柱,热量逼得他连连后退。

几年前他来过FD大学,为某个新建的实验楼投标防火控制系统。会议结束后他在校园里随便转了转,留下的印象是座典型的大学校园——近于废话,但却能真实地概括出他对大片阳光下的绿草坪、抱着书本的学生、篮球场和整洁漂亮的教学楼群的印象。

现在这里一片寂静,人都跑光了。学生在变故前总是应变最机灵的一群,他有些安慰地想,门卫室空空如也。李路只能从一幅焦痕斑斑的指示图(告示栏成了昨夜"有机玻璃之灾"的牺牲品,好在大部分文字还看得清)上找到了校医院的位置,那里有自主紧急备用电源。

天色渐暗。他穿过校园,居然还看到有两个骑着自行车一掠而过的身影。李路大叫着你们知道疏散令吗?车上的孩子远远地一招手滑行而过。他不禁心里一疼。

校医院是座二层独立小楼,从表面上看没受到任何破坏。里面果然有灯光。李路从正门推门而入,一路摸到资料室:门上写着牌子,里面传来键盘敲击声——这位教授在隐藏自己的功夫上果然是幼稚园水平的。

"喂。"李路闪身进去。

温世东抬头看他一眼注意力又回到屏幕上。一台笔记本电脑搁在桌上,为了节电屏调得很暗。李路有点莫名的泄气之感,人家看到他就像看到蒙古草原上的一颗马粪,一点惊奇感都没有。

李路自顾自拖了把椅子坐到温世东对面。

"撤退怎么样了?"温开口问。

"他们正在努力吧,不过我看今天能撤出去的只能有七八成。"李路想起一路上没看到有多少救护车。他想起那些不能自己走动的人。

“能撤多少是多少吧。”温世东用力敲了下回车然后把笔记本合上了，抬头迎上李路的目光。

“要用网络出城哪儿都有，昨天你跑什么？”

“我的词汇数据库只能在校园内网里接进去，我有些东西需要核实一下。”

“这儿的服务器还能工作？”

温世东扁嘴做了个怪相：“我的确不是坐地铁八号线过来的。有人接我从城外绕过来。现在他们能让系统再运作一会儿，反正该干的活儿也就几分钟。”

这回答了李路真实想问的问题。他感到腰间有件硬东西硌得慌。直升机上他又拿到一部能保持通讯的手机。他打电话给老刘头，随即被转给了昨夜那位不停接电话的头头。知道了，他听完李路的简述后说增援随后即到。

“刚才我看到立交桥烧起来了，是混凝土直接起火。”李路说。

温世东往后一仰：“你觉得这些火灾是怎么回事？”

“词语自燃。不是你提出来的吗。”

“这只是个现象，现象背后还得有个原因吧。比如说一个人死了，死于脑袋中了枪。子弹是死因，但我们真正感兴趣的是谁开的枪。”

“也许是某条新出现的宇宙定律？词燃第一定律。”李路随口一说，自己也觉得无聊起来，笑了。

“那为什么偏偏是上海？你看过起火点分布图，全在上海行政区线的范围内，一点偏差都没有。你见过地震只震某个村的吗。”

“那你们怎么说。”

“前几天抓到一堆纵火犯，还有神经病来自首的，还有打电话来声称自己对所有午夜起火负责的。哪儿的人都有，还有国外的。他们还得从外国语学院弄个小语种翻译守在热线上。”温世东摊手，“到后来不管真假都紧急处理了再说，但火还是在烧。”

“那到底是不是——”

“科技情报部的人说目前为止还没有任何国家的哪种武器能达到这种效果。”温摇头，外面天已经完全黑了，“不过谁知道呢，比较怪异的猜测也有，比如说我们成了来自未来的战争的攻击目标。理论上这也是有可能的。不过实际上这跟推测哪个外星人开着飞碟来把整个城市烧了的效果都是一样的，我们屁事都干涉不了。”

“外星人？”李路摸摸脖子，苦笑。

“有可能明天全世界的电视里就出现一个小绿人说哪个国家不服从它上海就是他们的榜样。”

“真是受迫害妄想症。”李路嘀咕一句。

“现在问题在于你没办法说这种想法是错的。”

沉默一阵后李路开口：“那你们准备怎么办。”

“他们正在协商换城方案如何实施。”

“现在有谁愿意搬到这个烧得破破烂烂的鬼地方。”

李路看到温世东惊异的目光投向自己，像在说，你怎么还没想到。没闹明白上海是怎么烧成一堆破烂前，世界没一个地方是安全的。

“很多国家愿意出志愿者入住，上头正在协商将来如何分辨进驻的不是军队……上海是个大地方。政治上的事我也不想搞明白太多，他们正在要求我的是明确的证明，如果语言使用者换了，起火会停止。”

李路听到外面楼梯上传来脚步声，上来的不是一两个人。

“你有证据？”

“很快就有了。不管是正面的还是反证。”温世东说话时面无表情。门被推开，穿军装的一拥而入，令李路震惊的是，他们都戴着防毒面具。

9

巨大的热量从他脑袋中央炸开
像有人劈开他的头往里扔了个电炉

地下室。李路不知道灯光是从哪里来的，目所触及的地方只有四壁单调的水泥。见过立交桥失火的样子后这没能给他带来多少安全感。空气是新鲜的，泵不断将压缩气瓶里的气体打过通风口，室内充满了嗡嗡声。

幸好他没有幽闭恐惧症，李路伸直双腿让自己坐得舒服些。空调将室温调节到他们不穿衣服也不会感到不适的温度。温世东盘腿坐在对面，低声哼着某首烂大街的流行歌调子，他终于控制住了自己不要抖腿。李路想这种情况下害怕也是正常的，他出于一种可笑自尊感希望自己别表现得这么明显。

那个金发碧眼的老外一个中文单词也不懂——在刚才的语言测试中证实过了。李路真想不通上头到哪儿征来这位志愿者。他双膝并拢坐在另一个屋角，不时睁开眼睛飞快扫一眼墙上的计时器。

离午夜还有十分钟。

李路想起这个场景如此似曾相识,昨夜他们同样待在一片寂静中等待零时,等待火焰燃起之刻。他简直不敢相信只过了24小时。

与上次的等待不同的是,现在上海只留下他们三个人了。老外不懂中文,他不懂英语,温世东英语相当流利,算双语使用者。三个样本,温解释道,而且我们互为观察者。摄像机在运转,但谁也不能保证到时某个零件会起火使记录失效。

其余所有人全部撤退到行政区线以外待命,李路想到外面六千多平方公里的死寂空城,一下心里堵得慌。

还有七分钟。

"你为什么留下来。"温世东问,他一开口说话似乎就恢复了镇定。

"你呢?"李路耸耸肩,"他们能找到会讲中文又会讲英文的人一大把呢。"

"我必须得看实验结果。"他说。

是啊,因为这次实验代价大了去了。李路想起那些防毒面具,那些路面上冒着黄烟的弹头残骸。必须保证上海全境内除了他们仨以外没有任何语言使用者。他不敢想傍晚时那两个骑车穿越校园的孩子。他能理解温世东为何只能留下。

"其实我问的是,一开始你为什么没走。"温说,"那天你在城外其实就有机会走,或者跟着撤退。"

李路犹豫一下,他明白时间不多了,要说就现在说。他从来没对人说过,反正那大洋马儿听不懂。

"我舍不得走。"他说,"我喜欢看火烧起来的样子。"

温世东没流露出惊讶的表情,给了他勇气说下去。

"因为这种癖好,我做了火场调查员。我自己从没纵过火,我也不喜欢火烧死人,我就是纯粹喜欢看。后来我觉得这样下去太不正常了,就辞职离开警队,但是一段时间后我又回到这个行业来了,我忍不住。这次是我见过的最大一场火。"

"没事,有这种心理的人不罕见。"温世东说,语气平淡而充满安慰。

还有一个原因让他坐在这间水泥屋里,像等待电击实验开始的白鼠。他觉得温世东也有同感,但不愿意说出来。看到那些毒气弹后他像脑袋挨了一下似的清醒过来:不仅仅是烧掉一座城市几座楼,世界已经为这场大火疯了。想象力并不是他的特长,他也能看见从此人人惴惴不安,随时等待火焰从某处窜出。事情不会有结束了。如果有谣言说这是某个不自知的特异功能者的"发功"呢,会不会每个人都开始互相残杀直到最后一个人？或者某个国家宣布他们能预言下一个自燃词呢？最终可能是核弹的熊熊大火烧掉了世界。这种类型的未来并不充满诱惑。

还有两分钟。

“会是哪儿先烧起来？”李路问。

温世东看着他。

“你应该知道，至少大致有个范围。你回复旦就是为了拿到分析资料。这个房间里只有我们三个人，是身体的一部分吗，否则作为观察者我们应该在大街上。”

“只是个猜想。”温世东默认。

李路看着计时器的秒针一点点向十二爬去。他突然想透了温世东昨夜的突然离开，他记得闯进校医院将他们带走的人身上的装备是两种型号。派别之争，温世东对下一个自燃词的猜测是他们争夺的中心，老刘头算哪边？那个不停接手机的头儿是哪边？温世东本人在其中是什么角色？他们之间最终达成了怎样的协议？李路突然觉得这里头的纠葛他妈的一点不重要。

重要的是十二点到了。他猛地强烈渴望自己在别的地方，只要离上海越远越好。

一开始什么都没有发生。下一秒巨大的热量从他脑袋中央炸开，像有人劈开他的头往里扔了个电炉。

他什么都看不见了，有人在尖叫。巨大的痛苦使他往外跑，眼睛，自燃词是眼睛！在他的头撞上墙并彻底陷入黑暗前，最后的声音是老外带鼻音的惊呼：

摇爱丝啊波林宁——

只有他没瞎。

盲岛惊魂

MANG DAO JING HUN

1

打死一个没佩戴蒙眼布的人，你便能离开盲岛
而打死一个处于蒙眼状态的人，你要偿命

一辆吉普车隆隆驶过海岸线。

车厢里坐着八个蒙着眼睛的猎手。他们的长枪都抱在怀里，枪口冲着车顶，无人开口说话，车内一片寂静。狄尧可以闻到人体紧张时散发出的特殊刺鼻汗味。从窗外钻入的海风吹乱了每个人的头发，狄尧再次扫视了顾客们的表情：沉郁，焦虑，紧紧绷住的跃跃欲试。

一切正常。

出发时有个中年人喋喋不休，评论着天气、吉普车以及坊间流传的关于猎鸽子的奇谈怪论，扰得人心惶惶。狄尧真希望他能闭嘴，但他也是付了钱参加狩猎的，虽然向导有权让“可能会威胁到整个狩猎活动的顾客”强行退出，不过，狄尧不想轻易出手赶人，公司不会喜欢的。

结果车刚出市区，那个关不上的话匣子便自动要求下车，滚了蛋。凭鼻子判断，他是带着尿湿的裤裆一起走的。狄尧告诉他只能退百分之七十的款。

参加机场狩猎是离开盲岛的一条路。他们将带着长枪站在机场闸舱口，等待满舱新入境者——也称“鸽子”的新盲者——跌跌撞撞下飞机。随着狄尧一声令下，他们便拉下脸上的蒙眼布，向“鸽子”们射击。

“鸽子”们也有枪，但他们通常惊慌失措到想不到反击。按照盲岛法则，你只能向没有佩带蒙眼布的人开枪，所以狩猎行动的第一枪是以向导狄尧的一发空弹开始的。受惊的鸽子们拉下眼前的布条，四散奔逃。

于是自由射击时间开始了。

打死一个没佩戴蒙眼布的人，你便能离开盲岛。

而打死一个处于蒙眼状态的人，你要偿命。

如果没勇气冒着成为别人靶子的风险，拉下自己的蒙眼布去开枪，那么，请生活在永恒的黑暗里。

这就是盲岛法则。

两年前，狄尧在海关的一间小办公室里学到了以上三条，随即被强行送入盲岛。

2

他把头缩在肥大僵硬的制服里
暗暗祷告那些关于盲岛的传言,都不是真的

所谓的等候室处处让他想起医院。毫无装饰的白墙,沿壁摆放的铁制长椅,空气里若有若无的消毒剂气味。他找到空位,并拢双膝坐下,听到屋顶吊扇缓缓转动发出的吱呀声。一条半掌宽的黑布条横在他双腿上,也许半小时,也许几分钟后,这条黑布就将蒙住他的双眼,直到他离开盲岛。

老天保佑,如果真有这天的话。

等候室里一共有二十多个男孩。他们中有的看上去老成些,有的简直还是毛孩子。但他们衣兜里装的出生证件能证明,今天是他们的二十岁生日。中心把他们从各个寄宿学校挑选出来,集中起来,喂饱,洗涮干净注射疫苗,然后送到了盲岛海关这间小小的等候室里。

他不知道其他同龄人是怎么应付这些经历的。自从两周前接到通知书的那一刻起,他就像一条鱼突然被提出了水面。两年后毕业,成为一个网络数据分析员的未来一下子变得不再真实起来。

被选中去盲岛的人,没听说过有回来的。

“喂,你叫什么名字?”他感到有人捅了捅他左边肋下。

“狄尧。”他迟疑了几秒钟。邻座的男孩比他高半头,眼睛灵活地不断从房间这头瞟到那头。尽管屋里相当冷,但他还是把新制服的袖子卷上去,露出粗壮的小臂。

“我叫王志飞。你等多久了?”

他耸耸肩。他们收走了所有的表,代之以一种触摸式计时器,他还没搞清楚怎么从那古怪的东西上读取时间。另外,他希望这位新相识闭嘴。

眼下他没聊天的兴趣。

“我不知道,大概一个小时。”

“不,才半小时。我看着你最后一个进来的,那时太阳刚晒到这里。”王志飞伸腿在地下某处划了一道,“我是学中古技术史的。你肯定知道日晷吧,话说回来,他们的盲表设计得实在太烂了,万一——”

他摇头,开始有了点兴趣,“什么是日晷?”

“就是能从太阳影子看时间的一种古代计时器。我自己动手做过一个,现在还在学校的院子里呢。”王志飞冲房间里其余人一挥手,“他们有的昨天下半夜就进来

了,我真有点担心海关那群XX把我们给忘了。”

王志飞用了个在寄宿学校里通常用来指笨蛋教师的词。狄尧微微一笑,感到自己放松下来了。

“我讨厌等在这里,整件事都让人烦透了。那些愚蠢的成年人为什么会觉得让我们当半年瞎子——” 王志飞压低声音模仿国家广播频道里的男中音,“对青少年的成长有着不容置疑的正面作用,经国立大学的社会心理学家论证——”屋里大部分人都紧张地笑了,“不过以后晚上断电时咱们这群人不用担心从厕所摸不回床上——”

更大的笑声。

等候室一侧的门开了,一个医生打扮的中年女人手持记录板,用笔敲打着墙壁。屋内顿时一片死寂。有人弯腰捡起刚才跌落到地下的黑布条。

“报到号码的请进来,带上蒙眼布。”她扫了眼王志飞。

他一下子觉得背后冷汗直冒,恨不得自己没坐在这个男孩身边。

“十号。”她说。

王志飞站起身,歪歪嘴做个鬼脸朝门口走去。医生悄声说了句什么,他耸耸肩从裤兜里抽出根皱巴巴如咸菜的黑色东西。医生轻微摇摇头,侧身让他走进门里,然后将门带上了。

在重新笼罩房间的一片寂静中,他的视线又落回膝头那根黑布条上。厚,黑,一丝光也透不进。感觉更冷了,他把头缩在肥大僵硬的制服里,暗暗祷告那些关于盲岛的传言,都不是真的。

3

只有确定鸽子拿下了蒙眼布
才能瞄准开枪

吉普车停在机场前,狄尧晃晃头摆脱脑袋里如沉渣泛起的回忆。

不是时候。

他又一次检查了每个顾客的枪械,低声重复着打鸽子的不成文规则,反复强调一点:只有确定鸽子拿下了蒙眼布,才能瞄准开枪,不能肯定便老老实实待着,公司会免费提供第二次机会。不要冲动。

狄尧校对了时间。时间充裕到足够他们在航班降落前到达驻守点,但又没长到让顾客们等得焦虑不安。刚刚好。他领着这群睁眼瞎子向机场入口处走去。

保安们早由公司打点过了，挥手放他们进去。

狄尧两年前初抵盲岛时，也是只鸽子。

4

你既是猎人又是猎物
每个人都一样

他对医生终于点了他的名，将他带入办公室的场景记忆犹新。

她拉上门，示意他坐到办公桌对面的小圆凳上。他第一次注意到她的白褂肩头缝着军衔。上校？

“这是份文字资料，你可以保留着，等你读完后我会做一些口头解释，以防你有阅读障碍。”医生，不，上校又冲他礼节性地一笑，将一个薄薄的文件夹推到他面前。

其实只有一张纸，他用指尖触摸了下文字，凹凸印刷。

他读了一遍那份名为《盲岛守则》的文件。又从头看了一遍，再次重点默念了最后那条关于离开条件的规定。

进入盲岛后，你必须搜到一名偷窥者，即不戴眼罩的人，才能离开。

你有权射击偷窥者。

“如果我看不见，怎样才能——”他轻声说。

上校笑了，表情似乎在说：年轻人，你想到的那个答案是真的。她年轻时一定相当迷人。“在盲岛，每个人的任务都是一样的。明白了吗？”

睁开眼时，你既是猎人又是猎物，每个人都一样。

他沉默一阵，点头，“明白了。”

他们给了他最后三天光明，用来熟悉枪械，用来识盲文，用来强记地图，用来习惯依靠一只定位器或棍子行走，用来学习所有黑暗生活中所必需的零碎常识。在练习区，他看到了王志飞，看到了那天在等候室里一起待过的另一些男孩，还有更多不认识的人。他们的目光一经接触便游离开。每个人身后都背着枪。

训练结束后，一架专机将他和其他数百人一起送入盲岛。

“三级台阶，向下。”引路人提醒道。

他依言下行，闻到密闭机舱里特有的机油、快餐食品以及人体气味混合而成的味道。听到了人群轻声交谈汇成的嗡鸣声。引路人将他安置到一把高背扶手椅中，安全带在他腰间啪地扣上。

“枪不用离身。”

引路人说完后便转身离开。枪械冰冷沉重的质感令他安心，搁在身侧的背包里还有两周的压缩食品、水和一定数量的现钞，他像守卫宝藏一样用胳膊环绕着背包。屁股下传来发动机的隆隆震动声：飞机开始在跑道上滑行了。

机上一片平静，没有人互相搭讪交谈。空姐连续不断地放着80年代的老喜剧片，他睡着了。

降落过程十分平稳。他从梦中惊醒，脖颈和背都僵硬无比。广播提醒A-02区的乘客下机。他挎上背包和枪，等大部分人——都是和他一样的新盲者——从中央过道穿过后，慢慢走向出口。

外面凉爽湿润的海风让他精神一振。海关上校让他选择在盲岛的哪种类型区生活时，他毫不犹豫地指向地图上一道蜿蜒曲折的海岸。“你看不成海景的。”上校这次的笑容倒是货真价实，可惜表达的情绪是嘲弄。“我知道。”他点头，坚持自己想去那里。

伫立几秒钟后，他拉长折叠式导盲棍，走下舷梯。现在应该是夜间。白天和夜晚的大气压有区别，海边尤为显著。他被剥夺视力之后感觉则更加明显。进入寄宿学校前，他在一个海滨城市度过了童年。之所以选择这里，是因为他指望过去的生活经历能带来点优势。

见鬼的看海景。

广播一路指引他们这群刚下机的新盲人穿过机场建筑，一个亲切的女中音建议他们乘坐机场巴士——在突然响起的砰砰枪声中，这声音不屈不挠地介绍着附近食宿点的分布——枪声有远有近，零落而冷静。有人惊呼出声，继而呼喊中充满了痛苦，女人的嘶哑呼喊声像猫。有人从他身边奔过，猛然撞击他的肩头。他不可抑制地失去重心，耳中充斥着如潮涌般无数硬底鞋踩踏地面的声音。

我要被人踩死了。如果我拉下黑布条睁眼逃命，说不定会被人一枪打死而那个人就能回去了，没准那人就坐我来的那架班机回去。他在旋转的黑暗中向后倒，有人一把抓住他的胳膊将他拎起来：“跟着跑啊！跑！他们在打鸽子。”

硝烟味，警哨声，人群粗重的呼吸声，重重叠叠，让他分辨不出那股血腥味是来自于某个受伤者，还是从他自己嗓子里冒出来的。上气不接下气，胳膊像夹在铁钳里，脚下是机场大理石地面，水泥地，柏油路面，沙地。一个急转弯，王志飞一把将他按在某堵墙上：“现在没事了，咱们喘口气。”

他听上去居然相当兴奋。

混乱声现在已模模糊糊十分遥远，他一时喘得说不出话来。

“我在飞机上就看到你坐在前面了。”王志飞说，声音下沉，“坐下说话吧，有一阵子要等呢。”

“等什么？”他愣了一下后坐在了沙地上。心跳平稳后，海浪回旋往复的涛声扑头盖了过来。

他们在海边，机场附近的海边，背后的木板阴冷粗糙，八成是间临时淋浴屋。

“出租车。咱们身上不是有卫星定位器吗，叫的车能直接过来接咱们。”打火机翻盖声，烟味。他也接过烟。

“刚才是怎么回事？”

“打鸽子。我说兄弟，这几天你都干什么去了？没搞到那本书？”

他摇头：“书？”

王志飞拍拍他的肩，“等会儿我拿给你看。机场专门有人守着运新瞎鸟来的航班，刚开始那几枪是对天放的，受惊的一慌就拉开眼罩逃命——条件反射不怪他们嘛——于是中招成了偷窥的。啪——”他一顿，喷出一口烟，“死了一个，回去一个。当然那些打鸽子的有时也会内部火拼，有心急的怕没新瞎鸟受惊，先开枪把同来打鸽子的干掉了。要打猎总先得把自己眼睛睁开不是。那本书真不错，都写着呢。”

他默然：“这里的警察不管？”

“盲岛的警察只管两件事。”王志飞用枪口敲敲沙地，“判定你打死的人临死前是不是偷窥者，只要在盲岛范围里睁眼看都算。他们有本事提取死人的最后几分钟视觉记忆，错不了。你自认为打死一个偷窥者后按一下枪柄上的键，就由定位系统通知了警方，他们会在二十分钟内赶到。要是验明你打死的确实是个偷窥者，就直接拉你去机场送你回去。倘若那是个临死还是个睁眼瞎的倒霉蛋，对不起，你可得为他偿命了。”王志飞在沙地里掐灭烟头。

“所以刚才我们只要不睁眼，中弹的机会还是不大的。打鸽子的也很慎重，尤其在机场这种摄像头、警卫系统完备的地方。不过被人流踩死的机会倒是大得很。”

那么说你救了我一次。

“谢谢。”他开口，自觉嗓子干涩。

“谢个屁。”王志飞摇头叹气，“等会儿车来了你跟我一起去星洲，明天我们去搞份工作。”

“星洲？”

“一家地下旅馆。由那种在盲岛过了几辈子，眼罩同裹尸布一起烧的家族经营的地方，比正式旅馆便宜。”

他点头。听到王志飞在背包里翻什么东西。

“拿着。”

他接住,是本书。

不,装订太过粗糙,似乎是私人印刷的地下出版物,纸张纤薄没有凹凸感。

“等到了旅馆房间再看。你不能只凭着海关那老女人的那张纸在这里过日子。”王志飞跃起身,传来了小型轿车行驶在沙地上的声音和鸣笛声。出租车朝他们驶近时,王志飞吹了声口哨,“86488。真是个好兆头。”

“你能看得见?”他问。

一阵沉默。

“你说呢?”

他悚然而惊。如果我睁眼看你是不是睁着眼,一分钟后也许我就躺在沙地上肚子吱吱冒血,你在等待警察来验鸽子了。你把我带到这里,也许不是想救我。他微笑着耸耸肩。

就好像对方能看到一样。

“上车吧。”王志飞哈哈大笑起来,似乎能“看”出他在想什么。出租车门在他面前弹开,带着旧皮革味的热气迎面扑来。他钻进车,王志飞坐进驾驶座副座,和司机嘀咕了几句,车开了。

他想象着车窗外星空下不断退后的海岸线,王志飞坐在前面的宽阔背影。无论是敌是友,不睁眼你就是安全的。

这是个怎样的世界啊。

他自问自答:这就是盲岛。

5

所有盲岛的建筑都没有窗

在盲岛唯一允许睁开眼睛的地方是你自己的房间

第二天早上,在一家飘着厨房油腻味的街边餐馆里,他们解决了早饭问题。

“那本书看完了没有?”王志飞问。

“看了。”

“不用急着还我。有点夸张了,但大部分很实用。”

他点头。

昨夜抵达旅馆后的第一件事，他看了那本书。他不想再接受王志飞的处处指导，尽管近期这种状态很难改变。

他们在前台交了一周的房钱。他在心里默算身边的现金能撑多长时间。

星洲城的旅馆房间与他住惯的单人宿舍大小相差无几，陈设也类似，一床一桌一椅，靠墙一个厚纸板成型的简易衣柜。别无长物，唯一的特别之处在于没有窗户。

所有盲岛的建筑都没有窗。王志飞告诉他，在盲岛唯一允许睁开眼睛的地方是你自己的房间，所以不要轻易让人进你的房间。返身锁上门以后再拿下眼罩。祝你好运。

他听到王志飞的脚步声消失在走廊拐角处，没有电梯铃声。他与我住在同一层，但不相邻。他摸索到指纹感应区，进房，锁门，开灯。

光线瞬间刺得他双眼刺痛。尽管精疲力竭，他还是拿出王志飞的那本小册子，靠在床头读了起来。封皮污迹斑驳，显然已经过不少人的翻阅。王志飞是在哪里搞到的？海关基地训练的那几天？那为何没有人向他兜售？

书名：《盲岛指南》。

“第一章　在室内最明智的选择是保持失明状态……”

他一页接一页读了下去。

第二天重新戴上眼罩走出房间时，他感到《指南》的确有其道理。过了十小时的视觉生活，重新建立起盲者的身体反射确实需要一点时间，更重要的是心理反射。他用《指南》上的话提醒自己：时时处处都有人想骗你拿下眼罩然后一枪崩了你。如果你每天都拿下它，那么你就不会将之看成多么严重的事情，这种松懈很可能会送掉你的命。

“你打不打算找工作？”

“工作？”

“除非你有信心在身上的钱花完以前就打到一个偷窥的。很少有人能做到，除了运气实在太好胆子又太大的。”

“他们给了我们——”他略一迟疑，也许每个人得到的现金数额并不一样。

“五百块。大家都一样。光吃住，在星洲城那种档次的地方，能挺半个月。”

“半个月。”他重复。

在十五天内崩掉一个人？

“基本上没人能做到，倒是很多人在半个月之内已经被人撂倒了。”王志飞吃东西时发出呼噜声，餐具与盘子的撞击声，他也开始进食。

“要找工作的话，没什么可挑的。盲岛人，那些真瞎子只会雇我们干些体力活。

倒不怪他们，因为我们的心思大半放在怎样尽快打到一个偷窥的，然后拍拍屁股离开这个鬼地方。我们不会费心学盲式技术。咱们不会成为好员工的，不过勉强糊口没问题。”

在他想象中王志飞眯了眯眼睛：“而且还有黑市。”

6

他自己也要打一只鸽子
甚至可以打死一个客户，如果必要

他决定找工作。

《盲岛指南》中说：你一开始要做的，是适应盲岛的生活，让自己活下去，别轻易成为别人的靶子。

他认为自己正处于这个阶段。刚开始对视觉的疯狂渴盼已然淡去，他有些惊异于人的适应环境能力之强。找工作让他的感觉更良好了，自从被带到海关，送进盲岛，他就像段随波逐流的浮木。现在，控制感正在归来。

他们在一家屠宰场门口徘徊，听了几遍招工广播，通过简单的面试交谈，得到了份从卡车上搬运动物笼子的临时工作。王志飞被叫走和其他人搭档。他与另一个沉默寡言、一身劣质烟草味的年轻人合作，把吱吱尖叫、滴着屎尿的猪笼顺着钢轨拖到清洗房前。有人在那里接应。

枪统一存放在更衣室。王志飞说别担心有人偷枪，每把枪的编号与子弹都与进入盲岛的持有人相配。有人也许会把你的枪拿走放到别的地方，只要别睁眼找它，它迟早会出现的。

以前除了在足球场上出身臭汗，他没干过真正意义上的体力活。初冬的风吹到他汗湿的后背，冻得他直发抖。动手干活前他把外套脱在某个板条木箱上，眼下却找不到在哪儿。

强记所有东西方位的习惯对他来说还不是本能。也许，某人把它拿开了。别睁眼，总会出现的。

又一轮猪笼卡车到了卸货台上。他一阵小跑，顿时不怎么冷了。午餐时间他终于找到了外套。半条袖子湿了，那种液体的气味让他不愿做什么联想。

工场提供的工作餐粗糙量大，他蹲在卸货台沿上抽烟，猪仔在身后发出阵阵尖叫。他对臭气已麻木到闻而不觉。王志飞的声音混在一堆临时工里远远飘来。他就是有本事混个自来熟，他不带任何妒意地想着。

下半天的工作量更大。渐渐的一切思维都从他脑海里消失，剩下只有前面的钢轨，铁笼里的动物。对面的工作伙伴该死地不出力，他的胳膊和腿开始发抖，酸疼到失去知觉，呼吸时像有一团火在喉咙里翻滚。每次他都以为自己撑不到将笼子推到轨道尽头，但每次他都做到了。

下班铃声终于响了。他拖着步子往外走，导盲棍撞东撞西，他差点儿从工场前的台阶上跌个头破血流。

外面风一吹，他意识到自己身上有多么难闻。王志飞从后头赶上他，说他们要去某个地方喝酒打牌，问他要不要加入。他摇头。一群吵吵嚷嚷的人包裹着他，下一瞬间又消失了。远处传来轻微的爆破声，这个城市随时有人在努力离开。

回到星洲城，冲澡，躺在房间床上。他没拿下遮眼布。猪的臭味像钻进了他的鼻子，挥之不去。未来的年复一年，日复一日。

从那一刻起，他真正决定要杀一个人。

他想要回去，不惜任何代价。

在很长一段时间里，他没有再遇到过王志飞。估计哪天碰到了，王志飞也认不出当初从机场混乱的人流里拎出的那个瘦弱青年。

确信自己绝对独处时，他会从镜中长时间审视自己的面孔。两年时间让他半孩子气的面孔蜕变成了下巴刚硬的成人脸型，刚开始那段日子所干的体力活让他肩背的肌肉发达坚硬，后来他在健身房里保持了这些特征。

“喂——”床板吱呀一响，一双光脚踩在地板上的声音。他在浴室里系上眼罩。一个睡眼惺忪的女人晃进浴室，拧开热水龙头，仰头，水哗哗冲进她空白的双眼里。

她是个天生的盲人。那些承受不了“打猎——被猎”游戏的人，有种退出的选择：自愿成为盲人。他们放弃视力后多半选择留在盲岛，经营食宿旅馆，靠植入式卫星定位系统开出租车，做一切非临时性工作，也是所有新盲岛来客的雇主。在生育上，如果想把孩子留在身边，他们便会服用某种基因药物，生下的后代天生没有瞳孔。

他离开星洲城后遇到了她。一个机场餐厅服务员，身上总有股甜橙花的香味，私下相处时总执着地问他她漂亮不漂亮。他每次都给了肯定答复，并且很高兴自己不必说谎。她了解他从来没放弃过离开盲岛，这个情人的结局不是离开便是横死。而她走出盲岛便只是个领社会救济的残障人士。在彼此心知肚明的前提下，他们同居着。

“今天有活动？”她问。热水声，她在卷发间揉出无数泡泡。

“嗯。”他闭着眼睛剃须，梳头洗脸。在窄小的浴室空间里两人都像看得见一样，不会彼此碰撞。

"小心点。"她听出他完事了就要出门。

"我知道。"他提起搁在浴室门口的枪,检查部件、子弹。腰间手机震动起来,是某个手下。一切准备就绪,他拉开门走了出去。

如果今天顺利的话,他不用再回到这间公寓。

两年前,当他真正下定决心要打到一个偷窥者时,领悟到在盲岛,和世界上其他地方一样,钱是极其重要的一个因素。

细心观察数周后,他发现屠宰场的伙伴们大部分毫无希望出去。他们的收入只够维持低级旅馆和伙食的生存需要,即使稍有节余,也花在那些让他们能暂时忘掉白天艰辛工作的黑市麻醉品或女人身上。

有些人已到盲岛将近十年,仍然指望着自己某天能有胆量在闹市区睁开双眼,一枪打到个同样发了疯的家伙。另一些人已经把自己的枪扔在家里的壁橱里生锈。

除非撞大运,这群人不可能出去。而他不想拿自己的性命作赌注,即便不得不赌,胜算也得大一些。

他积攒了厚厚一摞传单,每晚回到星洲城便仔细研究:结社去机场打鸽子,各种黑市工具能让你在射击时更占优势,有公证的野外私人决斗,直接出售新鲜尸体的……各种匪夷所思的计划和价目表让他叹为观止,也让他明白:想要让自己更有把握活着离开盲岛,他必须弄到钱。

"我不在这儿干了。"他对王志飞说。

工间休息时,他在屠宰车间找到了王志飞。空气里充满了冷冷的血腥味和动物毛皮的焦臭。制冷系统的嗡嗡轰鸣让他们离得很近也得扯着嗓子说话。

"你准备去哪里干?"王志飞没停下手里的活,大声问他。

"有人让我替他装订些书,给的钱跟这里差不多。"

王志飞啪的将一块生牛肉和电解刀扔到钢桌上,将他拉到外头院里。他能听得出来附近没人。

"手工装订是明眼人干的活。"

"他们说保证——"

"你怎么能相信他们的狗屁保证,如果——"王志飞一顿,声音沉下来,"你是给他们干。"

"是的。"

他从口袋里拿出《盲岛指南》,王志飞接过书塞进自己工作服,"你找到他们了?"

他默然。

“如果警察发现你为他们干过,你就别想出去了。”

“我知道。”

“好运。”王志飞拍拍他的肩,调头走了。

他的新工作是装订更多的《盲岛指南》。

从拿到手的那些传单中他看出来了，盲岛除了官方警察系统在维持最低程度的秩序外,必然存在某个地下组织在协调“打猎”活动。例如初登盲岛那天遇上的打鸽子,如果那天有两队人同时瞄准了那架班机,那么现场将变成猎人之间的火拼。

他想加入“他们”。

与成为“他们”服务的消费者相比,他想要更安全的做法:成为这个组织的一员,完全了解各类打猎的流程。直到某天他有绝对把握,睁开眼睛,一枪命中目标,自身安然无恙。

他不想把自己的命交给个人的灵机一动。

每天经过盲岛的中央大街,便会见到那些为自己的“好主意”付出代价血流五步的人。

与“他们”接上头的方式倒很简单。他们半公开地招募下层工作者,在一间保证“不会发生意外”的密闭式房间里从事需要视力的工作。

比如说装订。

他认为这只是个幌子。盲岛的非视觉技术已发展到相当水平,他们用不着雇用人力来完成这些事情,只是忠诚度测试罢了。

当他第一次将枪上交,拉下遮眼黑布条走入城郊一间地下室时,仍出了一身冷汗。一间没有窗户的地下室,房间中央的长桌上堆满了零散书页,打孔机。灯光昏暗,再生纸的粉尘让他鼻子发痒。十多个年龄与他差不多的年轻人坐在桌面,动作熟练地装订书册。他们不约而同地扬头注视新来者,他发现自己已对目光接触感到陌生,努力地以僵硬微笑作为回应。

有人过来教他装订工序,他仍然集中不了注意力,控制不住想象有一群人冲进来将他们这些手无寸铁之人统统扫倒在地的场面。也许这是个更高级的陷阱。

第一天平安无事地过去了,第二天也是。

他开始和同室工作的那些年轻人熟识起来。有些人仅仅是冲着比普通体力活高的工资以及有机会安全睁眼来的,更多人抱着和他一样的目的:急切地想早日离开盲岛。他一边很高兴找到与后一种人交流的话题,一边保持警惕:你不可能相信一个急着离开这鬼地方的人。他们和你一样,一有机会就会杀人。

他有时会想念王志飞。以前的学校生活与同伴自从踏上盲岛已然恍如隔世,王志飞可以算最后一个能说得上是朋友的人。

他有时不明白像王志飞这样的人为什么会留在屠宰场做苦力活，他似乎应该比自己更快地走上眼下这条路。

随着时间的推移,狄尧慢慢开始得到更多任务:将装订完的书送到机场附近的海岸,有船将之载走。可能就是通过这种途径流向海关训练基地,卖给还没踏上盲岛的人。在闹市区向路人散发传单时,他被人打过,也差点被枪捅到头上:盲岛的人警觉性都相当高。他还学会了靠定位系统开车,接送去野外废弃工业区决斗的人。去的总是两个,回来时后座是空的。死了一个,被警察的直升机接走一个。

"盲龄"一年半时,他在组织里爬到了一定位置,手下有了十多个新入伙的小孩供差遣,有自己的公寓与司机。

他主要负责机场打鸽子的那部分活动。带着些惊异他发现自己在这方面相当有天赋:付了钱的客户在他的带领下,很少有不满载而归的。随着名声渐起,点明要他服务的客户也越来越多。

是自己该离开的时候了。他明白,此时再不离开,可能就永远走不了了。他了解这种惰性:组织的上层头头们在盲岛都待了数十年,像王冠一样戴着他们的黑遮眼布条，利用黑市的便携式感应装置像正常人一样行走在盲岛上——当他们愿意的时候。绝大多数时间里他们坐的是凯迪拉克,前呼后拥。

一旦离开盲岛,这群新贵们便又狗屁不如,得从头从底层爬起。

这种诱惑在他身上也暗中滋长。他喜欢装成普通乘客混迹在机场人群中,身侧是十多个满手是汗、随时准备听他指令子弹出膛的客户。他喜欢看到新盲鸟们跌跌撞撞走下舷梯,渐渐接近他们的射击范围,喜欢这其中的那段屏息期待时间。他喜欢枪声大作硝烟弥漫时,用高倍望远镜为客户们挑选目标减少误射时的那种感觉。生杀大权在握。

他睁着眼,但没人敢射他。打鸽子的客户不敢,组织将保证胆大妄为的那个人撑不到警察过来检尸。鸽子也很少有还击的,还没在盲岛的地面站稳,他们甚至想不到自己也能开枪还击。

他喜欢现状。比起原先做数据员的未来,他偶尔并不介意现在这种付出视力的代价。正是这种情绪暗流让他明白:是该离开的时候了。

今天,他自己也要打一只鸽子,甚至可以打死一个客户,如果必要。

7

一个闯入者将某个乘客死死揪住挡在身前
正动作艰难地走下舷梯

机场的气氛不同往常。

他再次核对了班机降落时间，一班载满新盲鸟的客机将于上午九时准点降落。

一切都应该正常。他将一小队人带到飞机出口通道外的一小块平地上。组织已经打点了机场警卫，不会将他们赶开。无论如何，只要遵守规则，开枪杀人在这里是合法的。他摸了摸表，要求客户们检查武器，重申那些细则：看准了再动手；不许互相射击；让眼睛适应光线时要做到背朝人群——他能想象那些客户们脸上激动而不耐烦的表情。

一切都很正常。他对自己重复道。但是，见鬼，为什么会有那么多警卫？他能听到他们那特有鞋底发出的声响，以及相互之间联系时的低语声。

“待在这里。还有十五分钟，放松一下。”他对客户们说，自己则在机场大厅里遛了一圈，再次肯定了先前的判断：今天的警备数量超过以往一倍以上。他犹豫着要不要给组织的消息网打个电话询问有何变故，但想到自己的计划又作罢了。是不是今天算了，改日再——看具体情况，他决定。

自然，只要客户们枪开得中规中矩，警卫再多也没什么。

广播中开始反复播放那架目标飞机的降落时间。准点。

他轮流替客户们摸着检查枪是否处于能正常使用的状态。飞机起降时的轰鸣声，迟疑零乱的脚步声，有人跌倒又爬起，初用导盲棍时粗暴莽撞的敲击声交织成一片。近了，更近了。他用胳膊按住最跃跃欲试的人，悄声说：“等一下，等他们走过来。”

有人开枪了，不是来自于他身边。妈的，有散客活动。他心中暗骂一句。也有不通过组织自己背着枪来机场打新盲鸟的人，他们没有向导，所占的位置也非常糟，除了把目标群惊扰得谁也得不到好处外一无所获。枪声不止两三下，他一惊，不是散客。

有麻烦了。

他立刻拉下自己的遮眼布，一时间眼前一片闪光与刺痛：尽管经过刻意训练，眼睛适应白天光线还是需要数秒时间。

他的客户们也开始射击了。

通道上现在挤满了两股人流。新盲鸟们尖叫着往外推挤奔逃,他一眼看到几个拉掉了眼罩的,但他的客户们已然顾不上瞄准他们了。另一股人流逆着刚下机的乘客冲向停机坪,他们怀里抱着的是经过改装的连发机关枪。

那群人谁都没有遮眼布,他们尽力推开乱撞的新盲鸟们。狄尧看出他们并无意干掉盲鸟,这些人的目标是冲向刚降落的飞机。

他们的机关枪准备对付的是蜂拥而来的警卫们, 以及正向他们射击的狄尧的客户们。

那些第一次打鸽子的一点都没意识到情况不对头, 他们哆嗦着冲眼前的一片混乱连连射击,很快被那群人回身扫倒了两三个。狄尧看出对方的射击水平不俗,大吼全趴下,但他的声音淹没在一片嘈杂声中。疯狂的人群急涌而来,他放弃了集中客户把他们带出去的努力,靠墙而立。眼下戴不戴遮眼布已经不是变成枪击目标的理由,他看着几个闯入者登上了尚未收回的飞机舷梯,回头冲下面的人打手势。

警卫们也开始反击,枪声织成一片。狄尧估计了下,对方约有三十多个人,看上去衣着普通,但行动迅捷配合默契,训练有素。他们是谁?他一向认为盲岛上自己的组织是唯一成气候的地下帮派。

枪声突然消失。猛然降临的寂静令人更加不安, 数秒后受伤者的哭喊尖叫渐起。狄尧望向客机舱门,发现了警卫们停止射击的理由:一个闯入者将某个乘客死死揪住挡在身前,正动作艰难地走下舷梯。乘客被枪抵住了头,步态僵硬。

估计那便是这群人行动的目标,狄尧想。他好奇心顿起,在盲岛,劫持重要人物这类在外面世界有其意义的犯罪极少发生——他冒着被人爆头的危险将迷你望远镜凑到眼前。

被扭得动弹不得的是个女人。他见过她。盲岛很多人都见过她,海关等候室的白大褂上校。

在她身后的是王志飞。

“你为什么会跟我上来?”王志飞问。

8

有第七感官的人只占总人口的百万分之一
天生能觉醒利用这种感官的人更少

他俩的火力将追兵暂时阻在了候机厅二层的防火梯口下面。王志飞对他的射击准头表示赞赏。警卫们用扩音器劝说他们带着人质下来,作出种种诱人的保证。

王志飞点了两支烟,递给狄尧一支。他接了。上校蜷缩在墙角,双臂紧捆在身后,王志飞用绳子拉了个活扣勾住她的一只脚。她挣扎数下反而使自己反弓成了屈辱的大虾状,认清形势后,她面无表情地闭上了眼。

机场二层是员工餐厅和一些内部办公室。狄尧上来过很多次,因为组织接洽机场内部人员,有时也因为他同居的女人是机场餐厅服务员的关系,但睁着眼上来倒是第一回。走道墙壁是鲜亮的白色,员工餐厅四面玻璃墙,可以一直看到停机坪后碧绿的海岸线。现在不是用餐时间,里面空无一人,静静列着桌椅。下面传来的喧闹声像是隔了很远。

他深吸一口烟,"你们到底在干什么?"

"谁?"

"你们。你和下面那些你带来的人。"王志飞是他们的领头人物,狄尧看出来了。

王志飞一笑,"你打死了个闭着眼睛的。"

"对了一半。"狄尧说,把烟灰往一尘不染的厚厚地毯上弹。他打死的是个闭着眼睛的客户。当时一片混乱,他看到那个人向外奔去,直直向大厅出口处冲。他瞄准,开枪,一弹中头。机场出入口的混战瞬时间对他来说不复存在。终于结束了,他打到了一个偷窥者。

绝妙的机会,而他抓住了。

按下枪上的报告键后,他向那具属于他的尸体走去,俯身扳过他的脑袋:是那个喋喋不休的中年男子,今天半路逃跑的客户。他又鼓起了一次永远半吊子的勇气,进了机场尝试当猎人,又一次被密集的枪战混乱吓跑了,但这次没能跑过向导的子弹。

而且,他是闭着眼睛逃的。警方的检测仪,组织早有了仿版,能在现场判断被击中的是不是真正的偷窥者。每个向导都有。狄尧看着手中检测仪上显出的读数,慢慢转身走向机场通道。枪战还在继续,闯入者和警卫都不断有人倒下。

对他来说,一切都结束了。

"现在两边都容不下你了。"王志飞几句话问明白了狄尧现在在组织里的身份后说。

"是啊。"狄尧耸耸肩。两年努力谋划,小小意外即付诸东流,"所以我跟着你上来。"

"这次我们也搞砸了。"王志飞指指上校,"原本想不动声色地把她弄到手,但消息提前走漏，他们有了防备。”

狄尧想起机场多了一倍的警卫。

“你们要她干什么？”

“套问一些事，如果可行的话，作为筹码跟上面谈谈。”王志飞摊了摊手，“你一直想要出去，但你想过出去以后的事吗？”

狄尧一愣，他凭直觉知道，他不会再回到寄宿学校，和比他小两届的学生一起毕业后成为一名程序员。经历过盲岛后，这显得如此——荒唐可笑。他从未有意识地想过，在成功打到一个偷窥者，坐上出岛的飞机后，自己会去哪里。他也隐约明白：无论是何种未来，恐怕都不是他自己所能决定的。

王志飞直接跳过了所谓杀一个偷窥者然后出去的思路，他想要知道为什么。他在盲岛找到了和他相似的人，那些人正在下面死去。

“喂，上校！”王志飞走近她，扶着她的胳膊让她坐起，“现在能告诉我们了吗？”

女人的脸上依旧毫无表情。

“你们打算把我们派什么用场？某个没光照星球上的特种兵团？”王志飞声音里充满了戏谑的笑意，“不说的话，我们有足够时间在你的人上来之前——”

“杀了我？”上校开口，眉毛都没颤一下。

“不，只是让你尝下盲岛的滋味。”王志飞在她后脑某部分轻叩几下，“据我所知，这部分的脑组织破坏以后，视觉是不可能恢复的。所有技术都帮不了你，你甚至会忘掉世上有‘看’这回事。”

她一缩，“你想知道什么？”

“首先，为什么挑上我们？”

“基因。”

王志飞一呆。狄尧看出这答案超出了他的预料。

“你们都有某条特殊的染色体，决定了你们有第七感官。有第七感官的人只占总人口的百万分之一，天生能觉醒利用这种感官的人更少。”她眯起眼睛，“你们都有。”

“第七感官？”

“别让我描述它，就像你没法向天生的盲人描述颜色一样。”

“好。那这种该死的东西有什么用？”狄尧一顿，咧开嘴笑了，“类似某种超能力？”

这个词也逗笑了上校，“视觉有什么用？如果人人都是瞎子，视觉就什么用都没有，除了使你们成为怪物。你们的第七感官也一样，什么用都没有。”

“别说虚的。你们为什么要搞出盲岛？”

“训练你们。”

“如果我们通过了你们那变态的杀人测试——”

“你们会成为我们的一员，你们会有第七感官。”上校的脸上显出兴奋之情，“这将是非常重要的经历。”

“然后用这种超能力来保卫世界和平？”王志飞说，狄尧为他的语调大笑起来，他们笑得浑身发抖。

荒唐之至。所有信任的流失，黑暗，每分每秒杀人与被杀的恐惧，这是训练你们成为超人战士呢。

“从某种意义上可以这样说。”上校说，“你们得在人群里找出并干掉那些第七感天生觉醒的人。他们就像走在盲岛上的正常人，他们是扰乱正常生活的怪物。”

天边传来直升机的隆隆气流声。他们面面相觑。

“我们怎么能相信你？”

“警力直升机将在一分零七秒后出现在天台上左侧，机身左侧有三条横白纹，第一遍喇叭呼叫时会有杂音导致中断。你的人已经全部投降了。等我说完这句，会有两声枪响加一声尖叫。”上校说，她仰头闭眼一笑，有一瞬间看起来异常年轻。

他们听到了。

“这就是第七感。”上校轻声说，眼睛闪闪发亮，“没有过去和将来之分，你们将是我最好的杀手。”她转向目瞪口呆的两个年轻人，“这是在未来已经发生的事情。”

9

直升机带着三条横白纹出现在天台左边
他们即将离开盲岛

直升机带着三条横白纹出现在天台左边。

他们即将离开盲岛。

图书在版编目（CIP）数据

记忆之囚 / 陈茜著. — 太原：希望出版社，2012.10
（奇点科幻丛书）
ISBN 978-7-5379-6136-3

Ⅰ. ①记… Ⅱ. ①陈… Ⅲ. ①科学幻想小说-小说集-中国-当代 Ⅳ. ①I247.7

中国版本图书馆 CIP 数据核字(2012)第 230072 号

奇点科幻丛书
记忆之囚
陈　茜　著

出版人	梁　萍
选题策划	杨建云　赵国珍
责任编辑	翟丽莎
特约编辑	赵晓旭
助理编辑	赵　帆
复　审	孟绍勇
终　审	杨建云
美术编辑	陈东升
责任印制	刘一新

出　版：山西出版传媒集团　希望出版社
地　址：太原市建设南路 21 号
开　本：720×1000　1/16
印　刷：山西人民印刷有限责任公司
印　张：16
版　次：2013 年 1 月第 1 版
印　数：1-10000 册
印　次：2013 年 1 月第 1 次印刷
标准书号：ISBN 978-7-5379-6136-3
定　价：29.80 元

编辑热线　0351-4922124
发行热线　0351-4123120　4156603